古典詩歌研究彙刊

第七輯

龔鵬程 主編

第 20 冊

清代詩學神韻說研究

張 靜 尹 著

國家圖書館出版品預行編目資料

清代詩學神韻說研究／張靜尹 著 — 初版 — 台北縣永和市：
花木蘭文化出版社，2010〔民99〕
目 2+212 面；17×24 公分
（古典詩歌研究彙刊 第七輯；第 20 冊）
ISBN　978-986-254-135-7（精裝）
1. 清代詩　2. 詩學　3. 詩評
820.9107　　　　　　　　　　　　　　　99001858

ISBN - 978-986-254-135-7

9 789862 541357

古典詩歌研究彙刊
第七輯　第二十冊　　　　　ISBN：978-986-254-135-7

清代詩學神韻說研究

作　　者　張靜尹
主　　編　龔鵬程
總 編 輯　杜潔祥
出　　版　花木蘭文化出版社
發 行 所　花木蘭文化出版社
發 行 人　高小娟
聯絡地址　台北縣永和市中正路五九五號七樓之三
　　　　　電話：02-2923-1455／傳眞：02-2923-1452
網　　址　http://www.huamulan.tw 信箱 sut81518@ms59.hinet.net
印　　刷　普羅文化出版廣告事業
初　　版　2010 年 3 月
定　　價　第七輯 20 冊（精裝）新台幣 28,000 元

清代詩學神韻說研究

張靜尹 著

作者簡介

張靜尹，一九六九年生，台灣台南縣人。畢業於於國立中興大學中文系，並於高雄師範大學國文系取得碩士、博士學位。曾任教於私立文藻語專（現已升格為文藻外語學院）、屏東商業技術學院、屏東教育大學。目前為大仁科技大學專任副教授，教授國文與通識課程。學術專長為：清代詩歌與古典詩詞、詩論。曾發表〈從沈宋風流到陳子昂風骨〉、〈試析晏幾道詞之「貴異」〉、〈論范仲淹漁家傲詞〉……等單篇論文。

提　要

　　清代是中國古典詩學集大成的時代，就時間上來說，王士禎的「神韻說」為眾家詩學中最早提倡者，而且以「神韻」名之，首開以一種明確的審美理想指導創作的風氣。後繼的詩學理論，無論是「格調說」，「性靈說」或「肌理說」，均不能置「神韻說」於事外，他們往往受神韻說的影響。就詩學內涵而言，「神韻說」幾乎涵括了歷來詩學中，關於「言有盡而意無窮」詩歌美感的論述。若就「神韻」這個詞（概念）的「生命」來說，直到現在，在詩歌、書法、繪畫的藝術評論用語中，依然可見它無所不在的蹤影。凡此種種，皆可見清代詩學神韻說的重要性。然而，由於「神韻說」本身並非結構嚴密、條分縷析的理論系統，故歷來研究者，一方面投注心力於其中尋幽探勝；另一方面也常感歎於神韻說的輪廓不夠清晰。故本文希望在前賢研究的基礎上，將清代的神韻詩學作系統的整理與論述。全文共分七章：

　　第一章〈緒論〉：說明本文撰寫的動機、目的、論題範圍、方法，資料的出處與運用，並略述王士禎提倡「神韻說」的歷程。

　　第二章〈清代詩學神韻說探源〉：以「神韻」一詞最初出現的人倫識鑑領域為起點，從三個方向探討詩學「神韻」說的「名」與「實」：其一是字面上的探源，由「神韻」最初的運用範疇和指稱了解它的意義；其二是詩學中「神韻」理論淵源的探究，其三則探討「神韻」一詞在詩學領域的出現及意蘊。

　　第三章〈清代詩學神韻說的論詩旨趣〉：以明確標舉「神韻說」的王士禎為主，並旁及其他同調者，援引同調者之言補充、輔助以闡明神韻說。神韻說立論的觀點，主要是對詩歌應達致的藝術境界的要求，並且相應於此一境界的追求，在創作上強調「佇興而就」、「不以力構」。本章即將神韻說的論詩旨趣，分為藝術境界的追求與創作論兩大部分加以論述。

　　第四章〈神韻詩的藝術特色〉：以王士禎為昭示「神韻」詩觀而選輯的《唐賢三昧集》為對象，分析王士禎所謂「神韻詩」在題材、構思、藝術表現上的特色。

　　第五章〈清代詩學神韻說的反響〉：針對神韻說在清代詩壇引起的迴響進行探

討，藉著這些批評者提出的質疑，將神韻說的旨趣辨明得更為清晰。而且，從反對者的角度，更可見神韻說某些理論的特色與侷限。最末則敘述神韻說流衍的情形。

第六章〈清代詩學神韻說的貢獻〉：從詩學發展的歷史，探討清代的神韻說對傳統詩學的發揚、創新、貢獻之處。同時，「神韻說」對詩論與畫理兩大藝術理論範疇的融通的貢獻，也加以論述。

第七章〈結論〉：歸納各章的研究所得 對「神韻說」的詩學內涵作整體的綜述。

目

次

第一章　緒　論

第一節　研究動機與論題範圍

　　清代是中國古典詩學集大成的時代，其中尤以王士禎（1634～1711）的「神韻說」、沈德潛（1673～1769）的「格調說」、袁枚（1716～1797）的「性靈說」、翁方綱（1733～1818）的「肌理說」四家最爲重要，是清代詩學的四大重鎮。就時間上來說，「神韻說」爲四家之中最早提倡者，而且以「神韻」名之，首開以一種明確的審美理想來指導創作的風氣。就其廣大的影響力而言，當時即有學者說：「凡公（王士禎）所撰著與其所論定，家有其書，戶誦其說。……一代風氣所主，斷歸乎公，未有能易之者也。」（王掞〈王公神道碑銘〉）「公以大雅之才，起而振之，獨標神韻，籠蓋百家，其聲望足以奔走天下。」（李元度《國朝先正事略》卷六）後繼的詩學理論，無論是「格調」、「性靈」抑或「肌理」說，均不能置神韻說於事外，他們往往受「神韻說」的霑漑，或汲取其中部分的觀點，或對其提出補充、修正。就詩學內涵而言，「神韻說」幾乎涵括了歷來詩學中，關於「言有盡而意無窮」詩歌美感的論述。相對於儒家傳統詩學的實用性質，神韻說追求的是詩歌的純藝術性與審美理想。若就「神韻」這個詞（概念）的「生命」來說，直到現在，在詩歌、書法、繪畫的藝術評論用語中，

依然可見它無所不在的蹤影。凡此種種，皆可見清代詩學神韻說的重要性。

然而，神韻說雖然具有如上所述的重要性，但因其本身並非結構嚴密、條分縷析的理論系統，所以歷來的研究者，一方面投注心力於其中尋幽探勝；另一方面也常感歎於神韻說的輪廓不夠清晰。例如：今人朱東潤說：王士禛之論，「汪洋無涯畔，徒令後人復興英雄欺人之歎而已。」〔註1〕姚一葦也說：「神韻」、「氣韻」、「性靈」之類的術語，是「某些人士百寶囊中的法寶，這種法寶一經祭起顯得華麗而堂皇，拆開來則空無一物。」〔註2〕黃維樑更說：「中國的許多批評術語，因為籠統含糊、欠缺明確定義，向來為人詬病。神韻和神韻派就是最好的例子。」〔註3〕這都是對神韻說的抽象性、定義不明確的指摘。誠然，「神韻」並非形態固定、邏輯嚴密的詩學專門術語，但是，這卻也正是神韻說耐人尋味的地方。王士禛本人並未對神韻說作詳確的定義與闡明，而只是在詩話、筆記中「隨處觸發」〔註4〕，拈出大量的線索供人體悟。這種「點悟」式的論述，或許予人零散、片斷、不成系統的印象；但從另一個角度來看，其中反而有更多開放的空間，留給後人不斷的深究、闡發的餘地。這也是「神韻說」向來令研究者感興趣的地方。本文即是基於此一體認，希望在前賢研究的基礎上，為呈現清代詩學神韻說的面貌付出一己之心力。

本文研究的範圍是清代的神韻詩學，重點即在於「神韻」與「詩學」，也就是將清代有關神韻說的論詩資料，作系統的整理與論述。本文擬從「神韻」這個術語的歷史淵源談起，進入主題之後的內容包

〔註1〕見朱東潤編《中國文學家與文學批評》第三冊，〈王士禛詩論述略〉一文，頁25。

〔註2〕見姚一葦《藝術的奧秘》第十二章〈論批評〉，頁352。

〔註3〕見黃維樑《中國詩學縱橫論》，頁175。

〔註4〕郭紹虞《中國詩學批評新論》說：「漁洋之講神韻，並沒有寫成一篇系統的論文，然而隨處觸發，都見妙義，只須我們細心勾稽，自可理出系統。」（頁465）

括：神韻說在清代被正式當成一個詩學主張加以提倡時，其內涵是什麼？旨趣爲何？神韻說既是王士禎從鑑賞與創作的經驗中，得出的詩學觀點，則他心中理想的神韻詩有何特色？神韻說在清代及稍後引起哪些迴響？將清代的神韻說置於詩學傳統中來考察時，它有何貢獻？具有什麼特色？這些都是本文所要論述的重點。

第二節　資料運用與研究方法

　　「神韻說」的提倡者王士禎，一生著述豐富，他的神韻說理論亦散見於各詩話、筆記裏。乾隆年間，張宗柟從王士禎的多種著作中，擇其與詩學相關的論述，彙編成《帶經堂詩話》三十卷。清人李慈銘《越縵堂詩話》說：「《帶經堂詩話》三十卷，乾隆間海鹽張宗柟所輯。凡取漁洋說部詩話十三種，以及文集、詩選中凡例之論詩文，分爲六十四類，依次排纂，間附識所引元書出處。」所謂的「漁洋說部詩話十三種以及文集、詩選中凡例之論詩文」，包括：《漁洋文》、《蜀道驛程記》、《古詩選・凡例》、《皇華記聞》、《南來志》、《北歸志》、《廣州遊覽小志》、《池北偶談》、《蠶尾文》、《蠶尾續文》、《秦蜀驛程後記》、《隴蜀餘聞》、《居易錄》、《香祖筆記》、《漁洋詩話》、《古夫于亭雜錄》、《唐人萬首絕句選・凡例》、《分甘餘話》等。《帶經堂詩話》一出，即成爲後人研究、了解王士禎神韻詩學的重要依據。當時翁方綱即云：「海鹽張氏刻有《帶經堂詩話》一編，於漁洋論次古今詩，具得其概，學者頗皆問詩學於此書。」（《石洲詩話》卷六）今人朱則杰也說：「張宗柟曾纂輯王士禎的有關論詩之語合成《帶經堂詩話》一書，它最爲全面地反映了王士禎的詩歌理論。」（《清詩史》）本文所引用之王士禎論詩的原典資料，大部分即引自《帶經堂詩話》，少部分是《帶經堂詩話》所未錄、爲筆者自王士禎的著作中直接引用。爲求統一起見，本文撰寫時，引用的原典一律注明原出處，而非《帶經堂詩話》。此外，因爲王士禎有以選詩昭示詩學觀點的傾向，所以他所編

選的詩歌選集，如《古詩選》、《唐詩十種選》、《唐賢三昧集》等書，亦是本文不可或缺的原典資料。

今人對神韻說所作的相關研究，亦是本文的參考文獻，這些專書大致可分爲三類：第一類是以王士禎其人及其全部的詩學理論爲研究範圍，例如：黃景進的《王漁洋詩論之研究》。第二類是「神韻說」歷史發展的研究，例如：吳調公的《神韻論》、易新宙的《神韻派詩論之研究》，其內容主要是將鍾嶸、司空圖、嚴羽直到王士禎等的神韻詩論做一系統的闡述；從詩學理論史中，勾勒出一條神韻「派」詩論的發展軌跡。第三類是「神韻詩」的研究，例如：王小舒的《神韻詩史研究》，以王士禎神韻說爲理論根據，上溯至魏晉三國時代，將歷代符合神韻標準或王士禎在詩話筆記中曾舉以示人的詩例，以縱的方式呈現。此書經由分析代表作家與作品，探討神韻詩之產生、發展、成熟與衰落，同時也從中得出代代相傳的神韻審美觀。

至於本文各章的進行，則依下列方式次序展開：

第二章：「神韻」理論淵源的探討。一個名詞、概念，經歷若干時代和理論家的手中，往往有所發展、變化。因此，在論述清代詩學神韻說之前，先對「神韻」一詞作探源的工作，也就是將「神韻」放到歷史長河中去考察，從其產生的文化語境，運用的範疇、角度、內涵，歸納意義。

第三章：重點在說明神韻說的論詩旨趣。本文題目爲「清代」詩學神韻說研究，所以論述的範圍並不侷限於王士禎一人，而是以王士禎爲主軸，再橫向搜羅同時代相近的詩歌理論。在清代，與王士禎同時或稍後的詩論家，其詩論若與神韻說有同性質的部分，雖未冠以「神韻」之名，本章亦納入討論。例如：在王士禎之前的賀貽孫〔註5〕（1605

〔註5〕蕭華榮《中國詩學思想史》云：「在王士禎同時或略遲，有些人的詩學觀與其相近，大致可以形成一個『神韻』詩派。如賀貽孫《詩筏》主張『蘊藉』，徐增《而庵詩話》張揚『妙悟』，標榜『境界』。特別是田同之《西圃詩說》，更與王士禎如出一轍。」（頁342）

～1686 後）、王夫之〔註6〕（1619～1692），與王士禛同時的張實居，稍後的田同之等人，其詩論均與神韻說有若干相通之處。換言之，本章探討的對象，以明確標舉「神韻」說的王士禛為主，並旁及其他同調者，援引同調者之言補充、輔助以闡明神韻說。

　　第四章：詩篇的選輯，是王士禛闡揚神韻詩觀的另一種方式。透過王士禛所選取或不取的詩篇，人們即可明瞭神韻說的詩歌典範與審美趣向。《唐賢三昧集》的選輯，就是基於這樣的目的而成的「範本」，藉由「範本」的廣泛流傳，使人了解其神韻說的宗旨。王士禛時常稱引司空圖「味在酸鹹之外」、嚴羽「羚羊挂角，無跡可求」之說為神韻說立論，並且說：要明瞭這兩家之言的眞義，只要「熟看拙選《唐賢三昧集》，自知之矣」（《師友詩傳續錄》）。可見《唐賢三昧集》之選，正是其神韻詩學觀的實踐。所以本章以《唐賢三昧集》所著錄的詩篇為研究對象，分析神韻詩的藝術特色。

　　第五章：神韻說在清代初期，固然聲勢浩大，但批評的聲浪亦復不少。而這種毀譽參半的現象，也正顯示了神韻說廣大的影響力。在王士禛去世之後，繼起的詩論家大都仍在神韻說餘韻的籠罩之下。本章即針對這些迴響進行探討，主要目的是藉著這些批評者提出的質疑，將神韻說的旨趣辨明得更為清晰，以補充第三章正面論述時的不足。同時，從反對者的角度，更可見神韻說某些理論的特色與侷限。

　　第六章：探討神韻說的貢獻。許多研究者認為，清代神韻說最大的貢獻，是總結與融合了歷來關於詩歌意境美的詩學觀點，猶如「將一些零散的珍珠穿成一串精美的項鍊」〔註7〕。王士禛的神韻說，果眞只是前賢詩論的總整理而已嗎？若非如此，則神韻說的其他貢獻為

〔註 6〕郭紹虞《中國文學批評新論》認為：王夫之詩論中已有神韻說的特質，「卻不拈出『神韻』兩字為其論詩主張，則以一經拈出，自有庸人奔來湊附，依舊蹈了建立門庭的覆轍。」（頁 453）而龔顯宗《歷朝詩話析探》也說：「清朝王士禛之前，雖不以神韻立說，而其詩論實具有此特質者，當推王夫之。」（頁 119）

〔註 7〕見袁行霈、孟二冬、丁放著《中國詩學通論》，頁 895。

何？這是本章討論的重點

　　第七章：綜合以上各章的研究心得成結論。

第三節　王士禎標舉「神韻說」的歷程

　　「神韻」在清代詩學中的運用，王士禎並非第一人；在王士禎稍前的詩論家，就已有以「神韻」評詩者，例如王夫之《古詩評選》卷二評袁宏詩云：「深達之至，別有神韻。」賀貽孫《詩筏》云：「若晚唐氣格卑弱，神韻又促。」毛先舒（1620～1688）《詩辯坻》卷三云：「初唐四子，人知其才綺有餘，故自不乏神韻。」又如賀裳《載酒園詩話》卷一云：「（義山〈西溪詩〉）思路雖深，神韻殊不高雅。」等。然一般人談到「神韻」，輒以王士禎爲代表。今人黃景進《王漁洋詩論之研究》曾探討其中的原因〔註8〕，約有以下數點：

　　　　一、因爲王士禎爲一代詩宗，政治地位顯赫，交遊廣闊，門生滿
　　　　　　天下。《四庫提要》稱其「聲望奔走天下」，所以他一提倡神
　　　　　　韻，即能風靡一時，這種影響力，其他人是無法比擬的。

　　　　二、因王士禎論詩以神韻爲宗，造成一種詩派，而其他人雖提到
　　　　　　神韻，卻未以之爲宗旨，更未能形成宗派。

　　　　三、因王士禎於詩之創作有出色的表現，頗能實踐其神韻之理
　　　　　　論，故能增加號召力。

　　　　四、王士禎從許多方面來說明神韻，使人對神韻的重要性及其性
　　　　　　質有更深刻的印象，而且他編了《唐賢三昧集》，不僅使神
　　　　　　韻的理論得到證明，更舉出一條創作道路，其影響是難以估
　　　　　　計的。

　　從以上的說明，大致可了解王士禎被視爲神韻說巨擘的原因。以下則據惠棟〔註9〕（1697～1758）註補之《漁洋山人自撰年譜》（以

〔註8〕　詳細內容見黃景進《王漁洋詩論之研究》，頁108。
〔註9〕　惠棟，自稱王士禎的「小門生」，因其祖父惠周惕爲康熙辛未年王士
　　　　禎所取士。惠棟少嗜《漁洋精華錄》，爲其撰《漁洋山人精華錄訓纂》

簡稱「《年譜》註補」），並參酌今人關於王士禎生平的撰述，略述王士禎標舉神韻說的經過：

　　王士禎，字貽上，號阮亭，別號漁洋山人，山東濟南府新城（今屬山東省桓臺縣）人，生於明崇禎七年，卒於康熙五十年。曾任江南揚州府推官、翰林院侍讀、國子監祭酒、戶部右侍郎、刑部尚書。《清史稿・列傳》云：「士禎以詩受知聖祖，被眷遇甚隆。」故其一生大抵仕途順利，處境清貴。士禎七歲入小學，學習《詩經》，「誦至〈燕燕〉、〈綠衣〉等篇，便覺根觸欲涕，亦不自知其所以。稍長，遂悟興觀群怨之旨」（《池北偶談》卷十六）。八歲時能詩。漁洋長兄王士祿平日亦嗜爲詩，見漁洋對創作詩歌有興趣，於是「取劉頎陽所編《唐詩宿》中，王維、孟浩然、常建、王昌齡、劉眘虛〔註10〕、韋應物、柳宗元數家詩，使手抄之」，並授以「王、裴詩法」（《年譜》註補）。由於受王士祿的影響，漁洋與家中其他兄弟皆喜王、孟詩篇，並時常共和王維、裴迪的《輞川集》詩。據《蠶尾續文》云：「余兄弟少讀書東堂，堂之外青桐三、白丁香一、竹十餘頭而已。人跡罕至，苔蘚被階，紙窗竹屋，燈火相映，咿唔之聲相聞，如是者蓋十年。長兄考功先生嗜爲詩，故余兄弟皆好爲詩。嘗歲暮大雪，夜集堂中置酒，酒半，出王、裴《輞川集》，約共和之，每一詩成，輒互賞激彈射，詩成酒盡，而雪不止。」《漁洋詩話》亦云：「余兄弟少讀書東堂，嘗雪夜置酒，酒半，約共和王、裴《輞川集》。東亭（士祜）得句云：『日落空山中，但聞發樵響。』兄弟皆爲擱筆。」（卷上）從這些記載，可見漁洋自幼即受唐詩薰陶，所學的乃是王維、孟浩然、裴迪這一派的自然詩風。這對他日後倡提「神韻說」，標舉王、孟自然清遠之音，

　　二十四卷，搜採博洽，爲世所傳。《漁洋山人自撰年譜》的註補，即收於此書。

〔註10〕　〔清〕錢大昕《十駕齋養新錄》卷十二說：唐代有兩位劉眘虛，一是史學家劉知幾之子劉迅，號眘虛；一是本文所謂的詩人劉眘虛。錢大昕云：「兩劉生雖同時，並有才不遇，而一名一號，似同實異，恐難泯而一之。」（臺北：商務，民國56年，頁280）

無疑有很大的影響。

　　順治十四年（1657），二十四歲的王士禛漫遊濟南，與山東諸名士會集大明湖，結社賦詩。時值秋季，漁洋乍見水面亭下「楊柳十餘株，披拂水際，綽約近人。葉始微黃，乍染秋色，若有搖落之態。余悵然有感，賦詩四章，一時和者數十人」。後來這組〈秋柳詩〉四章廣為流傳，「大江南北，和者益眾，於是〈秋柳詩〉為藝苑口實矣」（《年譜》註補）。這四首〈秋柳詩〉，可說是漁洋的成名作，也是他神韻詩風萌芽的標誌，今列舉其中二首如下：

　　　　秋來何處最銷魂？殘照西風白下門。他日差池春燕影，只
　　　　今憔悴晚煙痕。愁生陌上黃驄曲，夢遠江南烏夜村。莫聽
　　　　臨風三弄笛，玉關哀怨總難論。（其一）

　　　　娟娟涼露欲為霜，萬縷千條拂玉塘。浦里青荷中婦鏡，江
　　　　干黃竹女兒箱。空憐板渚隋堤水，不見琅琊大道王。若過
　　　　洛陽風景地，含情重問永豐坊。（其二）

此詩借物抒情，令人隱約感到其中含有寓意，但它的寓意究竟為何，又難以實指。「有人說它是憑弔故國的淪亡，也有人說它是感慨良辰易逝，又有人說它是歎息佳人的淪落……眾說紛紜，莫衷一是」。〔註11〕這種意旨朦朧、風神清遠的詩歌美感，成為後來神韻說理論的核心之一。

　　二十七歲（順治十七年）至三十二歲（康熙四年），漁洋任職揚州推官。這段「文章江左，煙月揚州，人海花場，比肩接跡」（俞兆晟〈漁洋詩話序〉）的愜意歲月，是漁洋奠定詩人地位的重要時期。他與當地文人展開了一連串詩歌唱和的活動，自稱「入吾室者，俱操唐音」，又「嘗摘取唐律絕句五七言若干卷，授嗣君清遠兄弟讀之，名為《神韻集》」（《年譜》註補）。這是他標舉「神韻」二字為詩學宗旨之始〔註12〕，

〔註11〕見朱則杰《清詩史》，頁199。
〔註12〕嚴迪昌《清詩史》說：司李揚州時期，是王士禛「開始認定『神韻』
　　　　為詩美高境的初始階段。」（頁445）

而且是以唐詩爲基石。不過，這本《神韻集》後來並未流傳。郭紹虞說：「可惜我們現在不曾見到《神韻集》，假如能得到此種選本，以與《唐賢三昧集》相比較，那麼漁洋所謂神韻之說，更容易徹底了解。」〔註13〕同一時期，漁洋也嘗選取明・徐禎卿的《迪功集》與高叔嗣的《蘇門集》二家之詩，合刻爲《二家詩選》，因爲這兩人的詩，前者「如白雲自流，山泉泠然」，後者「如高山鼓琴，沉思忽往」（王士禎《二家詩選・序》引王世貞語），是神韻說所崇尚的詩風。

　　五十歲（康熙二十二年），王士禎擇定《古詩選》。五十四歲，「取唐人殷璠、高仲武諸家之選，各加刪定，而益以韋莊《又玄》、姚玄《文粹》，通爲《唐選十集》」（《年譜》註補）。這是繼《神韻集》之後，又一部唐詩選集，顯示出他對唐詩的高度興趣。次年，漁洋又編《唐賢三昧集》，明確的標示出詩歌應達致的藝術理想。《四庫全書總目提要》云：「初士禎少年，嘗與其兄士祿撰《神韻集》，見所作《居易錄》中。然其書爲人改竄，已非其舊，故晚定此編，皆錄盛唐之作。」（卷一九〇《唐賢三昧集》提要）言下之意，似指《唐賢三昧集》即是新版的《神韻集》。而這本選集也的確引起廣大的迴響，達到了宣揚神韻說的效果。王士禎的學生郎廷槐即云：《唐賢三昧集》、《十種唐詩選》等詩集問世之後，「南北詞壇尊宿見之者，動色，相告曰：『詩學宗旨，其在斯乎！』」〔註14〕康熙三十三年，閻若璩致書趙執信，也說：「江南北盛傳阮亭先生《唐賢三昧集》，專以盛唐爲宗，某亦購而熟讀矣。」（《潛邱札記》卷五）《唐賢三昧集》編定之後兩年，漁洋撰《池北偶談》成，其中有「神韻」一則，明確以「清遠」爲神韻說的審美取向。詩學觀點與詩歌選集互相配合，漁洋的「神韻說」至此方告確立。然他並未停止唐詩的選輯。康熙四十七年，已高齡七十五歲的漁洋，重新刊定宋人洪邁的《唐人萬首絕句》，成《唐人萬首絕句選》一書。從早期選唐律絕句成《神韻集》以課子，到晚年精定

〔註13〕見郭紹虞《中國文學批評新論》，頁 456。
〔註14〕《十種唐詩選》重刊本郎廷槐跋。

《唐人萬首絕句選》，顯示出漁洋一貫奉唐詩爲後學典範的態度。

由上所述，可見王士禎與神韻說結下不解之緣，乃是以其家學淵源爲基礎，歷經長期的醞釀、創作上的實踐、理論的提出、範本的選輯等階段而逐步成形的。如此的詩學修養加上外在環境的推波助瀾，使得神韻說在清初詩壇蔚爲風尚，成爲「一代風氣所主」的詩學正宗。

第二章　清代詩學神韻說探源

　　「神韻」一詞，本是六朝時期用以品鑑人物精神風貌的詞彙，之後被謝赫轉用於畫論〔註1〕，再逐漸擴及詩學範疇。本章即以「神韻」最初出現的人倫識鑑領域爲起點，從三個方向探討詩學「神韻」說的「名」與「實」：其一是字面上的探源，由「神韻」最初的運用範疇和指稱了解它的意義；其二是詩學中「神韻」理論淵源的探究，論述的對象是對清代詩學「神韻」說有深厚影響的前代詩論。這些詩論雖然未曾明確標出「神韻」之名，卻具有「神韻」說的內涵，可說是清代神韻說的理論基礎。其三則探討「神韻」一詞在詩學領域的出現及意蘊。

第一節　從品評人物到畫論的「神韻」

　　「神韻」一詞，起源於六朝時期品鑑人物的用語。從東漢、魏晉以來所盛行的「人倫識鑑」活動，一方面由於政治環境的劇烈變動，逐漸由實用性的考察轉爲藝術的鑑賞態度〔註2〕；一方面在魏晉玄學

〔註 1〕其《古畫品錄》評顧駿之的畫：「神韻氣力，不逮前賢。」又有時雖不用「神韻」，但用的仍是意義相近的詞，例如評陸綏：「體韻遒舉，風彩飄然。」
〔註 2〕徐復觀《中國文學論集・文心雕龍的文體論》云：「及漢魏、魏晉之際，

—11—

「重神理而輕形骸」〔註3〕觀念的影響下，對人物的品藻特別重視精神風度的表現。這種帶有審美意味並且著眼於人物精神的品鑑傾向，以《世說新語》的記載為代表〔註4〕。從《世說新語》及劉孝標的注釋中，可以看出當時對人物的識鑑，不再以道德或才能的完善為美，而是崇尚人物神姿風貌之高超，例如：「伯仁（周顗）儀容弘偉，善於俛仰應答，精神足以蔭映數人。」（上卷上〈言語第二〉四十則注引鄧粲《晉紀》）又如：「時人欲題目高坐而未能，桓廷尉（彝）以問周侯（顗），周侯曰：『可謂卓朗。』桓公曰：『精神淵箸。』」（中卷下〈賞譽第八〉四十八則）。除了直接提出「精神」一詞外，《世說新語》裏更出現了大量以「神」為核心、並與其他相鄰近概念結合的品藻用語，例如：

> （王）濛神氣清韶。（上卷上〈言語第二〉六十六則注引《王長史別傳》）

> 王夷甫蓋自謂風神英俊，不至與人校。（中卷上〈雅量第六〉第八則注）

> 王子猷（徽之）、子敬（獻之）曾俱坐一室，上忽發火。子猷遽走避，不惶取屐；子敬神色恬然，徐喚左右，扶憑而出，不異平常。（〈雅量第六〉三十六則）

> 王平子（澄）目太尉（王衍）：「阿兄形似道，而神鋒太雋。」（中卷下〈賞譽第八〉二十七則）

政治的激變太大，士大夫多因避禍而逃避現實，於是以實用為內容的人物品鑑，一變而為藝術的欣賞態度。」（頁 24）又袁濟喜《六朝美學》：「西晉之後，由於士族統治地位的確定，士族可以世代為官，不必再依賴品第而授官進用，人物品藻也就喪失了實際意義，……其用語也越來越趨於抽象，從而具備了更多的超功利的審美價值。」（頁 93）兩者各從不同的角度，說明了政治環境對人物品鑑的影響。

〔註 3〕 湯用彤《魏晉玄學論稿·言意之辨》：「按玄者玄遠。宅心玄遠，則重神理而輕形骸。餘風所及，則影響到人物識鑑重神氣，藝術重神韻意味。」（北京：中華，1983 年，頁 225）

〔註 4〕 孔繁《魏晉玄學與文學》云：「魏晉品評人物之唯神觀點是受玄學影響，而最能代表這一傾向的是《世說新語》。」（頁 10）

（支道林）「氣朗神雋」。（〈賞譽第八〉八十八則）

王（恂）神意閑暢，謝公傾目。（〈賞譽第八〉一四七則）

（張）天錫見其（王彌）風神清令，言話如流。（〈賞譽第八〉
一五二則）

何尚書（晏）神明清澈。（中卷下〈規箴第十〉第六則注引《管
輅別傳》）

（戴）淵既神姿峰穎，雖處鄙事，神氣猶異。（下卷上〈自新
第十五〉第二則）

王夫人（謝道蘊）神情散朗，故有林下風氣。（下卷上〈賢媛
第十九〉三十則）

這些例句中的「神鋒」、「神色」、「風神」、「神意」、「神情」、「神氣」、
「神明」等詞彙，雖然各有不同的側重點，但都屬於精神範疇，總括
而言，是指人物內在特質外顯的精神氣度，是不離形體而又超越形體
的抽象呈現。而「英俊」、「調暢」、「清令」、「散朗」、「清韶」、「清澈」
等詞，則是對這種精神之美的描述、形容。「神韻」一詞，即是源於
此一重神貴虛的人物識鑑語境之中，它的意義與用法大致相似於前舉
之「神色」、「風神」、「神鋒」、「神氣」等詞，例如：

敬弘（王敬弘）神韻沖簡，識宇標峻。（《宋書・王敬弘傳》）

俄而漁父至，神韻瀟灑，垂綸長嘯。（《南史・隱逸傳上》）

遠（釋慧遠）神韻嚴肅，容止方稜。（《高僧傳》卷六）

猛（釋道猛）神韻無忤，吐納詳審，帝稱善之。（《高僧傳》
卷七）

上述例句中的「神韻」，即指透過人物鮮活生動的外在形相、言行舉
止所展現的精神狀態，其性質內涵，是可感受而無法具體指陳的。

以上探討的是「神韻」的概括性意義，是將「神韻」的「韻」統
攝於「神」的概念中〔註5〕來作說明。若再進一步考察「韻」在人物

〔註5〕徐復觀《中國藝術精神》第三章〈釋氣韻生動〉云：「氣與韻，都是
神的分解性說法，都是神的一面；所以氣常稱為『神氣』，而韻亦常

—13—

品鑑中的運用情形，則能更全面的了解「神韻」的美感特質。宋代范溫《潛溪詩眼》論「韻」的意義有云：「自三代秦漢，非聲不言韻；捨聲言韻，自晉人始。」〔註6〕「非聲不言韻」，可見「韻」的本義與聲音有關，例如：漢代蔡邕〈琴賦〉云：「繁弦既抑，雅韻復揚。」魏·張楫《廣雅》釋「韻」云：「韻，和也。」此一論聲音和悅之美的「韻」，後來跨出了聲音的範疇，被晉人轉用於論人物的風神之美〔註7〕，即范溫所言「捨聲言韻」之意，例如：

（阮）孚風韻疏誕，少有門風。（《世說新語》中卷上〈雅量第六〉十五則注引《阮孚別傳》）

阮渾長成，風氣韻度似父，亦欲作達。（《世說新語》下卷上〈任誕第二十三〉十三則）

（桓）石秀幼有令名，風韻秀徹。（《晉書·桓石秀傳》）

（柳）惔非徒風韻清爽，亦屬文道麗。（《南史·柳惔傳》）

康樂誕通度，實有名家韻。（《南史·謝弘微傳》）

賢（覺賢）儀範率素，不同華俗，而志韻清遠，雅有淵致。
（《高僧傳》卷二）

此處的「韻」，顯然非音樂上的意義，而是指人的風神氣度，有時在「韻」之上加一「風」字，以示人物特殊的、具有感染力的風度韻致

稱為『神韻』。」（頁178）

〔註6〕見郭紹虞輯《宋詩話輯佚》卷上，增訂第二十九條、范溫《潛溪詩眼》「論韻」（頁373）。關於范溫論「韻」的詳細內容，說見本章第三節。

〔註7〕關於「韻」何以由音樂領域轉入人物品藻用詞，徐復觀《中國藝術精神》的推論是：「（韻）是可感受而又不能具體指陳的東西，因此，韻可以說是音響的神。也如人的不離形相，而又超越於形相之上的和諧而統一的『神』或『風神』，是相同的情景。」（頁176）。另汪湧豪《範疇論》從古人喜以和諧的聲音形容君子容止的習慣，論「韻」由品樂轉入品人的契機云：「蓋古人以為，君子要『容止可觀，作事可法，德行可象，聲氣可樂，動作有文，言語有章。』（《左傳·襄公三十一年》）『燕處則聽雅頌之音，行步則有環珮之聲，升車則有鸞和之音。』（《禮記·經解》）故以音樂之美論人的風神之美，在他們是十分自然的事。」（頁60）

〔註8〕。此外，「韻」還有一種單獨使用的情況值得注意，如《世說新語》以下的例子：

> 支道林常養數匹馬，或言「道人畜馬不韻。」支曰：「貧道重其神駿。」（上卷上〈言語第二〉六十三則）

> （向）秀字子期，河內人。少爲同郡山濤所知，又與譙國嵇康、東平呂安友善，並有拔俗之韻。（〈言語第二〉十八則注引《向秀別傳》）

> （王）彬爽氣出儕類，有雅正之韻。（中卷上〈識鑑第七〉十五則注引《王彬別傳》）

> 有人目杜弘治，標鮮甚清令，初若熙怡，容無韻。（中卷下〈賞譽第八〉七十一則注引《語林》）

上舉第一例中，一向「風韻遒邁」〔註9〕的和尚支道林竟然養了幾匹馬，有人懷疑他是爲了賣錢，這就與一般俗人養馬的目的沒什麼不同了，所以用「不韻」批評他的行爲。支道林回答：養馬純粹是欣賞馬的「神駿」，而非謀利之用，所以並不俗氣。此處「不韻」，是指品格行止不夠清雅脫俗。第二例中的「容無韻」，是指儀容缺乏超拔世俗的韻致，「無韻」、「不韻」意思相似。可見單一「韻」字，即有清雅脫俗美的意味；而「拔俗」、「清遠」、「疏誕」等修飾語則更強調了「韻」這種以行止的超逸世俗、清遠放達爲美的傾向。「韻」又常與遠、高、清等形容詞結合，例如：「（裴）頠性弘方，愛（楊）喬之有高韻。」（《世說新語》中卷下〈品藻第九〉第七則）、「雅有遠韻」（《晉書·庾凱傳》）、「若夫偉人巨器，量逸韻遠。」（《抱朴子·刺驕》）、「垂簾鼓琴，風韻清遠。」（《南史·柳世隆傳》）、「珪風韻清疏，好文詠。」（《南史·孔珪傳》）、「響韻清雅」（《高僧傳》卷十三），句中「遠韻」、

〔註8〕 彭會資〈古典美學範疇「韻」的破譯〉一文曰：「氣韻流動而顯於形外則可成爲感人的風度。因而『風韻』用於品評人物，多指人物特有的風度韻致。」（見《文藝理論研究》，1991年第四期）

〔註9〕 《世說新語》上卷上〈言語第二〉三十九則注引《高坐別傳》云：「和尚胡名尸黎密，西域人。……和尚天姿高朗，風韻遒邁。」

「高韻」、「風韻清疏」、「志韻清遠」等詞，將「韻」高遠清逸的美感特質，表現得更爲清楚。

綜上所述，廣義而言，「神韻」是指人的內蘊本質和外在舉止綜合而成的風姿神態，即人物的「活地形相」〔註10〕，具有渾然一體、可感受而不易言傳的性質。狹義而言，因爲「韻」帶有高遠清逸、與現實拉開距離的特質，所以「神韻」之美傾向於精神上超拔清遠的境界。因爲是「活地形相」，所以具有神韻的對象必定「生氣遠出，不著死灰」（司空圖《詩品·精神》）；又因爲神韻之美清逸淡雅，故容易予人雋永深長的感受。在《世說新語》裏，有許多人物之美的形象譬喻，即頗爲傳神的表達了這種超軼絕塵的美感，例如：

顧悦與簡文同年，而髮蚤白。簡文曰：「卿何以先白？」對曰：「蒲柳之姿，望秋而落；松柏之質，經霜彌茂。」（上卷上〈言語第二〉五十七則）

世目李元禮（膺）：「謖謖如勁松下風。」（中卷下〈賞譽第八〉第二則）

公孫度目邴原：「所謂雲中白鶴，非燕雀之網所能羅也。」（同上，第四則）

裴令公（楷）……曰：「見山巨源（濤），如登山臨下，幽然深遠。」（同上，第八則）

王戎云：「太尉（王衍）神姿高徹，如瑤林瓊樹，自然是風塵外物。」（同上，十六則）

有問秀才：「吳舊姓如何？」答曰：「……嚴仲弼（隱）九皋之鳴鶴，空谷之白駒。顧彥先（榮）八音之琴瑟，五色之龍章。張威伯（暢）歲寒之茂松，幽夜之逸光。」（同上，二十則）

時人目「夏侯太初（玄）朗朗如日月之入懷，李安國（豐）頹唐如玉山之將崩。」（下卷上〈容止第十四〉第四則）

〔註10〕語見徐復觀《中國文學論集》，頁24。

山公（濤）曰：「嵇叔夜（康）之為人也，巖巖若孤松之獨
立；其醉也，傀俄若玉山之將崩。」（同上，第五則）

裴令公（楷）有儁儀容……見者曰：「見裴叔則如玉山上行，
光映照人。」（同上，十二則）

時人目王右軍（王羲之）「飄如遊雲，矯若驚龍。」（同上，
三十則）

這些譬喻，顯然不止於形容人物的儀容，更且進一步要「以漂亮的外
在風貌表達出高超的內在人格」﹝註11﹞。由「勁松下風」、「雲中白鶴」、
「瑤林瓊樹」、「空谷白駒」、「幽夜逸光」、「孤松獨立」、「遊雲驚龍」
等形象，可知當時人們所欣賞的是清澈、超逸、高雅的人格之美；而
詩化的遣詞用語，則有意在言外的效果。以此方式品藻人物，雖不明
言神韻，而人物的神韻已宛然如見。

　　人物品藻的用詞「神韻」，乃是相應於魏晉士人展現的生命情調、
語默動靜而來。以下幾則《世說新語》的記載，可以令人深刻領略魏
晉士人神韻畢現的性情人格：

郗太傅（鑒）在京口，遣門生與王丞相（導）書，求女婿。
丞相語郗信：「君往東廂，任意選之。」門生歸，白郗曰：
「王家諸郎，亦皆可嘉，聞來覓婿，咸自矜持。唯有一郎，
在床上坦腹臥，如不聞。」郗公曰：「正此好！」訪之，乃
是逸少（王羲之），因嫁女與焉。（中卷上〈雅量第六〉十九則）

謝太傅（安）盤桓東山時，與孫興公（綽）諸人汎海戲。
風起浪湧，孫、王（王羲之）諸人色並遽，便唱使還。太
傅神情方王，吟嘯不言。舟人以公貌閒意說，猶去不止。
既風轉急，浪猛，諸人皆諠動不坐。公徐云：「如此，將無
歸！」眾人即承響而回。於是審其量，足以鎮安朝野。（〈雅
量第六〉二十八則）

﹝註11﹞李澤厚《美的歷程》曰：「『朗朗如日月之入懷』、『雙眸閃閃若岩下
電』……這種種誇張地對人物風貌的形容品評，要求以漂亮的外在
風貌表達出高超的內在人格，正是當時這個階級（門閥士族）的審
美理想和趣味。」（頁119）

王子猷（徽之）居山陰，夜大雪，眠覺，開室，命酌酒，四望皎然。因起仿偟，詠左思〈招隱詩〉，忽憶戴安道（逵）。時戴在剡，即便夜乘小船就之。經宿方至，造門不前而返。人問其故，王曰：「吾本乘興而行，興盡而返，何必見戴？」

（下卷上〈任誕第二十三〉四十七則）

這幾則事件中的人物表現有一個共同點：清逸不俗。郗鑒派門生至王家選婿，王家諸郎皆整容以待，唯王羲之坦腹臥床，神色自若，並不因郗鑒選婿而一改常態；謝安在風急浪湧的特殊處境裏，眾人皆色變諠動，獨他貌閑意悅，不爲環境所動，也不被眾人所擾；王徽之在大雪之夜獨詠〈招隱詩〉，忽憶故人戴逵，於是乘船前往造訪。到了戴逵門前，卻又立即掉頭返回，理由是：「乘興而行，興盡而返。」王徽之認爲，雪夜訪友的過程已足以盡興，不一定要見到友人；換言之，他重視的是這份忽然而來的高度興致，而非實際上的目的。以上諸人的行事舉止，均逸出世俗的常規成矩，率性而行，「儼若不繫之舟」〔註12〕，故而特別顯出瀟灑不拘、不牽俗累的風神，餘韻悠然。這正是神韻之美微妙的體現。

六朝時期重神審韻的品人風氣，直接影響到當時的繪畫美學，影響的層面有二：一是畫家自覺的以「傳神」爲創作要求，例如：《世說新語・巧藝》載東晉畫家顧愷之畫人物，「或數年不點目睛。人問其故，顧曰：『四體妍蚩，本無關於妙處。傳神寫照，正在阿堵之中。』」他認爲人物繪畫的奧妙之處，不在形體的美醜，而在形體內蘊之神得傳與否。而人物的眼睛，正是傳神與否的關鍵，若「點睛得法則週身靈動，不得其法則通幅死呆」〔註13〕，所以必須謹愼下筆。人倫識鑑

〔註12〕牟宗三《才性與玄理》第三章〈魏晉名士及其玄學名理〉論「名士」的清逸之氣云：「在物質機括中而露其風神，超脫其物質機括，儼若不繫之舟，使人之目光唯爲其風神所吸，而忘其在物質機括中，則爲清。」（台北：學生，民國74年，頁68）

〔註13〕〔清〕鄭績《夢幻居畫學簡明》論「點睛」云：「生人之有神無神在於目，畫人之有神無神亦在於目，所謂傳神阿堵中也。故點睛得法則週身靈動，不得其法則通幅死呆。」（見俞昆《中國畫論類編》，

對繪畫藝術的另一影響，是在畫論方面。南齊謝赫在《古畫品錄》中將二十七位畫家分為六品，並提出繪畫六法〔註14〕，首要之法就是「氣韻生動」，這是他繪畫理論的核心，與人物品藻重「神」同一意義。他以「氣韻生動」作為衡量作品高下的標準，同時很自然的將品鑑人物的用語「神韻」用於評論繪畫作品──他評顧駿之的畫云：「神韻氣力，不逮前賢；精微謹細，有過往哲。」這是以「神韻氣力」與「精微謹細」相對而論，前者指傳神，後者屬寫貌，意指顧駿之的畫，寫貌有餘，但傳神不足，所以列於第二品。此處的「神韻」，就是他所提倡的「氣韻生動」的深意所在。元人楊維楨〈圖畫寶鑑序〉云：「傳神者，氣韻生動是也。」「氣韻生動」就是傳神，傳神之畫必有「栩栩如活之狀」〔註15〕，予人玩味、想像的空間，所以有神餘形外的遠韻。這是「神韻」一詞首次涉足文藝領域〔註16〕。之後，唐代張彥遠《歷代名畫記・論畫六法》承謝赫的繪畫六法加以發揮道：

> 至於臺閣樹石車輿器物，無生動之可擬，無氣韻之可侔，
> 直要位置向背而已。……至於鬼神人物，有生動之可狀，
> 須神韻而後全。若氣韻不周，空陳形似；筆力未遒，空善
> 賦彩。

所謂的「無生動之可擬，無氣韻之可侔」、「有生動之可狀，須神韻而後全」兩排比句，可看出「氣韻」與「神韻」實同指一個概念。文中又將「氣韻」與「形似」對舉，側重於畫中人物「氣韻」的表現，也就是重「神似」，要求以生動的藝術形象表現人物的內在精神。

　　人物品鑑中的「神韻」，是指人的內蘊本質和外在舉止綜合而成

頁 574）

〔註14〕謝赫《古畫品錄》云：「六法者何？一氣韻生動是也，二骨法用筆是也，三應物形象是也，四隨類賦彩是也，五經營位置是也，六傳移模寫是也。」

〔註15〕錢鍾書《管錐編》第四冊釋謝赫所謂「氣韻」云：「則氣韻匪他，即圖中人物栩栩如活之狀耳。」（頁 1354）

〔註16〕錢鍾書說：「談藝之拈『神韻』，實自赫始：品畫言神韻，蓋遠在說詩之先。」（同前書，頁 1353）

的風姿神態，展現出「事外有遠致、不沾滯於物的自由精神」〔註17〕；繪畫理論中的「神韻」，要求形外傳神，以生動的藝術形象傳達繪畫對象的內在精神，使之栩栩如生。兩者都是寓無形於有形，以有限寫無限。此神韻內涵移至詩學領域，便產生了追求「言外之意」〔註18〕、以「言已盡而意有餘」（鍾嶸〈詩品序〉）為尚的詩歌理論。

第二節　詩學「神韻說」的理論淵源

如前文所述，「神韻」一詞，於魏晉人物品評與畫論中就已出現，但要到明中葉以後才被運用於詩學領域（詳下節）。然而從神韻說特別重視「形外之神、餘韻之美」此一基本內涵來看，在自魏晉至唐宋以來的詩歌理論中，前人已用不同的方式表述出來了，其中尤以鍾嶸的「滋味」說、司空圖的「韻外之致」說，和嚴羽的「興趣」說為重要。這些詩論以作品中的韻味、意境、興致為美學重心，不斷吸收前人論點並加以豐富深化，從而形成神韻理論的發展脈絡〔註19〕，為清代詩學神韻說奠定基礎。以下就三家詩學中，擇其與神韻說相關者加以論述：

〔註17〕宗白華《美學的散步‧論世說新語和晉人的美》云：「晉人之美，美在神韻（人稱王羲之的字韻高千古）。神韻可說是『事外有遠致』、不沾滯於物的自由精神（目送歸鴻，手揮五絃）。這是一種心靈的美，或哲學的美。」（頁70）

〔註18〕黃保眞、蔡鍾翔、成復旺著《中國文學理論史——明清鴉片戰爭前時期》釋「神韻」概念的基本涵義云：「神韻施之於品畫，是指形外之神；用之於評詩，是指言外之意。」（頁487）

〔註19〕吳調公《神韻論》云：「『神韻』之成爲理論，首先是在六朝畫論中出現，而胚胎於中晚唐。由唐司空圖，經南宋嚴羽，而到清初王漁洋，則更形成流派。」（頁1）又鄔國平、王鎭遠《中國文學批評通史‧清代卷》云：「鍾嶸在《詩品》中反對矯揉造作，提倡自然眞美，要求詩歌須有『滋味』，『使味之者無極，聞之者動心，是詩之至也。』即主張詩應有雋永含蓄之味。司空圖的『味在鹹酸之外』與嚴羽的提倡『興趣』，也都從韻味的角度來強調詩歌的意境，與鍾嶸的理論一脈相承，並被視爲『神韻』說之濫觴。」（頁313）

一、鍾嶸的「滋味」說

　　南朝梁代鍾嶸在他的詩論著作《詩品》的序文中，提出「滋味」說，主張詩歌創作應有深遠雋永之味：

> 五言居文詞之要，是眾作之有滋味者也，故云會於流俗。
> 豈不以指事造形，窮情寫物，最爲詳切耶！故詩有三義焉：
> 一曰興，二曰比，三曰賦。文已盡而意有餘，興也；因物
> 喻志，比也；直書其事，寓言寫物，賦也。宏斯三義，酌
> 而用之，幹之以風力，潤之以丹采，使味之者無極，聞之
> 者動心，是詩之至也。

滋味，本來是人對食物的口舌感覺。以品嚐食物時不可言喻之「味」，比擬文藝作品妙不可言之美，在鍾嶸之前已有例子，如司馬遷《史記・馮唐列傳贊》中說：「張季之言長者，守法不阿意；馮公之論將軍，有味哉！有味哉！」劉勰在《文心雕龍》中也常以「味」來論述文詞之外的餘韻，如〈宗經〉談適當的運用舊典，能使文章「餘味日新」；〈體性〉稱讚揚雄的辭賦「志隱而味深」；〈隱秀〉談詩文的含蓄是「餘味曲包」等。而鍾嶸則直接標舉「滋味」爲詩歌主要的美感特徵，並分析滋味形成的原因是：詳切的「指事造形，窮情寫物」。「指事造形」，是以生動具體的形象塑造來敍述抽象之事；「窮情寫物」，是通過外物的摹寫來抒發內心的情感。「指事造形，窮情寫物」，一言以蔽之，就是以鮮明生動的藝術形象來敍事言情，達到主觀感情與客觀景物的交會融合。這種物我交會的最佳狀態，鍾嶸認爲應是「直尋」而來，〈詩品序〉云：

> 至乎吟詠情性，亦何貴於用事？「思君如流水」，既是即目；
> 「高臺多悲風」，亦惟所見；「清晨登隴首」，羌無故實；「明
> 月照積雪」，詎出經史？觀古今勝語，多非補假，皆由直尋。

「直尋」，即鍾嶸《詩品》評謝靈運時所說的「寓目輒書」。古今詩篇中，許多佳句勝語並非窮搜苦思、刻意經營而來，也不一定要借助經史典故的妝點，而是詩人內蘊的感情與即目所見的景物渾然無間的融合，在「造形寫物」中自然而然的「指事窮情」。詩歌的滋味即是來自此主客合一的藝術形象，而形象的構成，則有賴於興、比、賦三種

表現技巧的「酌而用之」。其中尤為值得注意的是，鍾嶸以「言已盡而意有餘」闡釋「興」，表示他已體認到詩歌具有某種不可言宣的美感內涵。「意有餘」的「意」，不是作品文字上的理性內容，而是詩人經由情景交融塑造文學形象，賦予作品蘊藉深長、耐人咀嚼的「意味」。近人徐復觀闡釋「言已盡而意有餘」云：

> 意有餘之「意」，決不是「意義」的意，而只是「意味」的意。意義的意，是以某種明確的意識為其內容；而意味的意，則並不包含某種明確意識，而只是流動著一片感情的朦朧縹緲的情調。此乃詩之所以為詩的更直接地表現，所以是更合於詩的本質的詩。一切藝術文學的最高境界，乃是在有限的具體事物之中，敞開一種若有若無，可意會而不可以言傳的主客合一的無限境界。〔註20〕

此「若有若無，可意會而不可以言傳」的文外餘味，正是鍾嶸以味論詩的精髓。「滋味」的特質，在於它雖然經由食物訴之於人們的感覺器官，卻並非可以指陳的物質實體，詩味也是如此，它不離語言文字，卻又不在語言文字之內。惟其不被有限的語言文字所限，所以能予人「味之者無極，聞之者動心」、深遠而耐人尋繹的美感。詩歌創作達此境界，才是「詩之至也」。從創作手法強調「文已盡而意有餘」的興，到追求「使味之者無極，聞之者動心」的美感極致，足以看出鍾嶸對言外之意的重視。

以「滋味」為衡量標準，鍾嶸在品評詩篇時，特別欣賞那些言內意外、意境深遠之作，例如《詩品》評〈古詩〉十九首時云：「人代冥滅，而清音獨遠。」又如評阮籍的〈詠懷詩〉云：「〈詠懷〉之作，可以陶性靈，發幽思。言在耳目之內，情寄八荒之表。」「言在耳目之內」，就是指創作出之以「直尋」、即目所見；「情寄八荒之表」，指阮籍詩旨託意遙深，使人讀之「可以陶性靈，發幽思」，觸發無窮聯想。鍾嶸一方面稱許滋味深厚的上乘之作，另一方面也批評沒有滋味

的玄言詩,〈詩品序〉云:「永嘉時,貴黃、老,稍尚虛談,於時篇什,理過其辭,淡乎寡味。」玄言詩是當時學術界談玄說理下的產物,內容往往只是老莊思想的另一種形式表述,把詩歌變成談玄論道的工具,例如孫綽的〈答許詢詩〉云:「遺榮榮在,外身身全。卓哉先師,修德就賢。」前兩句來自《老子》第七章:「是以聖人後其身而身先,外其身而身存。」後兩句則是《莊子·天地》:「天下無道,則修德就賢。」的套用。像這類詩,幾無詩歌本身的藝術特質,既談不上「指事造形,窮情寫物」,更遑論滋味的深藏,也無怪乎鍾嶸評之曰「淡乎寡味」、「平典似道德論」。

　　值得注意的是,鍾嶸評張協詩有云:「詞采蔥倩,音韻鏗鏘,使人味之,亹亹不倦。」可見鍾嶸以滋味評詩時,仍有重視詞采音韻華美之處,也就是對「潤之以丹彩」的講究,故而有學者認為:「鍾嶸所建立的滋味美評詩標準,應該是用華美的語言形式所表現的情與景相合的詩的藝術境界。」〔註21〕至唐代司空圖以味論詩,則擺落這一層,專向詩歌的意境挺進,追求更深刻的味外之味。

二、司空圖的「韻外之致」說

　　唐代司空圖提出「辨於味,而可以言詩」的主張,明確的把「味」作為寫詩、評詩的標準。其〈與李生論詩書〉有云:

> 文之難而詩尤難,古今之喻多矣,愚以為辨於味,而可以
> 言詩也。江嶺之南,凡足資於適口者,若醯、非不酸也,
> 止於酸而已;若醢、非不鹹也,止於鹹而已。華之人所以

〔註21〕語見劉忠惠〈鍾嶸詩品的文學批評價值〉一文(《齊齊哈爾師範學院學報》哲社版,1995年第五期)。另徐宗文〈鍾嶸詩品「準的」蠡測〉一文,更認為鍾嶸在實際品第作品時,「往往丟開酌用賦、比、興三義這一條,又把『幹之以風力』這一條擠到一個不怎麼適當的位置,而是全力突出『潤之以丹采』這一條……。」(收於《古代文學理論研究》十四輯,上海古籍,1989年,頁193)徐氏說鍾嶸將品評標準「全力」放在「潤之以丹采」的要求上,未免太過,然這也點出鍾嶸對詞采音韻華美的高度重視。

> 充飢而遽輟者，知其鹹酸之外，醇美者有所乏耳。彼江嶺
> 之人，習之而不辨也宜哉！……噫！近而不浮，遠而不盡，
> 然後可以言韻外之致耳。〔註22〕

醋與鹽，只有單一的味道；醋止於酸味，鹽止於鹹味。在酸、鹹之外，
沒有馨甘醇美的餘味可以令人愜心流連、回味再三，所以「華之人充
飢而遽輟」，如此單調的食物，人們一旦達到充飢的目的就不再想享
用。司空圖以醋與鹽為喻，說明詩歌創作醇美餘味之可貴與難求。醋
與鹽在「鹹酸之外」尚須有其化合而成的滋味，方能引人入勝；詩歌
的審美特性也是如此，必須作到「近而不浮，遠而不盡」，作品才有「韻
外之致」。「近而不浮，遠而不盡」，可說是鍾嶸「指事造形，窮情寫物」
更深刻的說法。「近」是指作品所描述的形象親切可感，歷歷如在目前；
「遠」是指情感韻味深遠含蓄，不盡於句中。詩中有一種可感而不浮
淺、層次豐富、留給人去體味的無窮情趣、無盡韻味，這便是整體大
於個別，具有「韻外之致」的詩。具體的說，詩歌應藉由語言文字整
體構成文學形象，而這可見的形象，進一步能傳達出更豐富的內容，
乃至在形象之外予人一種雖不可見卻更為雋永深邃的感受。司空圖於
〈與極浦談詩書〉一文中，論及此一形象外的無形之象云：

> 戴容州（叔倫）云：「詩家之景，如藍田日暖，良玉生煙，
> 可望而不可置於眉睫之前也。」象外之象，景外之景，豈
> 容易可談哉？然題紀之作，目擊可圖，體勢自別，不可廢
> 也。愚近作〈虞鄉縣樓〉及〈柏梯〉二篇，誠非平生所得
> 者。然「官路好禽聲，軒車駐晚程」，即虞鄉入境可見也。
> 又「南樓山最秀，北路邑偏清」，假令作者復生，亦當以著
> 題許。〔註23〕

文中引述戴叔倫的話，描繪出詩人建立的詩外景象，猶如藍田美玉，
在陽光下遠望，如生靄然煙霧，朦朧氳氳，若有似無，逼近而視時卻
杳然不見。這種可望而不可即的景、象，稱為「象外之象」、「景外之

〔註22〕文見郭紹虞《詩品集解》附錄一「表聖雜文」，頁47。
〔註23〕同前書，頁52。

景」。它和另一種寫景的「題紀之作」不同。題紀之作如司空圖所舉的自己的詩句:「官路好禽聲,軒車駐晚程」、「南樓山最秀,北路邑偏清」等,都是對外在客觀景象作如實的描述而已,使讀者「目擊可圖」、「入境可見」,卻並未融入詩人被外物啓迪的情思,只「寫物」而未「窮情」。而所謂「象外之象」、「景外之景」,則是融情入景、運實於虛之作。前一個象和景,指的是詩中具體有形的描寫;後一個象和景,指的是由前一個眞實景象所暗示或象徵出來的虛幻景象。以繪畫上的要求來說,即「實景清而空景現,眞境逼而神境生」〔註24〕。換言之,優秀的作品在描繪具體情景的同時,還要構成一個空靈悠遠、令人馳騁遐想的「虛景」、「神境」。讀者不可置於眉睫之前以求其實,必須心領神會方能得其奧妙。以李白的〈黃鶴樓送孟浩然之廣陵〉爲例:「故人西辭黃鶴樓,煙花三月下揚州。孤帆遠影碧空盡,唯見長江天際流。」此寫太白登臨送別,在實景之外,讀者彷彿看到詩人在江邊樓頭佇立良久,直望到帆影向空而盡,唯剩浩蕩江水接天無際,而故人早已悠渺去遠。末二句雖不言離思,而悵望之情溢於言外。前人評此詩云:「後二句寫景,而送別之意已見言表。孤帆遠影,以目送也;長江天際,以心送也。」〔註25〕、「十四字中,正復深情無限。」〔註26〕由「孤帆遠影碧空盡,唯見長江天際流」此一實景的指引,而聯想到詩人「目送」、「心送」良久的虛景,即是象外之象、景外之景;「十四字中深情無限」,則是韻外之致,有限的文字之外的

〔註24〕 語見清人笪重光《畫筌》:「山之厚處即深處,水之靜時即動時。林間陰影,無處營心;山外清光,何從著筆。空本難圖,實景清而空景現;神無可繪,眞境逼而神境生。」(收於《藝林名著叢刊》),張少康〈象外之象,景外之景——論司空圖的《詩品》〉一文以此釋司空圖所謂「象外象」、「景外景」云:「清人笪重光在《畫筌》中說,繪畫中有空景有實景,比如山的深遠、水的流動、林間陰影、山外清光,這些都是空景,是很難具體描繪出來的,它需要用山、水、林、石等具體實景來暗示和象徵。」(見《古典文藝美學論稿》,頁341)
〔註25〕 清人吳烶輯注《唐詩選勝直解》語。
〔註26〕 愈陛雲《詩境淺說續編》語。

無窮情思。詩歌創作具有象外之象、景外之景,自有含蓄不盡之美,
則韻外之致亦在其中。反之,詩句過於質實淺露,言意俱盡,則索然
無味。明人朱存爵的《存餘堂詩話》曾舉例說明這種無味之詩:

> 作詩之妙,全在意境融澈,出音聲之外,乃得真味。如曰:
> 「孫康映雪寒窗下,車胤收螢敗帙邊。」事非不數,對非
> 不工,惡!是何言哉?

而所謂的「意境融澈,出音聲之外,乃得真味」,即是韻外之致。「孫
康映雪寒窗下,車胤收螢敗帙邊」,此二句只寫出兩個人各自做的事,
沒有留下可供讀者想像、補充的空間。這樣的實景無法生發虛境,當
然更談不上韻外之致、味外之旨了。

　　司空圖言「象外之象,景外之景,豈容易可談哉!」可見這是詩
歌藝術不易達到的美感境界。欲使詩篇具有「象外之象、韻外之致」,
須出之以含蓄的表現手法。司空圖在《詩品》〔註27〕中釋〈含蓄〉一
品有云:「不著一字,盡得風流」、「淺深聚散,萬取一收」。前者便是
對含蓄的要求,後者則是創作方法。「不著一字」,是說在詩的表面字
句中沒有情意的直接表露,詩人卻能以簡煉的詞語,包容著豐沛的思
想情感,將情意表達得淋漓盡致,精采生動。例如李白〈玉階怨〉詩:
「玉階生白露,夜久侵羅襪。卻下水精簾,玲瓏望秋月。」元人蕭士
斌注云:「無一字言怨,而隱然幽怨之意見於言外。」〔註28〕無一字
言及怨字,實際上在言詞之外深含厚蓄,這便是所謂的「不著一字,
盡得風流」了。至於「淺深聚散,萬取一收」,指的是創作方法。孫

〔註27〕關於《詩品》的作者,陳尚君《唐代文學叢考》之〈司空圖二十四詩
　　　　品辨僞〉一文懷疑並非司空圖,他說:「僅就《二十四詩品》與司空圖
　　　　論詩雜著比較,或與其思想傾向及文風特徵比較,僅能見其矛盾不合,
　　　　確實不足疑僞。但當我們順流溯源地考察文獻,則驚訝的發現,司空
　　　　圖身後很長一段時間裏,此書根本不爲後人所知。這從古籍一般流布
　　　　情形來看,是極爲罕見的。」(北京:中國社會科學,1997年,頁433
　　　　～481)然而,至目前爲止,並沒有更有力而確切的證據,可證明《詩
　　　　品》不是出自司空圖之手,故本文仍以司空圖爲《詩品》的作者。
〔註28〕元蕭士斌補注《分類補注李太白詩》語。

聯奎《詩品臆說》解釋曰：「淺深，豎說；聚散，橫說：皆題外事也。萬取，取一於萬；即不著一字；一收，收萬於一，即盡得風流。」淺深聚散，合起來說是指自然界題材縱橫交錯，種類繁多。為了要作到含蓄，當然不能將可用的題材竭盡無餘全寫出來，而是要從繁富的多數中，選取具有代表性的少數作為典型予以概括，以少總多，這便是取一於萬。這取一於萬的「一」，必須真正有代表性、關鍵性，才能一中有萬；收萬於一，這個「一」才能涵蓋萬有，也才能含不盡之意而成含蓄。

　　司空圖對唐代詩人進行評論時，特別推崇王維、韋應物的詩，〈與王駕評詩書〉稱讚王、韋二人的作品「趣味澄敻，如清風之出岫」，意謂二人之詩韻味清遠，如山谷間的和煦清風；此外，〈與李生論詩書〉中亦稱「王右丞、韋蘇州，澄澹精緻」，盛讚王、韋作品的風貌清澄澹遠，精緻高雅。明人許印芳〈與李生論詩書跋〉一文亦云：「表聖論詩，味在鹹酸之外，因舉右丞、蘇州以示準的。此是詩家高格，不善學之，易落空套。」依此說法，司空圖所謂「味在鹹酸之外」、「韻外之致」的藝術理想，是以王維、韋應物澄澹清遠一派的詩風為最高標準的。他在〈與李生論詩書〉中，曾列舉自己的得意之作以說明韻外之致，如：「草嫩侵沙長，冰輕著雨銷」、「人家寒食月，花影午時天」、「日帶潮聲晚，煙和楚色秋」、「碁聲花院閉，幡影石壇高」、「遠陂春早滲，猶有水禽飛」、「孤嶼池痕春漲滿，小欄花韻午晴初」等，這些詩句亦大都語言清逸，在景物的描繪中呈現閒雅恬淡的韻味〔註29〕。清人潘德輿《養一齋詩話》即認為司空圖《詩品》二十四品，雖然首列〈雄渾〉一門，但他所舉的自負之作，卻是「佳句纍纍，終無可當『雄渾』之目者。若其〈漫題〉、〈偶題〉、〈雜題〉諸小詩，亦多幽致。」（卷五）此外，從其二十四《詩品》中某些品的名稱與詩歌風格的描述，亦可

〔註29〕錢鍾書《談藝錄》曰：「表聖言詩主神韻，故其作詩賦物，每言『酒韻』、『花韻』，所謂道一以貫者也。」（頁 49）他認為司空圖詩閒雅恬淡的韻味，正是其論詩主「神韻」的反映。

看出司空圖對沖淡清遠的詩境的偏好，如：

> 飲之太和，獨鶴與飛。猶之惠風，荏苒在衣。(〈沖淡〉)
>
> 采采流水，蓬蓬遠春。窈窕深谷，時見美人。(〈纖穠〉)
>
> 玉壺買春，賞雨茆屋。坐中佳士，左右修竹。(〈典雅〉)
>
> 幽人空山，過雨採蘋。薄言情悟，悠悠天鈞。(〈自然〉)
>
> 如將白雲，清風與歸。遠引若至，臨之已非。(〈超詣〉)
>
> 落落欲往，矯矯不群。緱山之鶴，華頂之雲。(〈飄逸〉)

這些論詩之「詩」，本身即頗具象外之趣，而其中蘊含的美感，與他所贊美的王維、韋應物一樣，同屬超逸清淡一路。由以上種種觀之，雖然司空圖《詩品》所列的詩歌品貌，「諸體畢備，不主一格」(《四庫全書總目提要》卷一九五《詩品》提要)，但他所偏重的乃是清遠澄淡的作品。清人紀昀〈田侯松岩詩序〉即云：「司空圖分為二十四品，……雖無美不收，而大旨所歸，則在清微妙遠一派，自陶、謝以下逮乎王、孟、韋、柳是也。」而這樣的審美趣向，正接上了魏晉人物品評用語「神韻」的「韻」，崇尚清遠之美的特質。

三、嚴羽的「興趣」說

　　南宋嚴羽的詩論著作《滄浪詩話》共分為五章，開篇〈詩辨〉是全書的總綱，闡述作者的基本理論。其中嚴羽承司空圖對詩歌餘韻悠揚美感的注重[註30]，以「興趣」點出詩歌藝術的本質與美感特徵云：

> 夫詩有別材，非關書也；詩有別趣，非關理也。然非多讀書，
> 多窮理，則不能極其至。所謂不涉理路，不落言筌者，上也。
> 詩者，吟詠情性者也。盛唐諸人惟在興趣，羚羊挂角，無跡

[註30] 關於司空圖與嚴羽在詩學上的淵源，學者多有論及，如李澤厚《美的歷程》云：「封建後期的美學代表作如司空圖《詩品》和嚴羽《滄浪詩話》則進了一步，它更講究藝術作品必須達到某種審美風貌和意境。……司空圖與嚴羽相隔已數百年，居然有如一脈相承，若合符契，其中的歷史必然消息，不是很清楚嗎？」(頁209) 又曾祖蔭《中國古代文藝美學範疇》云：「嚴羽的興趣說，也可以說是司空圖韻味說在新的歷史條件下的表現。」(頁268)

可求。故其妙處透徹玲瓏，不可湊泊，如空中之音，相中之色，水中之月，鏡中之象，言有盡而意無窮。近代諸公乃作奇特解會，遂以文字爲詩，以才學爲詩，以議論爲詩。夫豈不工，終非古人之詩也。蓋於一唱三歎之音，有所歉焉。

嚴羽的「興趣」說，乃是有感於當時作家「以文字爲詩，以才學爲詩，以議論爲詩」﹝註 31﹞而發的。清人吳喬《圍爐詩話》曾言：「唐人以詩爲詩，宋人以文爲詩。唐詩主於達性情，故於《三百篇》近；宋詩主於議論，故於《三百篇》遠。」（卷二）即指出了宋人以議論爲詩、不主性情的傾向。不同於一般大發議論、炫耀才學的文章，詩歌藝術有「別材別趣」，其所要呈現的非關書、理概念的說明，而是以「吟詠情性」爲底蘊的「興趣」。「興趣」的「興」是指詩人在某一特定的境遇中觸物而起情，即事名篇，正如楊萬里〈答建康府大軍庫監門徐達書〉所云：「我初無意於作是詩，而是事、是物適然觸乎我，我之意亦適然感乎是物、是事，觸先焉，感隨焉，而是詩出焉。我何有哉？天也！斯謂之『興』。」（《誠齋文集》卷六十七）嚴羽云：「唐人好詩，多是征戍、遷謫、行旅、離別之作，往往能感動激發人意。」（《滄浪詩話‧詩評》）正是注意到好的作品往往是觸景即事、因境生情而成。興趣中的「趣」，則是詩人觸物興情在詩中寄寓的情致。性情與興趣的關係，正如清人喬億《劍谿說詩》所云：「所謂性情者，不必義關乎倫常，意深於美刺；但觸物起興，即有眞趣存焉耳。」（卷下）只要眞情灌注，詩中自有眞趣在。

「興趣」融情思、景物、遭際於一爐，自然渾成，像「羚羊掛角，

﹝註 31﹞嚴羽論詩主唐音，對宋詩的「以文字爲詩，以才學爲詩，以議論爲詩」頗致不滿，呈現尊唐抑宋的取向。但後人對宋詩亦有作持平之論的，例如清代朱庭珍《筱園詩話》就說：「宋人承唐人之後，而能不襲唐賢衣冠面目，別闢門戶，獨樹壁壘，其才力學術，自非後世所及。」（卷二）錢鍾書《談藝錄》則認爲：「自宋以來，歷元、明、清，才人輩出，而所作不能出唐、宋之範圍，皆可分唐、宋之畛域。」（頁 3）從這個角度來看，宋詩正是以「以才學爲詩，以議論爲詩」的特色而另闢門戶，與唐詩分庭抗禮。

無跡可求」，不著痕跡而靈妙無窮。更形象的說法是，像鏡花水月一樣，可望而不可即，可以意會，難以實求。葉燮《原詩》云：「呈於象，感於目，會於心，意中之言，而口不能言；口能言之，而意又不可解。」即是此意。「興趣」的美感內涵是含蓄不露的，如空中之音、水中之月一樣，既眞實又虛幻、既隱約又鮮明，無法用理性抽繹剖析。此與戴叔倫所說的「詩家之景，如藍田日暖，良玉生煙，可望而不可置於眉睫之前」、司空圖的「象外之象，景外之景」具有相同的意義，皆強調詩歌最高藝術境界應不著思辨的痕跡，不用文字詮釋說明，即「不涉理路，不落言筌」。詩中語言文字的作用，乃是帶領讀者忘卻語言文字的存在，直接體悟到文字之外的無言之境，達到言有盡而意無窮的效果。

　　如果「興趣」是詩歌美感的理想標準，則「妙悟」就是詩人達到此一標準的心理過程與能力〔註32〕。《滄浪詩話·詩辨》云：

> 大抵禪道唯在妙悟，詩道亦在妙悟。且孟襄陽學力下韓退
> 之遠甚，而其詩獨出退之之上者，一味妙悟而已。唯悟乃
> 爲當行，乃爲本色。

嚴羽強調「悟」爲詩人的「當行本色」，也就是詩歌創作不同於一般學術、史傳散文寫作的思維方式。今人周裕鍇《宋代詩學通論》釋「當行本色」云：「『本色』一詞具有本行業、本專業的含意，因而宋人在談到詩須『本色人』爲之的時候，實際上是在強調詩人必須有專門的藝術訓練和獨特的思維方式，必須具有寫詩的才能和條件。」嚴羽認爲宋人以文字、才學、議論爲詩，是未能從根本上認識詩歌創作特殊的思維方式所致。構思時一開始的思維方式即錯誤，連帶著表達形式、美學效果也跟著偏離詩歌的藝術特徵，到了末流，甚至出現「叫

〔註32〕 張少康〈論滄浪詩話〉一文論「妙悟」與「興趣」的關係云：「從創
　　　　作的角度講，妙悟的目的是要掌握創作有『興趣』的詩歌的能力。」
　　　　（見《古典文藝美學論稿》，頁 388）又葉朗《中國美學史》第十五
　　　　章〈嚴羽的美學〉云：「所謂『妙悟』，是指審美感興，也就是指在
　　　　外物直接感發下產生審美情趣的心理過程。」（頁 221）

噪怒張，殊乖忠厚之風，殆以罵詈爲詩」（《滄浪詩話・詩辨》）的情況。所以，他提出「妙悟」以糾正當時普遍的偏失。而所謂「妙悟」，是指創作者接觸外物時，一種近似於直覺〔註33〕的感知方式，「直觀與思維在瞬間統一」〔註34〕，並不經過邏輯推理的過程。也可以說，詩人是通過具體的、生動的、美的整體形象去感受世界，而非分析的、理解性的。宋人葉夢得《石林詩話》以謝靈運的詩爲例云：

> 「池塘生春草，園柳變鳴禽」（〈登池上樓〉），世多不解此語爲工，蓋欲以奇求之耳。此語之工，正在無所用意，猝然與景相遇，借以成章，不假繩削，故非常情所能到。詩家妙處，當須以此爲根本，而思苦言難者，往往不悟。鍾嶸《詩品》論之最詳，……觀古今勝語，多非補假，皆由直尋。（卷中）

「池塘生春草，園柳變鳴禽」，寫大自然的勃勃生機，傳神而生動，即是緣於「無所用意，猝然與景相遇」的妙手偶得之悟，葉夢得認爲這就是「詩家妙處」，與鍾嶸所言「直尋」同一意旨。再者，正如詩的藝術特質非關書、理一樣，「妙悟」是對生活中的詩意與美的敏銳的感受能力，與人的學力並無必然的關係，誠如明人謝榛《四溟詩話》所云：「作詩有專用學問而堆垛者，或不用學問而勻淨者，二者悟不悟之間耳。」（卷三）嚴羽認爲韓愈的學力遠在孟浩然之上，而其詩卻反在其下，即是缺乏妙悟之故。

　　雖然「興趣」、「妙悟」均與學力無直接的關係，但滄浪並未一筆

〔註33〕以「直覺思維」釋嚴羽的「妙悟」，前輩學者已多有論及，黃景進《嚴羽及其詩論之研究》即云：「所謂妙悟也就是近人常說的『直覺』，也可說是『直接的認識』。其實前輩學人早已看出嚴羽所說是指『直覺』。」文中並舉陳伯海、傳庚生、王夢鷗等人的說法爲證，詳見該書頁172～175。

〔註34〕童慶炳《中國古代心理詩學與美學》論藝術直覺云：「直覺作爲一種特殊的認識活動則把上述兩個階段（感性認識→邏輯推理→理性認識）合而爲一，在一刹那的直接體察中，就達到了對事物眞理的把握，而把中間的邏輯推理過程省略了。……直觀與思維在瞬間統一，是直覺的基本特徵。」（頁76）

抹殺讀書窮理的修養與效用。他在「詩有別材，非關書也；詩有別趣，非關理也」之後，立即補充說：「然非多讀書，多窮理，則不能極其至。」多讀書多窮理，是「興趣」、「妙悟」的基礎，誠如郭紹虞《滄浪詩話校釋》引崔旭《念堂詩話》所云：「讀書破萬卷，學也；下筆如有神，悟也。」清人冒春榮《葚原詩說》亦云：「嚴滄浪謂：『詩有別材，非關書也。』以言神明妙悟，不專學問之意，非教人廢學也。」（卷一）嚴羽所反對的，是那些讀書不為詩所用，名相之累太多，反在詩中掉弄學問者。同理，嚴羽雖強調詩以「不涉理路，不落言筌」為上，但並不反對詩中有「理」，關鍵在於「理」是以何種方式存在於詩中。《滄浪詩話・詩評》云：

> 南朝人尚辭而病於理，本朝人尚理而病於意興，唐人尚意
> 興而理在其中；漢魏之詩，辭理意興，無跡可求。

可見在嚴羽看來，詩中之理最好的狀態，是如漢魏詩之「辭理意興，無跡可求」，或如唐人之「尚意興而理在其中」，兩者均是辭、理、意興三者渾然一體，如水中著鹽，有其味而無其形跡。以他自己的話來比喻，即詩中之理，應渾融於「羚羊挂角，無跡可求」的興趣之中。

清代神韻說的提倡者王士禎曾云：「余於古人論詩，最喜鍾嶸《詩品》、嚴羽《詩話》、徐禎卿《談藝錄》。」（《漁洋詩話》卷上）、「表聖論詩，有二十四品，予最喜『不著一字，盡得風流』八字。」（《香祖筆記》）王士禎的後學張宗柟亦云：「（王士禎）嘗拈『神韻』二字以示學者，於表聖『味在酸鹹之外』、滄浪『一味妙悟』之旨，別有會心。」（《帶經堂詩話・纂例》）可見鍾嶸、司空圖、嚴羽等人的詩論，對清代神韻說的影響至大。從滋味說到興趣說，雖然產生的背景不同，但其論詩重點，卻都指向詩歌藝術特質的探討、理想詩境的標舉。此一主題，正是後來清代詩學神韻說的核心。

第三節　詩學「神韻」意義的發展

在詩學領域中，「神」與「韻」原本各為獨立的概念，二者單獨

使用了很長的一段時間。至明代以後,「神韻」聯用才逐漸普遍,如
王士禎嘗言明人孔天允以「神韻」論詩〔註35〕,而在胡應麟《詩藪》、
陸時雍《詩鏡總論》、許學夷《詩源辯體》〔註36〕等論著中,亦可見
到以「神韻」評詩、論詩之跡。其中胡應麟、陸時雍二人,向來被視
爲較早援引「神韻」論詩的重要人物〔註37〕,故本節擬先概述詩學中
「神」、「韻」各自的發展,再論胡應麟、陸時雍詩學中「神韻」的意
義。

一、神、韻分說

先言「神」。「神」在詩文理論中的意義,主要包含下列數點:

第一,指神妙的詩興,也就是詩人創作過程中豐富的精神活動。
例如劉勰《文心雕龍‧神思》云:「形在江海之上,心存魏闕之下,神
思之謂也。文之思矣,其神遠矣。故寂然凝慮,思接千載;悄然動容,
視通萬里。」劉勰此處引用《莊子‧讓王》的「形在江海之上,心存
魏闕之下」,來說明「神」可以超越「形」的限制而自由活動。「神思」
指創作者馭辭謀篇時,精神的遨遊超越時空,縱橫四方,與萬物感應

〔註35〕王士禎《池北偶談》卷十八云:「汾陽孔文谷(天胤)云:『詩以達
　　　　性,然須清遠爲尚。……何必絲與竹,山水有清音;景昃鳴禽集,
　　　　水木湛清華,清遠兼之也,總其妙在神韻矣!』神韻二字,予向論
　　　　詩,首爲學人拈出,不知先見於此。」另明人許學夷《詩源辯體》
　　　　卷七也記述了相同的言論,卻題爲薛蕙之言,而且所錄之語只到「清
　　　　與遠兼之矣」,下文並無「總其妙在神韻矣」句。
〔註36〕例如《詩源辯體》卷三云:「擬古皆逐句摹倣,則情興窘縛,神韻未
　　　　揚。」
〔註37〕例如張少康、劉三富《中國文學理論批評發展史》下卷云:「(明代
　　　　詩學)由提倡格調而逐漸向提倡神韻轉化,這方面的代表人物是隆
　　　　慶、萬曆年間的胡應麟和崇禎年間的陸時雍。」(頁218)又蔡鎭楚
　　　　《中國詩話史》認爲:胡應麟《詩藪》「在明代詩壇首次倡言以神
　　　　韻論詩。」(頁167)而龔顯宗先生〈明代主神韻之說的陸時雍〉一
　　　　文則云:「『神韻』二字首見於胡應麟的《詩藪》,但胡氏『格調』
　　　　說的氣息畢竟太重,因此若純就內涵而言,應以陸時雍當做明代神
　　　　韻說的主要人物。」(見《華學月刊》一三五期,民國72年3月,
　　　　頁36)

達到「神與物遊」之境，即陸機〈文賦〉所言「精騖八極，心游萬仞」、胡應麟《詩藪》的：「蕩思八荒，游神萬古」（《詩藪》內編卷五）之意。此處的「神」，是創作者進行藝術想像時的內在精神之謂，就其狀態而言，則是精神的高度凝聚；待靈感來時，即萌發不可抑遏的創作能量，此種情況，正如唐代皎然《詩式》「取境」一條所云：「有時意靜神王，佳句縱橫，若不可遏，宛若神助。」「意靜神王」，是詩人進入虛靜的狀態而精神開始活躍，靈感一一湧現，佳句脫穎而出，此時下筆「如有神助」。此處將靈感湧現之際的創作活動亦以「神」來形容，而曰「如有神助」，意指這些奇文妙句的產生宛如天授，不似從人間來。清人李漁《閒情偶寄》云：「文章一道，實實通神，非欺人語。千古奇文，非人為之，神為之，鬼為之也。」（卷三）即是此意。

第二，「神」有時是指作品的傳神生動，或文詞之外精神的流露。例如杜甫〈畫馬贊〉云：「韓幹畫馬，毫端有神」，這是讚揚韓幹筆下的駿馬，神采飛揚，如有生氣。又如金朝元遺山《論詩絕句三十首》之第十一首有云：「眼處心生句自神，暗中摸索總非真」，此謂摹景寫物時，游目所及之處，心靈有所體悟，詩句自能傳神逼真。司空圖《詩品》中有〈精神〉一品云：「生氣遠出，不著死灰。」指詩文生氣充沛，猶如人之活潑靈動，「則精神迸露，遠出紙上」〔註38〕。其〈形容〉一品亦云：「離形得似」，正是要求詩歌創作須於形象之外傳其神韻。詩若缺乏精神，猶如「繪日月而無光彩」（謝榛《四溟詩話》卷二），徒具其形而已。詩文中的精神，與其說是客觀景物的神氣，還不如說是作者本身精神個性的投射，所以清人賀貽孫《詩筏》有云：「詩文有神，方可行遠。神者，吾身之生氣也。」

第三，「神」指作品的藝術造詣臻於出神入化的境界。據《西京雜記》載：揚雄認為司馬相如的賦神妙不凡，而有「長卿賦不似從人間來，其神化所至耶」之歎。嚴羽《滄浪詩話・詩辨》，則以「入

〔註38〕郭紹虞《詩品集解》〈精神〉一品注語。（頁25）

神」為詩的最高評價，他說：「詩之極致有一，曰入神。詩而入神，至矣，盡矣，蔑以加矣！唯李、杜得之，他人得之蓋寡也。」此「入神」的藝術境界，來自嚴羽所標舉的「詩道唯在妙悟」的「妙悟」、與「盛唐諸人唯在興趣」的「興趣」，是自然無跡、氣象渾厚的詩歌風貌（註 39）。元人戴表元〈許長卿詩序〉，也以渾融無跡為詩文之「神」，他說：「風雲月露，蟲魚草木，以至人情事故之託於諸物，各不勝其為跡也，而善詩者用之，能使之無跡。……無跡之跡，詩始神也。」（《剡源戴先生文集》卷九）意指善詩者，能巧妙的駕馭各種題材事典、創作手法以敘事抒情，達到渾融無跡的地步，即為「神」。明人茅坤《文訣・凝神》云：「神者，文章中淵然之光，窅然之思，一唱三歎，餘音裊裊，即之不可得，而味之又無窮也。」以一唱三歎、餘韻無窮為文章之「神」，則很接近嚴羽論詩的「興趣」理想境界。又明人方孝孺〈蘇太史文集序〉稱讚莊子、太白詩文之高超時云：「莊周、李白，神於文者也，非工於文者所及也。文非至工，則不可以為神，然神，非工之所至也。」（《遜志齋集》卷十二）出神入化的詩文造詣，必須經過修養鍛鍊；但修養鍛鍊達到「至工」之境，卻未必有「神」，可見「神」的境界之難以企及。

　　次言「韻」。當魏晉南北朝時期的人物品鑑與畫論中的「韻」，已用來指超越於形體之上的精神風度時，詩學領域中的「韻」，卻仍處於實有所指的階段，例如：《文心雕龍・聲律》云：「異音相從之謂和，同聲相應謂之韻」，此處的「韻」，是指詩文中的音韻。陸機〈文賦〉曰：「收百世之闕文，采千載之遺韻」的「韻」，則是詩文的代稱。至唐代，「韻」有用以指詩文的精神特質者，如《北史・楊素傳》：「素嘗以五言詩七百字贈番州刺史薛道衡，詞氣穎拔，風韻秀上，為一時盛作。」又唐代皎然《詩式・取境》云：「或云：『詩不假修飾，任其

─────────────────────

〔註39〕陳良運《中國詩學體系論》之「入神篇」論嚴羽「詩而入神」的創作序列如下：興趣→妙悟→詞理意興無跡可求→氣象渾厚→詩而入神。（頁 431）

醜樸。但風韻正，天眞全，即名上等。』余曰：『不然，無鹽闕容而
有德，曷若文王太姒有容而有德乎？』」到了宋代，「韻」廣被運用於
詩、書、畫等藝術領域〔註40〕，而詩學中「韻」的美學特質，也有較
明確的進展，如蘇軾〈書黃子思詩集後〉云：

> 予嘗論書，以爲鍾、王之跡，蕭散簡遠，妙在筆墨之外。
> 至唐顏、柳，始集古今筆法而盡發之，極書之變，天下翕
> 然以爲宗師，而鍾、王之法益微。至於詩亦然。蘇、李之
> 天成，曹、劉之自得，陶、謝之超然，蓋亦至矣。而李太
> 白、杜子美以英瑋絕世之姿，凌跨百代，古今詩人盡廢；
> 然魏、晉以來，高風絕塵，亦少衰矣。李、杜之後，詩人
> 繼作，雖間有「遠韻」，而才不逮意。獨韋應物、柳宗元
> 發纖穠於簡古，寄至味於淡泊，非餘子所及也。唐末司空
> 圖，……其詩論曰：「梅止於酸，鹽止於鹹，飲食不可無
> 鹽、梅，而其美常在鹹、酸之外。」蓋自列其詩之有得於
> 文字之表者二十四韻，恨當時不識其妙。(《蘇軾文集》卷六
> 十七)

司空圖《詩品·綺麗》云：「濃盡必枯，淺者屢深」，東坡進一步闡明
此一觀點，以「發纖穠於簡古，寄至味於淡泊」釋「韻」，於簡澹古
雅、樸實淡泊的抒寫之中，寄寓穠密的情感、醇美的詩味，而有「蕭
散簡遠，妙在筆墨之外」的雋永神韻。東坡於他處曾多次論及這一看
法，如〈評韓柳詩〉言：「所謂枯澹者，謂其外枯而中膏，似澹而實
美，淵明、子厚之流也。」；周紫芝《竹坡詩話》轉引他的話說：「大
凡爲文者當使氣象崢嶸，五色絢爛，漸老漸熟，乃造平淡。」均指詩
之豐美、絢爛需出之以平淡、枯淡，也就是一種含光內斂的藝術境界，
此爲詩「韻」味之所在。而最具此一韻味的，則爲陶淵明、柳宗元、
韋應物等詩人的作品。誠如陳善《捫虱新語》所云：「乍讀淵明詩，

〔註40〕此以黃庭堅爲代表，例如其〈題摹燕郭尚父圖〉云：「凡書畫當觀韻。」
〈跋自所書與宗室景道〉云：「翰林蘇子瞻書法娟秀，雖用墨太豐，
而韻有餘，於今爲天下第一。」〈題明皇眞妃圖〉云：「故人物雖有
佳處，而行布無韻，此畫之沉痾也。」

頗似枯淡，久之有味。東坡晚年極好之，謂李、杜不及也。此無他，韻勝而已。」（上集卷一）東坡講究「簡古淡泊」、「筆墨之外」的餘韻，而以陶、柳、韋等人爲典範，此乃是對司空圖「味在鹹酸之外」的詩論深有所得的體會。

在東坡稍後，將「外枯而中膏，似澹而實美」之「韻」的內涵作更詳盡發揮者爲范溫〔註41〕。范溫《潛溪詩眼》記錄了他與友人王偁通過層層辯說，以開掘「韻」的美感旨趣的經過：

> 王偁定觀好論書畫，常誦山谷之言曰：「書畫以韻主。」予謂之曰：「夫書畫文章，蓋一理也。……獨韻者，果何形貌耶？」定觀曰：「不俗之謂韻。」余曰：「夫俗者、惡之先，韻者、美之極。書畫之不俗，譬如人之不爲惡。自不爲惡至於聖賢，其間等級固多，則不俗之去韻也遠矣。」定觀曰：「瀟灑之謂韻。」余曰：「夫瀟灑者、清也，清乃一長，安得爲盡美之韻乎？」定觀曰：「古人謂氣韻生動，若吳生筆勢飛動，可以爲韻乎？」余曰：「夫生動者，是得其神；曰神則盡之，不必謂之韻也。」定觀曰：「如陸探微數筆作狡狤，可以爲韻乎？」余曰：「夫數筆作狡狤，是簡而窮其理；曰理則盡之，亦不必謂之韻也。」定觀請余發其端，乃告之曰：「有餘意之謂韻。」定觀曰：「余得之矣。蓋嘗聞之撞鐘，大聲已去，餘音復來，悠揚宛轉，聲外之音，其是之謂矣。」余曰：「子得其梗概而未得其詳，且韻惡從生？」定觀又不能答。予曰：「蓋生於有餘。……且以文章言之，有巧麗，有雄偉，有奇，有巧，有典，有富，有深，有穩，有清，有古。有此一者，則可以立於世而成名矣；然而一不備焉，不足以爲韻，眾善皆備而露才用長，亦不足以爲韻。必也備眾善而自韜晦，行於簡易閑澹之中，而有深遠無窮之味，觀於世俗，若出尋常。至於識者遇之，

〔註41〕范溫，字元實，北宋名臣范祖禹之子，秦觀之婿。郭紹虞《宋詩話考》云：「晁公武《郡齋讀書志》與呂本中《紫微詩話》均稱其從山谷學詩，故此書（《潛溪詩眼》）所論，亦以述山谷語爲多。」（頁133）

則暗然心服，油然神會。測之而益深，究之而益來，其是
之謂矣。其次一長有餘，亦足以爲韻；故巧麗者發之於平
淡，奇偉有餘者行之於簡易，如此之類是也。……自曹、
劉、沈、謝、徐、庾諸人，割據一奇，臻於極致，盡發其
美，無復餘蘊，皆難以韻爲之。惟陶彭澤體兼眾妙，不露
鋒鋩，故曰：質而實綺，臞而實腴，初若散緩不收，反覆
觀之，乃得其奇處。夫綺而腴，與其奇處，韻之所從生；
行乎質與臞，而又若散緩不收者，韻於是乎成。……是以
古今詩人，惟淵明最高，所謂出於有餘者如此。」

此段論「韻」之文，試歸納其重點如下：第一，范溫爲「韻」下的定
義是：「有餘意之謂韻。」王偁所提出的不俗、瀟灑（清）、生動（傳
神）、簡而窮理等特質，在范溫看來，僅得「韻」的一端，不能盡道
「韻」之美的內涵。尤其他以「氣韻生動」、「筆勢飛動」爲「神」，
認爲「曰神則盡之，不必謂之韻」，顯見「神」、「韻」美感特質各有
所指，「神」不足以包括「韻」。第二，「韻」生於有餘。「眾善皆備而
露才用長」、「臻於極致，盡發其美」的作品，容易導致「無復餘蘊」，
難以產生有餘不盡的言外意味；要「備眾善而自韜晦，行於簡易閑澹
之中，而有深遠無窮之味」，才有「韻」在其中，如胡應麟評〈古詩
十九首〉所云：「蓄神奇於溫厚，寓感愴於和平。意愈淺愈深，詞愈
近愈遠。」〔註42〕。就讀者的角度而言，這樣的作品一般人視之爲平
常，但「識者遇之，則暗然心服，油然神會。測之而益深，究之而益
來」。具有此一特色的最高典範爲陶淵明，因其詩外表看來「不露鋒
鋩」，深究之後，卻又令人感到「質而實綺，臞而實腴，初若散緩不
收，反覆觀之，乃得其奇處」。第三，雖然不能眾善皆備，但「一長
有餘」，也可稱之爲「韻」，例如：「巧麗者發之於平淡，奇偉有餘者
行之於簡易」，也就是創作時將長處收斂於內，不必盡發於外，亦能

〔註42〕胡應麟《詩藪》內編卷二云：「詩之難，其十九首乎！蓄神奇於溫厚，
寓感愴於和平。意愈淺愈深，詞愈近愈遠，篇不可句摘，句不可字
求。」

產生有餘不盡的效果。這也是「韻」的一種體現。

范溫口中的「韻」幾乎包羅眾美，無論作品巧麗、雄偉、奇、巧、典、富、深、穩、清、古，只要能出之以簡易平淡而有餘味，即是「韻」。所以當王偁以不俗、瀟灑（清）、氣韻生動、簡而窮理釋「韻」時，范溫均加以否定，認爲此四者不能盡「韻」之美。然而，清逸、不俗、簡遠卻正是人物品藻概念「韻」美之取向。可見，由品人到評論詩文，「韻」的內涵至此已發生變化，較魏晉時期寬泛了許多，而且，對於詩歌餘韻應「出之以平淡」的要求，更爲重視。

二、以「神韻」論詩的先聲

（一）胡應麟《詩藪》

胡應麟（1551～1602），字元瑞，自號少室山人，生於明嘉靖三十年，萬曆年間在鄉中舉，但一直未能登第，於是築室山中，讀書著述。《詩藪》二十卷是他的主要詩學論著，書中多次以「神韻」論詩，其基本意義，乃指作品文詞之外的風神韻味，《詩藪》云：

> 詩之筋骨，猶木之根榦也；肌肉，猶枝葉也；色澤神韻，
> 猶花蕊也。筋骨立於中，肌肉榮於外，色澤神韻充溢其間，
> 而後詩之美善備。猶木之根榦蒼然，枝葉蔚然，花蕊爛然，
> 而後木之生意完。斯義也，盛唐諸子庶幾近之。（外編卷五）

正如「神韻」原本施之於人物品藻，是形容人物「活地形相」，此處胡應麟亦把詩歌比擬爲活的生命體：詩之「筋骨」是詩人的情思、立意；「肌肉」指詩的詞藻；詩的「神韻」，即是各方面因素具備融合之後外顯的精神、生氣。而「斯義也，盛唐諸子庶幾近之」，這從他常以「神韻」推許盛唐諸公之詩可以得到印證，例如：「大率唐人詩主神韻，不主氣格」、「盛唐氣象渾成，神韻軒舉」，又稱李頎、王昌齡的詩「神韻干雲，絕無煙火」（內編卷五）。神韻之豐歉有無，亦爲初、盛唐詩的差異所在。如云：「初唐七言律綷靡，多謂應制使然，非也，時爲之耳。此後若早朝及王、岑、杜諸作，往往言宮掖事，而氣象神

韻，迥自不同。」（內編卷四）他又舉李白〈塞下曲〉、孟浩然〈岳陽樓〉、王維〈岐王應教〉、岑參〈送李大僕〉、王灣〈北固山下〉、崔顥〈潼關〉、祖詠〈江南旅情〉、張均〈岳陽晚眺〉等盛唐名篇，說這些詩：「視初唐格調如一，而神韻超玄，氣象閎逸，時或過之。」（內編卷四）對宋人學唐，胡氏舉陳師道詩為例云：「宋人學杜得其骨，不得其肉；得其氣，不得其韻；得其意，不得其象，至聲與色並亡之矣。如無己哭司馬相公三首，其瘦勁精深，亦皆得之百煉，而神韻遂無毫釐，他例可見。」（內編卷四）學唐人而不得神韻，即使再精煉亦難得似，所以他說：宋人詩「力多功少」（外編卷六）。

至於胡應麟所言詩「神韻」的藝術特色，約有以下二點：

第一，含蓄蘊藉，韻在言外。《詩藪》論韓愈有云：「昌黎有大家之具，而神韻全乖，故紛拏叫噪之途開，蘊藉陶鎔之義缺。」（內編卷四）即是指韓愈詩少了含蓄內斂之美，故「神韻全乖」。又云：「審言『風光新柳報，宴賞落花催』（〈宿羽亭侍宴應制〉），摩詰『興闌啼鳥換（一作「緩」），坐久落花多』（〈從岐王過楊氏別業應教〉），皆佳句也。然報與催字極精工，而意盡語中。換與多字覺散緩，而韻在言外。觀此可知初、盛次第矣。」（內編卷四）此以初唐杜審言與盛唐王維相較，以見初唐詩雖精工有餘，但意盡語中，神韻不足；王維詩之略高一籌，即在於「韻在言外」而有餘味。

第二，自然天成，絕去斧鑿。神韻的另一特色，在於但寫真情真景而自然天成，無斧鑿的痕跡和堆垛，所以《詩藪》稱曹植〈七哀詩〉：「明月照高樓，流光正徘徊」為「神韻迴出」（內編卷二），又許孟浩然〈宿建德江〉：「野曠天低樹，江清月近人」為「神韻無倫」（內編卷六），就是稱賞其詩清妙而無造作痕跡。對於詩中使事用典，胡應麟認為古人並不堆砌事典，借景興情中自有神韻之妙，如云：「崔顥〈黃鶴樓〉，李白〈鳳凰臺〉，但略點題面，未嘗題黃鶴、鳳凰也。杜贈李，但云庾開府、鮑參軍，陰子堅，未嘗遠引李陵、近攀李嶠也……故古人之作，往往神韻超然，絕去斧鑿。宋、元雖好用事，亦間有一、

二，未若近世之拘。」（內編卷五）此外，他讚賞盛唐詩有「愈近愈遠，愈拙愈工」（內編卷三）的特質，對於初唐太過藻繪的詩篇，則認為神韻不足，他說：「唐初則文皇〈帝京篇〉，藻贍精華，最為傑作，視梁、陳神韻少減，而富麗過之。」（內編卷二）、「劉元濟〈龜山帝始營〉一首，為唐五言長篇之祖。藻繪有餘，神韻未足耳。」（外編卷四）言下之意，乃以神韻與華藻麗詞有間。

　　由上述可知，胡應麟的「神韻」已與前一節所述之滋味說、韻外之致說、興趣說的藝術特徵相近，惟胡應麟的「神韻」，是建立在格調的基礎上的，《詩藪》云：

> 作詩大要不過二端，體格聲調，興象風神而已。體格聲調有則可循，興象風神無方可求。故作者但求體正格高，聲雄調鬯，積習之久，形跡俱融。興象風神，俱爾超邁。譬則鏡花水月，體格聲調，水與鏡也；興象風神，月與花也。必水澄鏡朗，然後花月宛然，詎容昏鑑濁流求睹二者。故法所當先，而悟不容強也。（內編卷五）

此處所謂「法」，就是體格聲調，即格調；「悟」，就是興象風神，近於詩的神韻。詩歌的體格聲調，猶如水與鏡；而興象風神，則是映於水與鏡上的花與月。惟有清光鑑人的水與鏡，花月才能宛然朗現。胡應麟明白的指出：「法所當先，而悟不容強」，也即是說，詩人應先從有則可循的體格聲調著手，久之自有神韻含蘊其間。此一說法，較嚴羽的「興趣」說，更具體的指出了一條可循之道，以追求「無方可執」的神韻〔註43〕。

（二）陸時雍《詩鏡總論》

　　陸時雍，字仲昭，生卒年不詳，明崇禎六年（西元 1633 年）舉貢生，輯有古詩選本《古詩鏡》、唐詩選本《唐詩鏡》（二書合稱《詩

〔註43〕郭紹虞《中國文學批評新論》云：「滄浪鏡花水月之喻，猶嫌過於抽象，無由入之途，無用力之方。而他（胡應麟）則把此種理論建築在格調說上面，這尤其是他的巧為調和之處。」（頁334）

鏡》),前所附的序文《總論》一卷,總論所選漢魏至晚唐歷代之詩,
《歷代詩話續編》輯出單行,題作《詩鏡總論》。《四庫全書總目提要》
謂其論詩:「大抵以神韻爲宗,情境爲主。」(卷一八九《詩鏡》提要)
可見其以神韻論詩的主要趣尚。

　　陸時雍於《詩鏡總論》中以神韻論詩,內涵與胡應麟相去無幾,
亦以神韻爲詩之「生氣」,例如:「詩之佳,拂拂如風,洋洋如水,一
往神韻,行乎其間。班固〈明堂〉諸篇,則質而鬼矣。鬼者,無生氣
之謂也。」他認爲詩的神韻非雕琢而得,主要在於情之眞否,將眞情
的自然流露視爲神韻之美的根源,故云:「精神聚而色澤生,此非雕
琢之所能爲也。精神道寶,閃閃著地,文之至也。晉詩如叢綵爲花,
絕少生韻。……語曰:『情生於文,文生於情。』此言可以藥晉人之
病。」至於神韻的形成,與詩中抒情寫景的方式有絕大的關係,他說:
「善言情者,吞吐深淺,欲露還藏,便覺此衷無限。善道景者,絕去
形容,略加點綴,即眞相顯然,生韻亦流動矣。」「吞吐深淺,欲露
還藏」、「絕去形容,略加點綴」,就是含蓄蘊藉的表現方式;「此衷無
限」、「生韻流動」,即是情味深長,神餘言外。他認爲:「少陵七言律,
蘊藉最深。有餘地,有餘情。情中有景,景外含情。一詠三諷,味之
不盡。」蘊藉深,才能予人有「味之不盡」的美感。反之,若在詩中
將情意說盡,表現得太直、太實、太露,則詩的韻味全失。所以他說:
「詩貴眞,詩之眞趣,又在意似之間。認眞則又死矣。」「人情物態
不可言者最多,必盡言之,則俚矣。知能言之爲佳,而不知不言之爲
妙,此張籍、王建所以病也。」他認爲張籍、王建只知在詩中「盡言」、
「能言」,卻不知適當的「不言」,才能收蘊藉有餘之效。

　　在《詩鏡總論》壓卷的一段話,頗能說明「神韻」之於詩的重要
性:

　　　有韻則生,無韻則死;有韻則雅,無韻則俗;有韻則響,
　　　無韻則沉;有韻則遠,無韻則局。物色在於點染,意態在
　　　於轉折,情事在於猶夷,風致在於綽約,語氣在於吞吐,

　　　體勢在於遊行，此則韻之所由生矣。

從「有韻則生，無韻則死」，可知此處雖單言一「韻」字，實際上是包含了「神」、「精神」等意義在內。詩具神韻，才能有生氣而行遠，猶如畫有氣韻，才能神飛色動。而神韻的產生，則出於「點染物色」、「意態轉折」、「情事猶夷」、「語氣吞吐」等含蓄委婉的創作方法，使詩歌：「意遠寄而不迫，體安雅而不煩，言簡要而有歸，局卷舒而自得」，有穆若清風之美。

　　詩學神韻說的形成，實爲一漫長的歷史過程。由於「神韻」源於品評人物的精神氣度，因此決定了「神韻」一詞之超越語言文字、於形外求之的抽象性格。又由於神韻產生的角度，是評論者對人物或繪畫作品的批評，所以施之於詩歌評論時，亦將詩視爲具有生命的對象，作渾然整體的評論，或指詩歌的藝術境界。六朝人倫鑑識的「神韻」觀，經由鍾嶸等人詩學理論上的充實，到明人論詩的實際運用，三方融匯，而終於有了清代「神韻說」的興起。

第三章　清代詩學神韻說的論詩旨趣

　　《漁洋詩話》中有一段論述，是清代詩人施閏章（1618～1683）將自己與王士禛的神韻說作比較，以形象比喻指出兩人詩學的差異處：

　　　　洪昇昉思問詩法於施愚山，先述余鳳昔言詩大指。愚山曰：
　　　　「子師言詩，如華嚴樓閣，彈指即現，又如仙人五城十二
　　　　樓，縹緲俱在天際。余即不然，譬作室者，瓴甓木石，一
　　　　一須就平地築起。」洪曰：「此禪宗頓、漸二義也。」（卷中）

這段話，有學者將之視為施閏章對王士禛神韻說的委婉批評〔註1〕。然而，藉著這段不無貼切的論述，正可引申以見神韻說論詩的觀點與旨趣所在。

　　首先，從立論的方式來看，漁洋神韻說是傾向描述性的，施閏章則是規範性的。漁洋論「神韻」，大抵是站在詩歌評論的觀點，藉著描述他本身的經驗和體會〔註2〕，示人以詩歌應達致的藝術境界。也

〔註 1〕例如：霍有明《清代詩歌發展史》說：「施氏的這種回答，雖然是指
　　　　出二人在創作方法上如禪宗頓、漸二義的區別，但也可看作為對王
　　　　氏神韻詩不足之處的一種委婉批評。」（頁73）又如：趙蔚芝〈趙執
　　　　信和王漁洋在詩壇上的分歧〉一文說：「洪昇先把漁洋的言詩大指向
　　　　施閏章介紹，施閏章回答說：『子師言詩，如華嚴樓閣……。』施閏
　　　　章的話，指出了神韻說脫離現實的唯心主義實質，是對神韻說的一
　　　　個中肯的批評。」（《文史哲》，1982年第五期）
〔註 2〕陳良運《中國詩學批評史》也說：王士禛倡導神韻說，「那些零散的

－45－

就是說，神韻說是漁洋以其豐富的閱讀經驗來討論詩歌，他標舉詩歌的典範，描述詩歌的理想境界，以引導學詩者創作的方向。就表面上看來，因其多爲經驗、感受之談，而非分析性的、說明性的，所以其論詩之語，多只可意味，難以明確把握〔註3〕，而予人「縹緲俱在天際」、無從捉摸之感。相較之下，施閏章「一一須就平地築起」的詩學，就比較有階可循；他是從創作者的觀點，立下規範，指導後學應如何按部就班的學習創作。陸嘉淑〈漁洋續詩集序〉云：「嘗見先生（漁洋）與宣城施先生論詩矣；宣城持守甚嚴，操繩尺以衡量千載，不欲少有假借。」「操繩尺以衡量千載」，可見施閏章論詩嚴格的規範性。其次，從創作取徑來看，神韻說比較強調藝術領悟力的高妙，與創作靈感的興發，所謂「如仙人五城十二樓」〔註4〕、「如華嚴樓閣，彈指即現」，即指此而言。而施閏章則比較注重「積學而漸進」工夫〔註5〕。對此，《四庫全書總目提要》也有所評論：「以講學譬之，王所造如陸（九淵），施所造如朱（熹）。陸天分獨高，自能超悟，非拘守繩墨者所及。朱則篤實操修，由積學而漸進。」（卷一七三《學餘堂文集》提要）這是以「天分獨高，自能超悟」的陸九淵喻漁洋，以「篤實操修，由積學而漸進」喻施閏章，所以洪昇以禪宗的「頓悟」與「漸悟」之分別，比喻兩人詩學取徑的不同。漁洋將此段引文載入《漁洋詩話》，可見漁洋對於施閏章所作的比喻是認同的。

理論見解，實際上都是他在創作、鑑賞實踐中的若干心得體會。」（頁528）

〔註3〕曾祖蔭《中國古代文藝美學範疇》：「王士禎於神韻的解說，多是以片斷的形式，散見於各種論著之中，又多爲經驗之談，很少有系統的理性思辨，所以前人說他論詩『如華嚴樓閣，……縹緲俱在天際。』往往使人只可意味，難以把握。」（頁99）

〔註4〕清代詩人張九徵〈與王阮亭〉文中，也以「身在五城十二樓」讚賞王士禎高超的創作天份。他說：「明公御風以行，飛騰縹緲，身在五城十二樓，猶復與人間較高深乎？」（見錢仲聯主編《清詩紀事》第四冊）。

〔註5〕由於施閏章重視「積學」的功夫，所以張謙宜《絸齋詩談》卷七評其詩云：「人患胸中書少，尚白（閏章字）所患正在書多。」

　　由以上可知漁洋神韻說立論的梗概，本章即依此將神韻說的內涵分兩部分來探討：一部分是神韻說所追求的詩歌藝術境界，另一部分是為追求此境界而來的創作論。

第一節　妙在象外的意境追求

　　漁洋論神韻，是站在評論詩歌的觀點來談的，這從他運用「神韻」一詞的方式即可明瞭，例如：

> 昔論明布衣詩推吳非熊（兆）、程孟陽（嘉燧）……程七言近體學劉文房（長卿）、韓君平（翃），清辭麗句，神韻獨絕。（《蠶尾續文·新安二布衣詩序》）

> 唐末五代詩人之作，卑下尫瑣，不復自振，非唯無開元、元和作者豪放之格，至神韻興象之妙，以視陳、隋之際，蓋百不及一焉。（《蠶尾文》）

> 宋南渡後，梅溪（史達祖）、白石（姜夔）、竹屋（高觀國）、夢窗（吳文英）諸子，極妍盡態，反有秦、李未到者。雖神韻天然處或減，要自令人有觀止之嘆。（《花草蒙拾》）

從這些評論中，可知「神韻」是漁洋衡量詩歌的標準，即王夫之所說的：「抑知詩無定體，存乎神韻而已。」（《古詩評選》卷五）以神韻的有無，論詩歌的高下。所以「神韻」的內涵，主要是對詩歌的藝術表現的要求。而「神韻」對詩歌的藝術表現的要求為何？先從王士禛與其弟子劉大勤論詩之語來探究。其《師友詩傳續錄》載：

> （劉大勤）問：孟襄陽（浩然）詩，昔人稱其格韻雙絕，
> 　　　　　　敢問格與韻之別？
> （漁洋）答：格謂品格，韻謂風神。

「風神」與「神韻」一樣，原本也是品評人物的用語，指人物的風采精神。漁洋以「風神」釋「韻」，可見他所謂的「韻」、「神韻」與「風神」意義類似，是指詩歌流溢於文字之外的無窮意蘊，猶如人物形體之外無形的精神風度。再看惠棟註補《漁洋山人自撰年譜》引吳陳琰

之語釋「神韻」云：

> 先生論詩，要在神韻。……司空表聖論詩云：「梅止於酸，
> 鹽止於鹹，飲食不可無酸鹹，而其美常在酸鹹之外。」余
> 嘗深旨其言。酸鹹之外何？味外味。味外味者何？神韻也。

漁洋論詩，常援引司空圖之言為神韻說立論，並對他「酸鹹之外」的
「味外之旨」說頗表讚同（註6）。此處漁洋的弟子吳陳琰，以表聖「味
外味」釋神韻，亦可謂得神韻之要旨。

　　要求詩歌具有風神、追求「味外味」的餘韻，也就是要求詩歌能
於象外傳神，重點不在於有形的文字或形象，而在於「象外」無形但
可感的審美意味，如《古夫于亭雜錄》云：

> 宋景文（祁）云：左太沖（思）「振衣千仞崗，濯足萬里流」，
> 不減嵇叔夜（康）「手揮五弦，目送飛鴻」。愚按：左語豪
> 矣，然他人可到；嵇叔夜妙在象外。（卷二）

「手揮五弦，目送飛鴻」是嵇康〈贈兄秀才入軍〉詩，這一聯的後兩
句是「俯仰自得，遊心太玄」，表現出追求超越形體的限制、與自然
萬物融合自得的情懷。左思〈詠史〉之「振衣千仞崗，濯足萬里流」，
所表露的也是一種絕世遺俗、超然遠舉的志向，但嵇康之語顯然比左
思更為含蓄、更耐人尋味；雖然只言「目送飛鴻」，然「目」正是人
之精神表現所在，透過「目送飛鴻」的詩中形象，詩人隨飛鴻高翔遠
舉之精神亦得到傳達，此所謂「妙在象外」。詩人只塑造出一個手中
彈撥琴絃、眼隨鴻雁遠翔的形象，而形象外的情境，讀者可透過字面
意義、聯繫語境捕捉到，從而獲得餘味無窮的美感。

　　人的風神、酸鹹之外的甘美餘味、象外高妙的詩境，都同指一事，
即有限之外的無窮韻味。所謂有限，是指詩歌的具體形式有時空限
制，以及內容情事有時代身分的侷限性；所謂無限，是指美的意蘊有

〔註 6〕例如王士禎《池北偶談》卷十八云：「唐司空圖與李生論詩曰：『江
　　　嶺之南，凡是資於適口者，若醯非不酸也，止於酸而已；若醝非不
　　　鹹也，止於鹹而已。酸鹹之外，醇美者有所乏耳。……』晚唐詩以
　　　表聖為冠，觀此二書持論，可見其所詣矣。」

無窮豐富性，所指向的理想境界無固定的型態。以「文已盡而意有餘」
而言，「文」是形式外觀，不能不具有時空局限性；「意」是意蘊、意
境，它可無限生發，豐富而自由。

　　合而言之，神韻說要求詩歌要有味外之味，象外之境。而從漁洋
的詩論中，關於神韻說對詩歌藝術表現的要求，可歸納出以下數點：

一、詠物不即不離

　　首先看漁洋如何於詠物詩要求「神韻」。他說：

　　詠物之作，須如禪家所謂不黏不脫、不即不離，乃為上乘。

　　（《蠶尾文》）

　　張玉田（炎）謂詠物最難。體稍認真，則拘而不暢；摹寫
　　差遠，則晦而不明。（《花草蒙拾》引）

所謂「不黏不脫、不即不離」，也就是不求細節之逼真，但求神態之
宛然，精神氣味的把握，不拘泥於一毫一髮之形似。「體稍認真，拘
而不暢」，就是過於「黏」，太過於刻劃、寫實。潘德輿《養一齋詩話》
曰：「低手遇題，乃寫實跡。」（卷二）藝術構思不高明者，就會以寫
實的方式詠物。「摹寫差遠」，就是過於「離」，又會造成「晦而不明」，
也就是主題不明確的缺失。清人錢泳《履園譚詩》也說：「詠物詩最
難工。太切題，則黏皮帶骨；不切題，則捕風捉影，須在不即不離之
間。」也認為詠物以不即不離為上策。假如把詠物詩依作法分為兩類，
一類是「刻劃惟肖」者，另一類是「淡遠傳神」者〔註7〕，則神韻說
要求的，即是「淡遠傳神」。在漁洋所分析的詠物詩例中，經常引的
題材是詠梅與詠雪。先看詠梅：

　　趙子固梅詩云：「黃昏時候朦朧月，清淺溪山長短橋。忽覺
　　坐來春盎盎，因思行過雨瀟瀟。」雖不及和靖（林逋），亦
　　甚得梅花之神韻。（《居易錄》卷六）

　　梅詩，無過坡公：「竹外一枝斜更好」（〈和秦太虛梅花〉）

〔註7〕清代楊際昌《國朝詩話》卷一：「詠物詩有刻劃惟肖者，有淡遠傳神
　　　　者，總以情寄為主。」

七字，及「雪後園林才半樹，水邊籬落忽橫枝」（林逋〈詠
梅〉）。高季迪（啓）「雪滿山中高士臥，月明林下美人來」
（〈梅花〉），亦是俗格。若晚唐「認桃無綠葉，辨杏有青枝」
〔註8〕，直足噴飯。（《漁洋詩話》卷上）

疏影橫斜，月白風輕等作，爲詩人詠物極致。若「似桃無
綠葉，辨杏有青枝」，及李筠翁之「勝如茉莉，賽得荼蘼」，
劉叔擬「看來畢竟此花強，祇是欠些香」，豈非詩詞一劫。
程村嘗云：「詠物不取形而取神，不用事而用意。」二語可
謂簡盡。（《花草蒙拾》）

漁洋列舉詩例，在舉正例示人以典範時，也會以反例示後學應避免的
錯誤。他稱賞林逋的詠梅花詩：「雪後園林纔半樹，水邊籬落忽橫枝」、
「疏影橫斜水清淺，暗香浮動月黃昏」等句〔註9〕；推崇蘇軾〈和秦
太虛梅花〉之「竹外一枝斜更好」〔註10〕；評趙子固「黃昏時候朦朧
月」的描寫「甚得梅花之神韻」等，這些被漁洋稱賞的作品，大都有
「全不黏住梅花，然非梅花莫敢當也」（賀貽孫《詩筏》）的藝術表現，
「以清遠沖淡，傳其高格逸韻」（朱庭珍《筱園詩話》卷四），寫出梅
花清逸的神采。反之，像高啓的名作：「雪滿山中高士臥，月明林下美人來」，漁洋則認爲是「俗格」，因爲此詩將梅花比喻成山中高士、
月下美人，雖極力形容梅花高潔的品格，所用的比喻卻未免落於俗
套，故王夫之評爲「不過三家村塾師教村童對語長伎耳」（《明詩評選》
卷六）。朱庭珍論詠梅云：「此花有如藐姑仙人，遺世獨立，作者當相
賞於色聲香味之外，無煙火氣，有冰雪思，乃足爲名花寫生。」（《筱
園詩話》卷四）「相賞於色聲香味之外」，也就是「不取形而取神」，
不在梅花的外觀上作文章。若是像宋人石曼卿〈詠紅梅〉詩：「認桃

〔註 8〕 此爲宋人石曼卿的〈詠紅梅〉詩，非漁洋所云「晚唐」人詩。
〔註 9〕 王士禛《蠶尾文》云：「古今詠梅花者多矣，林和靖『暗香、疏影』
之句，獨有千古。」
〔註10〕 〔宋〕魏慶之《詩人玉屑》亦云：「東坡〈吟梅〉詩『竹外一枝斜更
好』，語雖平易，頗得梅花之幽獨閑靜之處。」

無綠葉，辨杏有青枝」，句句從香色摹擬，雖然「於題甚切」、「句句
著題」（賀貽孫《詩筏》），反而寫不出梅花的丰致，倒像是爲梅花擬
設的謎題，故吳喬《圍爐詩話》說是「死句也」〔註11〕。或是像「勝
如茉莉，賽得荼蘼」、「看來畢竟此花強，祇是欠些香」之類的作品，
只從形貌實處摹寫，卻寫不出花的精神。此即王夫之所云：「徵故實，
寫色澤，廣比譬，雖極鏤繪之工，皆匠氣也。又其卑者，餖湊成篇，
謎也，非詩也。」（《薑齋詩話》卷下）

再看漁洋對詠雪詩的評論：

> 余論古今雪詩，惟羊孚一贊，及陶淵明：「傾耳無希聲，在
> 目皓已潔」（〈癸卯歲十二月中作與從弟敬遠〉），及祖詠：「終
> 南陰嶺秀」（〈終南望餘雪〉）一篇，右丞：「灑空深巷靜，
> 積素廣庭閒」（〈冬晚對雪憶胡居士家〉），韋左司（應物）：
> 「門對寒流雪滿山」（〈休暇日訪王侍御不遇〉）句最佳。……
> 而鄭谷之「亂飄僧舍，密灑歌樓」益俗下欲嘔。韓退之「銀
> 盂、縞帶」，亦成笑柄。世人詟於盛名，不敢議耳。（《漁洋
> 詩話》卷上）

> 往讀退之雪詩：「龍鳳交橫飛」（〈辛卯年雪〉）及「銀杯縞
> 帶」之句，不覺失笑。近讀蘇子美（舜欽）詩，有云：「既
> 以脂粉傅我面，又以珠玉綴我腮；天公似憐我貌古，巧意
> 裝點使莫惜偕。欲令學此兒女態，免使埋沒隨灰埃。據鞍
> 照水失舊惡，容質潔白如嬰孩。」（〈城南歸值大風雪〉）更
> 爲噴飯。（《池北偶談》卷十三）

詠雪，是許多詩論家公認難以出色的題材〔註12〕，詠雪詩應如何表現
方見神韻？漁洋認爲羊孚〈雪贊〉：「資清以化，乘氣以霏。遇象能鮮，
即潔成輝」（《世說新語》上卷下〈文學第四〉一百則）及陶淵明、祖
詠、王維、韋應物等詩均是佳作。以王維〈冬晚對雪憶胡居士家〉爲

〔註11〕吳喬《圍爐詩話》卷一：「詩貴活句，賤死句。石曼卿〈詠紅梅〉云：
　　　　『認桃無綠葉，辨杏有青枝』，於題甚切，而無丰致、無寄託，死句也。」
〔註12〕例如方回《瀛奎律髓》卷廿一即云：「雪於諸物色中最難賦」，朱庭
　　　　珍《筱園詩話》卷四也說：「詠雪詩最難出色」、「雪詩古今鮮有佳什」。

例,此詩頷聯爲:「隔牖風驚竹,開門雪滿山」,這是寫風挾著雪霰打在竹子上、刮在窗戶上所發出的聲響。用「驚」字,將竹寫得彷彿有驚懼顫慄之感,也傳達出風雪的勁厲。待得門開處,門外青山已是一片白茫茫了。詩人似乎在沒有預期的情況下,突然面對一個皓潔已極的世界,見到了「灑空深巷靜,積素廣庭閒」的雪景:雪還在紛紛揚揚的落著,本來就顯得幽深寂靜的村巷,更加靜謐;素淨的白雪積滿了整個庭院,使寬廣的庭院更加開闊。「靜」與「閒」,這是感情由「驚」到平靜時,悠然靜觀的感受。「灑空」的飛雪是動態的,甚至有點熱鬧的意味,但在這積雪盈巷之際,人家足不出戶,深巷杳無人跡,一片闃寂,不聞聲息,紛灑的雪花反倒更襯出深巷的靜。積雪堆滿的庭院,掩蓋了一切雜物亂跡,顯得更加空曠安閒。這「靜」與「閒」,既是雪景的傳神描繪,也是詩人對雪靜觀時,心境的流露。此詩寫雪,不拘滯於外在形態的瑣細刻劃,而是從虛處用筆,從雪所造成的特有境界、氣氛和詩人對它的特殊感受著筆,寫出一片恬靜安閒的雪景。不僅傳達了雪的神韻,連對雪的詩人自己的神采情性,也透露出來了。潘德輿《養一齋詩話》即稱此詩:「不言雪而全是雪聲之神。」(卷二)反之,像韓愈的「隨車翻縞帶,逐馬散銀杯」(〈詠雪贈張籍〉),鄭谷的「亂飄僧舍茶煙濕,密灑歌樓酒力微」(〈雪中偶題〉),或蘇舜欽的「既以脂粉傅我面,又以珠玉綴我腮」(〈城南歸值大風雪〉)之類的詠雪詩,雖極盡刻劃之能事,其中卻無詩人本身精神的融入,「全無象外追神本領」〔註13〕,非神韻說所取。

在《花草蒙拾》中,漁洋指出詠物之作必須「寫照象外」:

> 張安國(孝祥)雪詞,前半刻劃不佳,結乃云:「楚溪山水,碧湘樓閣。」〔註14〕則寫照象外,故知頰上加三毛之妙也。

〔註13〕借張謙宜語,其《絸齋詩談》卷二云:「詠物貼切固佳,亦須超脫變化。宋人〈猩毛筆〉詩:『平生幾兩屐,身後五車書。』〈芭蕉〉詩:『葉如斜界紙,心似倒抽書』,非不恰肖,但刻劃太細,全無象外追神本領,終落小家。」

〔註14〕《全宋詞》中,張孝祥的作品未見有以「楚溪山水,碧湘樓閣」爲

此處評張孝祥詠雪詞，具體刻劃處不見其妙，卻因結語的「楚溪山水，碧湘樓閣」，一筆宕開，寫雪於溪邊、樓閣紛然灑落，傳達出一種難以言喻的氣氛。由詠物的「寫照象外」，漁洋因悟圖寫人物「頰上加三毛」對傳神寫韻的重要性。歌詠無生命之物，尚且注重傳神，那麼描繪活生生的人物，就更須神來之筆以傳其神采個性。「頰上加三毛」出自《世說新語·巧藝》：

> 顧長康（愷之）畫裴叔則，頰上加三毛。人問其故，顧曰：
> 「裴楷儁朗有識具，正此是其識具。」看畫者尋之，定覺
> 益三毛如有神明，殊勝未安時。

據《晉書·裴楷傳》云：「楷風神超邁，容儀俊爽，博喻群書，特精理義，時人謂之玉人。」顧愷之在繪畫中設想：裴楷神識高妙，在他頰上加三毛，這樣就更能凸出他的神態特徵。也就是說，顧愷之畫人物之所以傳神，是因他把握住了人物的精神特徵和氣氛，而不是拘泥於人生理上的共相細節，這就是「寫照象外」。「寫照」是畫出對人物直覺的觀感〔註15〕，捕捉人物神態最具特色之處，令人一見便知所繪者是何人。「頰上加三毛」，即是從看似無關緊要的閒冷處著筆，抓住了對象的精神特質，以達到形神合一的藝術表現。

二、敘事蘊藉含蓄

《然鐙記聞》中，漁洋提示後學曰：「論世詩要蘊藉，又要旁引曲喻。」漁洋的私淑弟子田同之〔註16〕《西圃詩說》則略為闡述云：

結的詠雪詞，反而是朱熹〈憶秦娥〉（雪、梅二闋懷張敬夫）較接近王士禎此處的描述，全文如下：「雲幕垂，陰風慘淡天花落。天花落，千林瓊玖，一空鸞鶴。征車渺渺穿華薄，路迷迷路增離索。增離索，剗溪山水，碧湘樓閣。」（見《全宋詞》第三冊，頁1767）

〔註15〕袁濟喜《六朝美學》云：「在佛學中，『照』指人的直感，具有不可言說的感覺能力，它與人的精神修煉有關。」（頁109）

〔註16〕沈德潛《清詩別裁集》卷二十四田同之小傳云：「田同之，字彥威，山東德州人，康熙庚子舉人，⋯⋯為山薑（田雯）之孫，而篤信謹守，乃在新城王公（漁洋）。有攻新城學術者，幾欲拚命與爭。」

「故旁引曲喻，反覆流連，而隱隱言外，令人尋味而得。」這是神韻說對詠事之作的要求。《漁洋詩話》云：

> 益都孫文定公（孫廷銓）詠息夫人云：「無言空有恨，兒女
> 燦成行」，諧語令人頤解。杜牧之「至竟息亡緣底事，可憐
> 金谷墜樓人」（〈題桃花夫人廟〉），則正言以大義責之。王
> 摩詰「看花滿眼淚，不共楚王言」（〈息夫人〉），更不著判
> 斷一語，此盛唐所以爲高。（卷下）

據《左傳・莊公十四年》載：楚文王滅息，以息嬀爲婦，生堵敖及成
王。息夫人因國亡夫死之痛，雖逼不得已而委身楚王，卻不與楚王言
語。漁洋所舉的這三首「詠息夫人詩」，其中孫廷銓直言息夫人雖不
肯與楚王交談，卻爲其生兒育女，挪揄她「空」有恨意卻不得不向現
實低頭，語帶諷刺，不爲「神韻說」所賞；杜牧則是「正言以大義責
之」，以綠珠墜樓事反責息夫人未能以身殉國，詩中進行議論而且「著
判斷」，顯然不合乎蘊藉含蓄的要求，在漁洋看來亦非上乘之作。王
維的「看花滿眼淚，不共楚王言」，只寫出息夫人憂怨深重的情態，
卻予人更多感慨尋味的餘地。此以形象代替說理，不涉理路，不落言
筌，是「尚意興而理在其中」（《滄浪詩話・詩評》）的藝術表現。吳
喬《圍爐詩話》曰：「詩貴有含蓄不盡之意，尤以不著意見、聲色、
故事、議論者爲最上。」（卷一）敘事蘊藉含蓄，才能於筆墨之外蘊
含不盡之思。清人張謙宜（1639～1720）《絸齋詩談》評王維〈息夫
人〉也說：「止二十字，卻有味外味，詩之最高者。」（卷五）看法與
「神韻說」相同，給予有「味外味」的王維〈息夫人〉詩很高的評價。

　　漁洋從神韻說的立場，取王維而抑杜牧，認爲杜牧的「至竟息亡
緣底事，可憐金谷墜樓人」於詩中發議，非上乘之作，但潘德輿卻有
相反的意見，他說：

> 王漁洋謂小杜「至竟息亡緣底事，可憐金谷墜樓人」，不如
> 摩詰「看花滿眼淚，不共楚王言」，不著議論爲高。愚謂摩
> 詰平日詩品，原在牧之上。然此題自以有關風教爲主，杜
> 大義責之，詞色凜凜，眞西山謂牧之〈息嬀〉作，能訂千

> 古是非，信然。……王雖不著議論，究無深味可耐咀含。」
>（《養一齋詩話》卷七）

潘德輿站在「有關風教爲主」的立場，認爲杜牧詩高於王維，因爲杜牧對息夫人的責備，具有引導社會風氣的功用。此說與神韻說的觀點相左，一重功能性，一重藝術性，可以看出神韻說對詩歌藝術性的側重。

神韻說要求論事詩要「不著判斷一語」爲高，一再強調「蘊藉含蓄，意在言外」（《蠶尾續文》）、「詞簡味長，不可明白說盡」（《師友詩傳續錄》），並且提出詩歌中「興象」的重要性：

> 樂天作劉白倡和集解，獨舉夢得「雪裏高山頭白早，海中仙果子生遲」，「沉舟側畔千帆過，病樹前頭萬木春」，以爲神妙，且云：「此等語，在在處處應有靈物護之。」殊不可解。宜元、白於盛唐諸家興象超詣之妙，全未夢見。（《池北偶談》卷十四）

王士禎在此指出：劉禹錫「雪裏高山」、「沉舟側畔」兩聯之不足，在於全無「興象」之妙。「興象」，是融入詩人感情的形象；「興」就是受外物觸發而產生的情思，「象」就是物象。藝術創作的「興」，必須藉著物「象」才得以表現；而「象」，又只有賦予「興」才具有藝術的感染力。一言以蔽之，唯有與詩人的情思自然契合的「興象」，才能具有藝術的感發力量〔註17〕，引領讀者進入文字之外的詩境。也就是說，「興象」由詩人感興而生，又具有引發的功能，它引發了另一境界，這種境界透過讀者的再創造而實現。興象的特徵，王漁洋以禪宗的話語解釋，就是「不犯正位」、「參活句」〔註18〕（《師友詩傳續

〔註17〕　張文勛《華夏文化與審美意識》云：「形成『興象』這一特定的美學概念，它包含有兩層意思：一是屬於藝術審美情趣的範疇，即審美主體的思想感情和意趣所產生的創作欲和藝術趣味……另一層含義是指向藝術形象的感染力量，也就是藝術的形象性及其美學特徵問題。」（頁332）

〔註18〕　《師友詩傳續錄》：「摩詰詩如參曹洞禪，不犯正位，須參活句。」又《居易錄》引《洞山語錄》云：「語中有語，名爲死句；語中無語，

錄》)。「正位」，本指佛法的真諦〔註19〕，這個真諦是無法用語言文字直接詮釋、說明的。用以論詩，「不犯正位」，即作詩不正面說明詩意，而是以各種間接方式烘托出詩境，讓讀者體悟。如此，讀者可從中生發、領略豐富的意境，一首詩的意境、神韻便不是固定的、死的，謂之「參活句」，給讀者更多更開闊再創造的餘地。反之，若「象」所指謂的內容過於明確、質實，就沒有留予讀者生發的餘地。白居易稱讚劉禹錫「雪裏高山頭白早，海中仙果子生遲」、「沉舟側畔千帆過，病樹前頭萬木春」兩聯詩，以爲神妙，漁洋卻認爲白居易不懂得盛唐詩人的興象超詣之妙。「雪裏高山」一聯出自〈蘇州白舍人寄新詩，有歡早白無兒之句，因以贈之〉，白居易寄給劉夢得的詩中，曾感歡自己膝下無兒、白髮早生，於是劉贈詩安慰他。「雪裏高山」二句是比喻，前句說下雪時的高山山頭很快變白，猶如人的鬢髮早衰；後一句以海上神山的仙果晚結子，喻人得子之遲。這兩句詩，象與意之間的關係太清楚、坐實，直接從正面設譬喻，把人比喻成高山、仙果，而沒有感興的餘地。

再看「沉舟側畔」一聯。此二句詩出自〈酬樂天揚州初逢席上有贈〉，當時劉禹錫罷和州刺史，被徵還京，與白居易在揚州相遇，白作〈醉贈劉二十八使君〉七律一首，詩中有「舉眼風光長寂寞，滿朝官職獨蹉跎」之語，劉禹錫則以「沉舟側畔千帆過，病樹前頭萬木春」答之，自比爲「沉舟」、「病樹」，認爲個人的沉滯不算什麼，世界還是要向前發展，時局的代謝仍會持續下去，如同沉舟之旁，不斷有千帆穿梭；春來時，病樹之前，萬木依然欣欣向榮。劉禹錫自比爲沉舟、病樹，與「雪裏高山」二句一樣，象與意之間的關係太明確，說理說得太直接明顯，意蘊無從生發，誠如張謙宜《絸齋詩談》所云：「發

〔註19〕《五燈會元》卷十三曹山本寂禪師解釋說：「正位即空界，本來無物；偏位即色界，有萬象形。」又周裕鍇〈宋代詩學術語的禪學淵源〉（二）釋「正位」云：「所謂『正位』，是形而上的道理，是佛教一切皆空的解脫之道。」（見《文藝理論研究》，2000 年第四期）

揮既少蘊藉，布置自露蹊徑」（卷五），故漁洋評之爲「興象全無」。

　　漁洋對白居易的審美眼光不表贊同，對他的作品評價亦偏低，《香祖筆記》即云：「元、白二集，瑕瑜錯陳，持擇須愼，初學人尤不可觀之。」又引司空圖〈與王駕評詩書〉云：「元、白力勍而氣屛，乃都市豪估耳。」此即言白居易的作品少含蓄性，藝術表現上較顯豁窮盡。白居易的〈新樂府序〉云：「其辭直而徑，欲見之者易喩也；其言直而切，欲聞之者深戒也；其事核而實，使采之者傳信也。」可見白居易主張詩歌應言辭曉暢，使人明白易懂，以發揮勸戒、教化的功能。而此種詩歌審美好尙，正與神韻說重視蘊藉含蓄之美相牴觸。宋人張戒《歲寒堂詩話》亦云：「元微之云：『道得人心中事。』此固白樂天長處，然情意失之太詳，景物失於太露，遂成淺近，略無餘蘊，此其短處。」（卷上）太過於直露淺近而使詩略無餘韻，自然不合乎神韻說的審美觀。

　　漁洋於《居易錄》中，亦舉例說明云：

> 唐人章八元〈題慈恩寺塔〉詩云：「迴梯暗踏如穿洞，絕頂初攀似出籠。」俚鄙極矣。（《香祖筆記》說是「鄙惡俚俗」）乃元、白激賞之不容口……盛唐諸大家有同登慈恩寺塔詩，如杜工部云：「七星在北户，河漢聲西流。」……高常侍（適）云：「秋風昨夜至，秦塞多清曠。千里何蒼蒼，五陵鬱相望。」岑嘉州（參）云：「秋色從西來，蒼然滿關中。五陵北原上，萬古青濛濛。」以上數公，如大將旗鼓相當，皆萬人敵；視八元詩，眞鬼窟中作活計，殆奴僕僮隸之不如矣。

「鬼窟中作活計」，即陸時雍於《詩鏡總論》中所言之：「質而鬼矣。鬼者，無生氣之謂也。」就「登慈恩寺塔」此一題材而言，章八元的詩，乃是描寫登塔時的實際感覺：「迴梯暗踏如穿洞，絕頂初攀似出籠」，意思是說，從塔內登梯猶如穿過暗洞，而攀上絕頂後，好像是從籠中出來。這種描寫雖然是切實的感受，卻完全就塔寫塔，就登談登，過於質實、切題，也就是「犯正位」，沒有興象之妙。而杜甫諸

人則是寫登塔望遠的所見所感，雖然表面上不寫塔的本身，但又無一不是在寫塔。象與意之間若即若離，遂有餘韻供人涵詠其間。賀貽孫《詩筏》亦嘗舉例說明這種「不必切題」的妙境：

> 如太白〈訪戴天山道士不遇〉詩云：「犬吠水聲中，桃花帶雨濃。樹深時見鹿，谿午不聞鐘。野竹分清靄，飛泉挂碧峰。無人知所去，愁倚兩三松。」無一字說「道士」，無一字說「不遇」，卻句句是不遇，句句是「訪道士不遇」。何物戴天山道士，自太白寫來，便覺無煙火氣。此皆以不必切題爲妙。

「無一字說道士，無一字說不遇」，即不黏著題目作正面的描述，而從側面著筆，卻有「不是此詩，恰是此詩」（袁枚《隨園詩話》卷七）的效果，詩境亦因而清空無煙火氣，於不即不離之中，產生彌滿深長的韻味。

三、不著一字，盡得風流

漁洋論神韻，時常引司空圖「不著一字，盡得風流」爲說〔註20〕。前面所談的詠物之「不即不離」，敘事之「含蓄蘊藉」，也可以說是「不著一字，盡得風流」在不同題材中的表現型態。而所謂「不著一字，盡得風流」的理想詩境究竟何指？漁洋《分甘餘話》舉李白、孟浩然詩云：

> 或問「不著一字，盡得風流」之說，答曰：太白詩「牛渚西江夜，青天無片雲；登高望秋月，空憶謝將軍。余亦能高詠，斯人不可聞。明朝挂帆去，楓葉落紛紛。」孟襄陽詩：「挂席幾千里，名山都未逢。泊舟潯陽郭，始見香爐峰。嘗讀遠公傳，永懷塵外蹤。東林不可見，日暮空聞鐘。」詩至此，色相俱空，正如羚羊挂角，無跡可求，畫家所謂逸品是也。

〔註20〕例如《漁洋詩話》卷下即引「藍田日暖，良玉生煙」、「不著一字，盡得風流」爲神韻論所追求的詩歌意境；《香祖筆說》亦云：「表聖論詩，予最喜『不著一字，盡得風流』八字。」

據《世說新語・文學》載：謝鎮西（尚）鎮守牛渚時，秋夜乘舟，微服泛江，偶聞袁宏別舟中吟詠己作之詠史詩，「聲既清會，辭文藻拔」（《世說新語》注引《續晉陽秋》），謝尚於是移船相見，與袁宏相談甚歡，通宵達旦〔註21〕。李白〈夜泊牛渚懷古〉詩，乃是感於謝、袁二人於牛渚的遇合，而歎己之不遇知音。他在〈勞勞亭歌〉中也說：「昔聞牛渚吟五章，今來何謝袁家郎」，表達了同樣的心聲。〈夜泊牛渚懷古〉詩，意在表現詩人的懷才不遇，但作者在詩中並無一語道及此，只是淡淡的感喟：「空憶謝將軍」、「斯人不可聞」，以袁宏自況，歎謝尚之難覓，讓讀者味而知之。詩中的景物及所用的典故，對於詩人所要表現的情感來說，都是興象。詩末，詩人慨歎自己不遇俊賞之士，無限心緒，只以一句「明朝挂帆去，楓葉落紛紛」作結，宕開一筆，啓人聯想，這是所謂的「不著一字」。孟浩然「挂席幾千里」詩題為〈晚泊潯陽望廬山〉，雖題為「晚泊潯陽」，詩人卻並不直接以潯陽夜泊為起點，而是從千里之外的尋覓寫起：一路名山未逢，直到暮色蒼茫中，泊舟郭外，始見香爐峰。雖已「見」廬山，但作者仍然不寫山。這期待中的名山，是以一種怎樣的姿態呈現在他眼前呢？詩人沒有正面刻劃，描寫「翠色蒼茫杳靄間，舟人指點是廬山」的景色（宋・彭汝勵〈舟中見廬山〉），也沒有作「鳥飛千峰碧，日淨片雲生。瀑挂長虹下，溪深猛虎行。」（明・劉永之〈望香爐峰讀孟浩然詩因述〉）的鋪寫。他只把此山與他一向嚮往的名僧慧遠聯想在一起，於是香爐峰便籠罩在一片高遠逸韻裏了。孟浩然千里江行，見到香爐峰時，心中所想起的，就是慧遠與當時的名士們往還的動人故事，和由這些故事所展現的，那種高逸出塵的人生境界，所以興起「永懷塵外蹤」之情。結尾處，夕陽斜照中，傳來悠揚的鐘聲，得知附近就是遠公精舍，

〔註21〕《世說新語》上卷下〈文學第四〉八十八則云：「袁宏少貧，嘗為人傭載運租。謝鎮西經船行，其夜清風朗月，聞江渚間估客船上有詠詩聲，甚有情致。所誦五言，又其所未嘗聞，歎美不能已。即遣委曲訊問，乃是袁自詠其所作〈詠史詩〉。因此相要，大相賞得。」

想到斯人已去，唯聞暮鐘，又引人無限惆悵。通篇寫「望香爐峰」，雖無一字繪形繪色，但廬山神韻全出。此二詩均以極簡遠閒淡的筆墨，表現無盡的情思韻味，所以漁洋引為「不著一字，盡得風流」的極致表現。

漁洋所舉的這兩首詩，都未直接道出詩人的情緒，卻又影影綽綽的使人感到這種情緒的流溢、延伸，以至於隨著紛紛而落的楓葉、悠然清遠的日暮鐘聲，而擴散到了蒼茫大地和寥闊空間。漁洋用這兩首詩例說明：詩歌的逸品必須空靈含蓄、蘊藉風流、似有寄託，又難以實指，如葉燮《原詩》所云：

> 詩之至處，妙在含蓄無垠，思致微渺，其寄託在可言不可言之間，其指歸在可解不可解之會。言在此而意在彼，泯端倪而離形象，絕議論而窮思維，引人於冥漠恍惚之境。

這種「題中偏不欲顯，象外偏令有餘」（王夫之《唐詩評選》卷一）的詩歌藝術魅力，全憑「作者得於心，覽者會於意」（薛雪《一瓢詩話》），從而獲得言近旨遠、意蘊多重之效。劉熙載《藝概‧詩概》也說：「律與絕句，行間字裏須有曖曖之致。」要求字裏行間有「曖曖之致」，即意味和神韻。對文學作品來說，意過盡則神韻枯竭，語過實則意味短淺，要含蓄不盡，牢籠百態，才有可能使讀者低迴婉轉，遐想悠遠。

四、學古人務得其神

漁洋標舉詩歌神韻，主要目的是要藉著詩歌典範的呈示，指出詩歌應達致的藝術境界。反映在教人學詩，即主張學習古人作品應把握其意境、精神。他嘗云：

> 善學古人者，學其神理；不善學者，學其衣冠。(《蠶尾文》)
> 學者從其性之所近，伐毛洗髓，務得其神而不襲其貌，則無論初、盛、中、晚，皆可名家。(《然鐙記聞》)

並舉例說：

> 顏之推標舉王籍「蟬噪林逾靜，鳥鳴山更幽」，以為自〈小

雅〉「蕭蕭馬鳴，悠悠斾旌」得來。此神契語也。學古人勿
襲形模，正當尋其文外獨絕處。(《古夫于亭雜錄》卷六)

梁章鉅《退庵隨筆》也有相同的看法：

　　善爲詩者，當先取古人佳處涵泳之，使意境活潑，如在目
　　前，擬議之中，自生變化。如「蕭蕭馬鳴，悠悠斾旌」，王
　　籍化爲「蟬噪林逾靜」，……得其句外意也。

「文外獨絕處」、「句外意」，即文字之外的精神、韻味。北齊・顏之
推《顏氏家訓・文章篇》曰：「王籍〈入若耶溪〉詩云：『蟬噪林逾靜，
鳥鳴山更幽。』《詩》云：『蕭蕭馬鳴，悠悠斾旌。』《毛傳》：『言不
喧譁也。』吾每歎此解有情致，籍詩生於此意耳。」「蕭蕭馬鳴，悠
悠斾旌」出自《詩・小雅・車攻》篇，詩以馬鳴與旗幟顯出軍容的整
肅，儘管千軍萬馬，卻毫不紛亂喧譁；「蟬噪林逾靜」兩句，寫山林
中沒有人事紛擾，唯聞蟬噪鳥鳴，更顯出環境的幽靜。顏之推認爲：
「蟬噪林逾靜，鳥鳴山更幽」，是自「蕭蕭馬鳴，悠悠斾旌」的意境
中轉化而來，都是以動寫靜，以鳥啼、馬鳴等聲響襯出環境之幽，此
乃「狀難寫之景，如在目前」的藝術表現。後來的王維即深得此旨之
妙，他的作品經常運用這種以動襯靜的手法，傳達詩境的幽靜與悠
遠，例如：「深山不見人，但聞人語響」(〈鹿柴〉)、「獨坐幽篁裏，彈
琴復長嘯」(〈竹里館〉)、「野花開古戍，行客響空林」(〈送李太守赴
上洛〉)等。漁洋稱顏之推此一對詩境的領悟爲「神契語」，意指他領
會到了詩歌藝術的精神實質：學習古人當學其「文外獨絕處」，也就
是「務得其神而不襲其貌」，模擬古人神思所在，而非學其外在的形
式。田同之《西圃詩說》亦云：「效古人詩，要須神韻相通，不必於
聲句格套中求似。」若只是句句蹈襲古人遣詞用字、聲句格套，其中
並無生氣，即使學得再像，也達不到傳神的境地。今人陸凌霄〈中國
古代詩法敘論〉一文云：「人人都可以學會做詩，但沒有詩人的素養，
不能成爲出色的詩人。所謂詩人素養，是天生的極強的感受力，捕捉
意象力、語言表達力和強烈的表現欲，再就是善於摹仿前人又能超出

前人。」〔註22〕創作時，能以獨特的意象表達當下強烈的感受，那麼，即使作品是經由長期揣摹前人而得，亦能因其中有自我之「神」而超越前人。

第二節　清遠爲尙的審美取向

一、「清遠」的內涵

漁洋嘗拈出「清遠」二字，作爲神韻說的審美取向：

> 汾陽孔文谷（天胤）云：「詩以達性，然須清遠爲尙。」薛西原（蕙）論詩，獨取謝康樂、王摩詰、孟浩然、韋應物，言：「『白雲抱幽石，綠篠媚清漣』（謝靈運〈過始寧別墅〉），清也；『表靈物莫賞，蘊眞誰爲傳』（謝靈運〈登江中孤嶼〉），遠也；『豈必絲與竹，山水有清音』（左思〈招隱詩〉），『景昃鳴禽集，水木湛清華』（謝混〈游西池〉），清遠兼之也。總其妙在神韻矣。」「神韻」二字，余向論詩，首爲學人指出，不知先見於此。（《池北偶談》卷十八）

在清初，曾以「神韻」評詩的王夫之，也以「清遠」形容詩歌的神韻，例如其《古詩評選》評徐孝嗣〈答王儉〉：「神清韻遠」，評袁宏〈從征行方頭山〉：「深達之至，別有神韻」；《明詩評選》評劉榮嗣〈坐王氏園亭作〉云：「清思中有遠韻」等。所謂「清」，實際上涉及物、我兩個方面：「物」之清，是指自然物象的迥絕塵俗，胡應麟《詩藪》嘗云：「絕澗孤峰，長松怪石，竹籬茅舍，老鶴疏梅，一種清氣，固自迥絕塵囂。……清者，超凡絕俗之謂。」（外編卷四）物象之清，容易使詩歌有超凡絕俗的清新風貌。「我」之清，是指創作者精神狀態之清遠寂然，「不染塵埃」〔註23〕。漁洋曾借他人論詩之語云：「因定而得境，故翛然以清。」〔註24〕可見「清」是以一種虛靜閑淡的情

〔註22〕文見《廣西民族學院學報》（哲社版），1997 年第二期。
〔註23〕沈祥龍《論詞隨筆》云：「清者不染塵埃之謂，空者不著色相之謂。」
〔註24〕王士禎《蠶尾文》引劉禹錫論僧詩之語。

－62－

懷觀照天地萬物，而與清幽絕俗的物境相合。他所舉的謝靈運「白雲抱幽石，綠篠媚清漣」詩，即是詩人通過對清幽絕俗景象的描寫，表達自己超逸淡遠的情懷。山水之「清音」、水木之「清華」，是詩人虛靜閑淡的心境，與大自然山水清澄無染的生命韻味，無間融合之後的體會。漁洋指導弟子作詩時云：「詩要清挺。纖巧濃麗，總無取焉。」（《然鐙記聞》）又嘗引王世貞之語稱賞徐禎卿、高叔嗣曰：「（徐）昌穀如白雲自流，山泉泠然，殘雪在地，掩映新月；（高）子業如高山鼓琴，沉思忽往，木葉盡脫，石氣自青。」（〈徐高二家詩選序〉）由此可見神韻說對清挺、清泠疏淡的詩境的好尚。

　　所謂「遠」，總體言之，可說是意蘊悠遠。漁洋嘗拈出「典」、「遠」、「諧音律」、「麗以則」四者為作詩時應把握的要點，其中他釋「遠」云：

> 畫瀟湘洞庭，不必蹙山結水。李龍眠作陽關圖，意不在渭城車馬，而設釣者於水濱，忘形塊坐，哀樂嗒然，此詩旨也。（《蠶尾續文》）

由此段文字來看，神韻說「遠」的內涵有二意：一是就藝術表現而言，漁洋認為「畫瀟湘洞庭，不必蹙山結水。」「蹙山結水」即刻劃山水。論畫，漁洋不主張細緻微妙的刻劃，而讚賞「遠人無目，遠水無波，遠山無皴。」〔註25〕的淡遠寫意。同理，論詩則神韻說「不喜多作刻劃體物語」（翁方綱《七言詩三昧舉隅》），而欣賞超遠幽夐的作品。誠如謝榛《四溟詩話》所云：「凡作詩不宜逼真，如朝行遠望，青山佳色，隱然可愛，其煙霞變幻，難於名狀。及登臨非復奇觀，惟片山數樹而已。遠近所見不同，妙在含糊，方見作手。」（卷三）這正是從視覺上，說明空間距離對美感形成的重要性。王夫之也有類似的言論，他認為開門見山的「山」，必須是遠山，才有「縹緲遙映」的美感，否則，「若一山壁立，當門而峙，與面牆奚異」（《夕堂永日緒論》

〔註25〕王士禎《蠶尾續文》云：「予嘗聞荊浩論山水而悟詩家三昧矣。其言曰：『遠人無目，遠水無波，遠山無皴。』……詩文之道，大抵皆然。」

外編）。詩人在創作時，應儘量推遠和淡化景物形貌的刻劃，採用空中傳神的手法，從不同角度烘托主題，以開拓沖淡夐遠的境界，予人「遇之匪深，即之愈稀」（司空圖《詩品・沖澹》）的無窮美感，這是神韻說對詩歌藝術表現的要求。今人陳良運《中國詩學體系論》認為，此藝術表現上的「遠」，乃是源自精神之「清」，他說：「神清而後方可意遠，神清目朗，視野開闊，意興無所不到，在藝術表現上，不必依賴物象密集取勝，『天外數峰，略有筆墨』而已。」〔註 26〕可見詩人精神之「清」，與詩歌意境之「遠」的密切關係。

　　二、對創作者的要求而言，「遠」是一種心理距離，是遠離俗世的心靈。前面引文中提到的李龍眠，即宋代名畫家李公麟，他曾據王維〈送元二使安西〉「西出陽關無故人」句意作〈陽關圖〉，圖中畫出了入關者之喜，出關者之悲。而在悲歡離合的場面之外，「恍然在京師門外塵氛群動中，一漁父水邊垂釣，悠然閑適，前人以為得動中之靜」〔註 27〕。李公麟的畫，雖然改變了王維詩原來的主題，卻「畫出陽關意外聲」（蘇軾〈書林次中所得李伯時歸去來、陽關二圖〉詩），取得了形象之外的另一種意味：他所設的釣者，超越了人間的悲歡離合，心靈不為塵世紛亂的情感所影響，悠然閑適，也就是「忘形塊坐，哀樂嗒然」之意，漁洋認為「此詩旨也」，詩歌的旨趣即出於此淡忘世情，不惹塵氛的心靈。漁洋嘗以繪畫中的「逸品」，來比擬「不著一字，盡得風流」的神韻詩（見本章上一節），惠棟註補《漁洋山人自撰年譜》，也引吳陳琰之語云：「先生論詩，要在神韻。畫家逸品居神品之上，惟詩亦然。」而繪畫中的「逸品」，其主要的審美特質即是在藝術形象中，「表現藝術家本人的超脫世俗的生活態度和精神境

〔註 26〕見陳良運《中國詩學體系論》釋「清遠」，頁 401。
〔註 27〕元人胡祗遹跋此圖云：「畫至李龍眠別立新意……〈陽關〉一圖，去者有離鄉辭家之悲，來者有觀光歸國拜父兄見妻子之喜，挽輅援車，驅馬引駝，祖餞迎迓，一貌一容，紛紛擾擾。恍然在京師門外塵氛群動中，一漁父水邊垂釣，悠然閑適，前人以為得動中之靜。」（見陳高華編《宋遼金畫家史料》，北京：文物，1984 年，頁 521）

界」〔註28〕。如果就題材而言，這種超脫的思想情感，最容易透過山水景物來表現，故漁洋〈東渚詩集序〉云：「夫詩之爲物，恆與山澤近，與市朝遠。觀六季、三唐作者篇什之美，大約得江山之助、寫田園之趣者什居六、七。」這裏點出了創作心靈的「遠」，表現在詩歌中，是一種遠離市朝、寄意山水的韻趣。

二、標舉盛唐王、孟清音

　　從以上的探討，可知「清遠」是詩歌淡遠含蓄的意境，是遠離塵囂的創作心靈的貫注，主要是山水景物澄靜自然的呈現。而神韻說所標舉的清遠詩風，是以唐詩爲主，其核心爲盛唐。《四庫全書總目提要》云：「新城詩派以盛唐爲宗，而不甚考究漢魏六朝；以神韻爲主，而不甚考究體製。」（卷一九六《師友詩傳錄》提要），即指出王士禎主神韻而宗盛唐的傾向。在《分甘餘話》中，王士禎曾推崇盛唐詩云：「盛唐諸詩人所以超出初、中、晚者，只是格韻高妙。」吳喬《圍爐詩話》也指出：「唐詩固有驚人好句，而其至善處在乎澹遠含蓄。」（卷一）「神韻說」的理想典範，即爲盛唐的澹遠含蓄之作；其代表詩人，並非李白、杜甫，而是王維、孟浩然，觀下列《池北偶談》中的論述可知：

　　　　唐、宋以來作〈桃源行〉最傳者，王摩詰、韓退之、王介甫三篇。觀退之、介甫二詩，筆力意思甚可喜；及讀摩詰詩，多少自在。二公便努力挽強，不免面赤耳熱。此盛唐所以高不可及。（卷十四）

　　　　晚唐人詩：「風暖鳥聲碎，日高花影重」〔註29〕，「曉來山

〔註28〕語見葉朗《中國美學史》，他說：「『逸品』要表現藝術家的超脫世俗的生活態度和精神境界，它要和現實人生拉開距離，因此它要求審美意象『簡古』、『澹泊』、『平淡』。」（頁216）

〔註29〕「風暖鳥聲碎，日高花影重」（〈春宮怨〉）一詩的作者，一說是唐人周朴，例如歐陽修《六一詩話》云：「唐之晚年，詩人無復李、杜豪放之格，然亦務以精意相高。如周朴者，……其句有云：『風暖鳥聲碎，日高花影重』。」一說是杜荀鶴，例如〔宋〕吳聿《觀

鳥鬧，雨過杏花稀」（周朴句），元人詩：「布穀叫殘雨，杏花開半村」，皆佳句也。然總不如右丞：「興闌啼鳥緩，坐久落花多。」（〈從岐王過楊氏別業應教〉），自然入妙。盛唐高不可及如此。（卷十六）

從漁洋對王維的推崇倍至，並說這就是「盛唐高不可及」之處，可知他是以王維爲盛唐詩的代表人物。在《師友詩傳續錄》中，他也說：「譬之釋氏，王是佛語，孟是菩薩語。」除了一再推許王、孟之外，韋應物、柳宗元的清遠澄澹的詩風，也爲神韻說所宗尙。其《論詩絕句三十二首》之七即云：「風懷澄澹推韋柳，佳句多從五字求」，又引司空圖所言：「右丞、蘇州趣味澄夐」、「王右丞、韋蘇州澄澹精緻」，爲神韻說立論的依據。此外，漁洋還指出：

王右丞而下，如孟浩然、王昌齡、岑參、常建、劉眘虛、李頎、綦毋潛、祖詠、盧象、陶翰之數公者，皆與摩詰相頡頏。……杜甫沉鬱，多出變調。（《居易錄》）

這宛如是以王維爲首，指出了一支盛唐的神韻詩派。漁洋又說：劉眘虛詩，「超遠幽夐，在王、孟、王昌齡、常建、祖詠伯仲之間。」（《漁洋詩話》卷下）可看出漁洋認爲劉眘虛、王維、孟浩然、常建、祖詠等詩人，詩風均有「超遠幽夐」的特色。而這些詩人，也常被許之以「清」，例如：殷璠《河嶽英靈集》稱賞李頎詩：「發調既清，修辭亦秀」；《新唐書·王昌齡傳》云：「昌齡工詩，緒密而思清。」計有功《唐詩紀事》云：「綦拾遺（毋潛）詩，舉體清秀。」鍾惺《唐詩歸》云：「常建清微靈洞。」胡應麟《詩藪》云：「浩然清而曠，常建清而僻，王維清而秀，儲光羲清而適，韋應物清而潤，柳子厚清而峭。」（外編卷四）潘德輿《養一齋詩話》亦云：「盛唐中，常征君、王龍標、劉眘

林詩話》云：「杜荀鶴詩句鄙惡，世所傳《唐風集》首篇『風暖鳥聲碎，日高花影重』者，余甚疑不類荀鶴語。他日觀唐人小說，見此詩乃周朴所作，而歐陽文忠公亦云耳。」然而，清人仍有以此詩出於杜荀鶴之手的，例如吳喬《圍爐詩話》卷一云：「杜荀鶴之『風暖鳥聲碎』，方干之『香杭倩水春』，『碎』字、『倩』字費力甚矣！」

虛五言古詩，亦有一段清音古趣。」（卷一）而從漁洋視杜甫的沉鬱風格爲「變調」來看，可知少陵詩與「清遠」的審美取向並不相合。漁洋依嚴滄浪「言有盡而意無窮」與司空表聖「味在酸鹹之外」之旨所選編的《唐賢三昧集》，著錄的詩人即是以王維、孟浩然及「與摩詰相頡頏」的諸詩人爲主，而將杜詩擯除在外。所以，翁方綱屢言漁洋的「神韻說」是：「蓋專以沖和淡遠爲主」、「此爲右丞之支裔，而非李、杜之嗣音矣。」（《七言詩三昧舉隅》）明確指出了神韻說以王、孟清音爲典範。王掞〈王公神道碑銘〉則說：漁洋詩「尤浸淫於陶、孟、王、韋諸公，獨得其象外之旨，意外之神。」（《國朝耆獻類徵初編》卷五十一）從漁洋本身創作的取法對象，亦可看出他理想的詩歌準式。

王士禎舉以示人的神韻詩例，大抵亦多爲唐人沖淡清遠之作，例如其《居易錄》舉崔國輔「松雨時復滴，寺門清且涼」（〈宿法華寺〉）詩，《蠶尾續文》中舉王維「雨中山果落，燈下草蟲鳴」（〈秋夜獨坐〉）、常建「松際露微月，清光猶爲君」（〈宿王昌齡隱居〉）、孟浩然「樵子暗相失，草蟲寒不聞」（〈遊精思觀迴王白雲在後〉）、劉眘虛「時有落花至，遠隨流水香」（〈闕題〉）等詩句，推允爲「上乘」、「最妙」之作。漁洋讚賞與他同時代的其他詩人時，也時常以「有王、孟、韋、柳之風」稱許之，例如：

> 金壇潘高孟升，五言學韋、柳，余愛其清眞古澹。（《漁洋詩話》卷上）
>
> 新安汪徵遠，字扶晨，工於詩，古選尤閒澹，有王、韋之風。（《漁洋詩話》卷下）
>
> 楊夢山先生（巍，明吏部尚書）五言古詩，清眞簡遠，陶、韋嫡派也。（《居易錄》）
>
> 梅君子翔，……其詩風味澄夐，絕遠世事。（《漁洋文》）
>
> 金子素公，……詩尤工古選，予喜其閒適古澹，類自陶、韋門庭中來。（《蠶尾續文》）
>
> 清止趙公諱進美，……詩清眞絕俗，得王、孟之趣。（《蠶尾

續文》)

> 元孝（陳恭尹）尤清迴絕俗，其詩如「離憂在湘水，古色
> 滿衡陽」……，皆得唐人三昧。(《漁洋詩話》卷上)

這些詩人，漁洋不是稱其「有王、韋之風」、「得王、孟之趣」，就是
賞其「得唐人三昧」；而這些稱賞之詞，同時也幾乎是「清真簡遠」、
「清迴絕俗」、「風味澄夐」的同義詞，可見神韻說尚清遠詩風，並以
王、孟清音為標準的審美取向。

三、擅神韻則乏豪健

漁洋〈跋陳說巖太宰丁丑詩卷〉嘗云：

> 自昔稱詩者，尚雄渾則鮮風調，擅神韻則乏豪健，二者交
> 譏；唯今太宰說巖（陳廷敬）先生之詩，能去其二短，而
> 兼其兩長。

就漁洋看來，「神韻風調」與「豪健雄渾」是難以兼具的，兩者各有
所偏。不過漁洋之意，是說「鮮」、「乏」，並非絕對「不能」，如他所
讚賞的陳廷敬，就能「去其二短，兼其兩長」。再如王夫之評漢高祖
〈大風歌〉：「大風起兮雲飛揚，威加海內兮歸故鄉，安得猛士兮守四
方！」為「神韻所不待論」(《古詩評選》卷一)，即是以神韻稱許豪
健之作。不過，神韻與豪健，一般仍是以偏至的型態呈現，全祖望〈鷺
朋山房詩集序〉云：「國朝諸老詩伯，阮亭以風調神韻擅長於北，竹
垞以才藻魄力獨步於南。同岑異苔，屹然雙峙。」(《鮚埼亭集》卷三
十二) 此亦是將「風調神韻」與「才藻魄力」對舉，認為王士禎與朱
彝尊兩人之詩各擅勝場、各有千秋。早在金代的元好問，便以「豪」
與「韻」對舉，其〈自題中州集後五首〉之一云：「鄴下曹劉氣盡豪，
江東諸謝韻尤高。」(《遺山詩集》卷十三) 他以「豪」形容「氣」，
又與高超之「韻」對舉；可以說，如果「氣」是偏重於陽剛的，那麼
追求清遠淡雅的風調神韻，就是偏於陰柔的了。今人胡家祥的《審美
學》，從風格的角度談氣勢與韻致時即云：「作品風格是藝術家心理特
徵的外化，基本是由氣勢與韻致合成，因此可以大致分為陽剛之美與

陰柔之美兩種類型。」以氣勢取勝，則偏於陽剛之美；以韻致擅長，則偏於陰柔之美。清人施補華《峴傭說詩》，則從筆法的觀點論魄力與神韻：「用剛筆則見魄力，用柔筆則出神韻。」總之，如果將詩歌分爲陽剛與陰柔之美兩大類型，則漁洋神韻說的審美取向，是比較偏於陰柔之美的。

　　漁洋不但認爲神韻與豪健難以兼俱，更以爲雄放的「豪氣」不如「閑雅」的風調：

　　　　《中州集》詩：「石鼎夜吟詩句健，羹囊春醉酒錢粗。」豪
　　　　句也；然不如南唐：「吟憑蕭寺游檀閣，醉倚王家玳瑁筵」
　　　　（江爲句），風調嫻雅。（《古夫于亭雜錄》卷一）

　　　　唐詩主情，故多蘊藉；宋詩主氣，故多徑露。此其所以不
　　　　及。（《師友詩傳續錄》）

　　　　劉過改之《龍洲集》，叫囂排突，純是子路冠雄雞、佩豭豚
　　　　氣象，風雅掃地。（《居易錄》卷十七）

上一節提及漁洋於《古夫于亭雜錄》中，曾引宋祁之言，比較左思「振衣千仞崗，濯足萬里流」，與嵇康「手揮五弦，目送飛鴻」二詩。宋祁認爲二者不相上下，漁洋卻認爲曰：「左語豪矣，然他人可到；嵇叔夜妙在象外。」言下之意，謂左思「振衣千仞崗，濯足萬里流」此等豪語，一般人容易學習得到；而嵇康「手揮五弦，目送飛鴻」，則妙在象外，蘊藉有餘味，較左思的豪語更勝一籌。胡應麟《詩藪》也指出：

　　　　太沖以氣勝也，「振衣千仞崗，濯足萬里流」，至矣；而「何
　　　　必絲與竹，山水有清音」，其韻故足賞也。（外編卷二）

漁洋說左思的詩句是「豪語」，胡應麟則說他「以氣勝」，「豪」與「氣」，均不如山水清「韻」之妙有餘音令人迴盪。漁洋認爲神韻風調高於豪健，與他重視蘊藉含蓄、意在言外的藝術境界有關，因爲壯偉豪健往往須以筆力經營，而遣詞用字一著力道，稍一不慎即容易流於直露粗豪，蘊藉不足，宋代周紫芝曾舉例說明這種情形：

　　　　詩人造語用字，有著意道處，往往頗露風骨。如滕元發〈月
　　　　波樓詩〉：「野色更無山隔斷，天光直與水波連」是也。只

一「直」字，不惟語稍崢嶸，兼亦近俗。何不云：「野色更
無山隔斷，天光自與水波連」爲微有蘊藉，然非知之者不
足以語此。(《竹坡詩話》)

周紫芝認爲「天光直與水波連」的「直」字，「語稍崢嶸」，即過於直
露，不如改爲「天光自與水波連」，使之「微有蘊藉」。王夫之亦云：
「英氣最損韻度」(《古詩評選》卷三)。他評何遜〈暮春答朱記室〉
就說：「仲言落筆遒勁有餘，以此微損韻度。」(《古詩評選》卷五)
可見英氣、遒勁，均有損詩歌的韻致。更甚者，若徒知使氣而無蘊藉
收斂，就會像明七子的某些詩篇那樣，「得盡發其噴沙走石之氣。乃
彼所矜長，正其露短，神韻心理，俱不具論。」(王夫之《明詩評選》
卷五)「噴沙走石之氣」過於發露的結果，是詩歌既乏神韻又無情感，
流爲厲聲枵響的粗豪之作罷了。

第三節　佇興而就的創作理論

一、佇興而就

　　神韻說所追求的藝術理想已如上述。爲了達到此一理想，漁洋又
提出了相關的創作理論，主要是重在靈感自然的觸發與自得。《漁洋
詩話》云：

蕭子顯云：「登高極目，臨水送歸，蚤雁初鶯，花開葉落。
有來斯應，每不能已；須其自來，不以力搆。」王士源序
孟浩然詩云：「每有製作，佇興而就。」余生平服膺此言，
故未嘗爲人強作，亦不耐爲和韻詩也。

此處論創作的「佇興而就」，是詩人適情適意產生的創作靈感和衝動
[註30]，這種創作興會一來，作品即可一揮而就。古代的文論家，普
遍認爲這種「由興會直悟所得的審美意象，比之一般性的藝術想像所

_____

〔註30〕汪湧豪《範疇論》云：「『興』不可力強而出，而須待其適情適意以
　　　自出，此所謂『興會』。」(頁544)

創造的審美意象，具有更高的質量和品級。它往往具有天籟化工之品、自然渾成之質，而無人爲加工之痕、雕琢鏤刻之跡。」〔註31〕正如王夫之所云：「興會成章，即以佳好。」〔註32〕（《明詩評選》卷五）。由王士禛所言來看，「佇興而就」可析爲下列三個特點：

其一，創作靈感產生於「物」。葛立方《韻語陽秋》云：「自古工詩者，未嘗無興也。觀物有感焉，則有興。」觀物有感，才能引發靈感勃興。「登高極目，臨水送歸，蚤雁初鶯，花開葉落」，即引發詩思的外在物境，或是因外在景物而搖蕩性情，使人跌入某種情境之中。這種面對自然景物而起興的創作過程，《文心雕龍·時序》說得真切：「山沓水匝，樹雜雲合。目既往還，心亦吐納。春日遲遲，秋風颯颯，情往似贈，興來如答。」心、物感應之後，詩人觸物興情，根觸而思，方有感事而吟，隨遇而發之作。

其二，詩思具有偶來驟去、不能強索的特點，即「有來斯應，每不能已；須其自來，不以力構」。吳雷發〔註33〕《說詩菅蒯》云：「詩固以興之所至爲妙。唐人云：『幾處覓不得，有時還自來。』進乎技矣。」「佇興而就」的「佇」，即等待之意。美妙的詩興須要等待以俟其自來，並非勉力搜索枯腸，或以寫作技巧加以鋪陳就可獲得。《師友詩傳錄》中，張實居〔註34〕也說：古來詩歌名篇，「皆偶然得之，

〔註31〕見黃霖、吳建民、吳兆路所著之《原人論》，頁81。
〔註32〕古人關於這一類的論述不勝枚舉，例如：謝榛《四溟詩話》曰：「詩有不立意造句，以興爲主，漫然成篇，此詩之入化也。」李開先《後岡陳提學傳》云：「詩則有難言者，每情會景來，思奇興發，一篇成則一篇便可名世。」吳喬《圍爐詩話》云：「於茫然中忽得一意，而後成篇，定有可觀。」
〔註33〕吳雷發，字起蛟，號祖鍾，江蘇震澤人，生卒年不詳。蔡鎭楚《中國詩話史》云：「《蘇州府志》卷一百六稱其『爲詩文清矯拔俗，李重華謂如水鏡空明，不染纖滓』，蓋爲康熙、雍正間人。」（頁279）
〔註34〕張實居，王士禛的妻子張宜人之兄。《師友詩傳錄》是由郎廷槐就詩學上的問題發問，由王士禛與張篤慶、張實居回答。《四庫全書總目提要》說：「三人所答或共明一義，或各明一義，然大旨皆不甚相遠。」（卷一九六《師友詩傳錄》提要），則張篤慶、張實居二人，可謂王

猶書家所謂偶然欲書者也。當其觸物興懷，情來神會，機括躍起，如兔起鶻落，稍縱即逝矣。有先一刻後一刻不能之妙，況他人乎？」「詩思」忽來驟去，來去無蹤。來如泉湧，不可遏止；去似鶻落，轉瞬而逝。觸物興懷的過程，非人力所能安排掌控。在這種情況下，往往能夠產生渾然天成的佳篇，例如王夫之評斛律金〈敕勒歌〉云：「寓目吟成，不知悲涼之何以生。詩歌之妙，原在取景遣韻，不在刻意也。」（《古詩評選》卷一）認為北朝〈敕勒歌〉之佳，即在於此詩純然寓目吟成，而非有意為之。

　　其三，因靈感無法經由外力強制發生，所以漁洋「未嘗為人強作，亦不耐為和韻詩也。」他於《香祖筆記》中也說：「予平生為詩不喜次韻，不喜集句，不喜數疊前韻。」不喜和韻、次韻，是因為「詩思如醴泉朱草，在作者亦不知所自來。限以一韻，即束詩思。」（吳喬《圍爐詩話》卷一）事先限韻，對創作自然形成了限制，而對於「飄然若羚羊之挂角，悠然若天馬之行徑」（明·袁黃《詩賦》）的「興」，更是一種束縛。再者，詩思如甘美之泉自地下湧出，來不可遏，盡時亦不得強為之續。換言之，創作時，當「遇境即際，興窮則止」（王世貞《藝苑卮言》卷三），不應再作過多的東塗西抹，勉強拼湊。對此，漁洋嘗云：

　　　　祖詠試〈終南積雪〉詩云云，主者少之，對曰：「意盡。」
　　　　王士源謂：「孟浩然每有製作，佇興而就，寧復罷閣，不為
　　　　淺易。」山谷亦云：「吟詩不須務多，但意盡可也。」古人
　　　　或四句、或兩句，便成一首，正此意。（《池北偶談》卷十三）

祖詠此詩又題為〈終南望餘雪〉，全篇是：「終南陰嶺秀，積雪浮雲端。林表明霽色，城中增暮寒。」據傳是祖詠的應試詩，按規定應寫五言六韻十二句，可是他寫了四句就交卷了〔註35〕。他所謂的「意盡」，

士禎詩論的同調者。張篤慶，王士禎的表弟，他與張實居二人的生平事略，見《漁洋詩話》卷中、卷下。
〔註35〕宋代計有功《唐詩紀事》卷二十云：「有司試〈終南望餘雪〉詩，（祖）詠賦曰：『終南陰嶺秀，積雪浮雲端。林表明霽色，城中增暮寒。』

是說全篇雖僅短短二十字，但詩的意境已表達得很完足，不必多費筆墨，橫生枝蔓。此詩寫望終南山頭的殘雪，遠遠看去，宛若飄浮於雲端，雖然林表已露出明朗霽色，但仍感到城中「暮寒」深重。這一切都是望終南山積雪所得到的種種直觀意象，已構成一幅完整的「終南餘雪圖」，所以作者「寧復罷閣，不爲淺易」，尊重創作靈感的偶發性，吳喬《圍爐詩話》即稱祖詠此舉曰：「唐人自重如此。」（卷一）漁洋引黃庭堅「吟詩不須務多，但意盡可也」，肯定此詩在「佇興而就」的創作原則下，以簡約的文字表達了完足的詩境，不因應試的規矩而作無謂的拼湊。

　　以上所述，是漁洋「佇興而就」的詩歌創作主張，其中關於外在之「景」對人心之「情」的感興作用，漁洋僅簡單扼要的以蕭子顯「登高極目，臨水送歸，蚤雁初鶯，花開葉落」之語，代替自己的意見。除此之外，關於景對情、物與我之間，如何互相作用而產生美妙的作品，漁洋並沒有進一步的說明。倒是也主張詩歌應「興會成章」的王夫之，在這方面的論述遠較漁洋詳盡。他主張詩歌創作，靈感的觸發優先於寫作技巧，也就是「重在心目相接處，內心有所觸感，意境逐漸形成，然後通過語言聲律，使之展現」，而反對「先立一法度以寫詩」〔註36〕。他對於「佇興」或「興會」過程中，外在景物對詩人的影響，也就是情與景的關係，格外關注與自覺〔註37〕，並發抒了許多

四句即納於有司。或詰之，詠曰：『意盡』。」
〔註36〕語見楊松年《王夫之詩論研究》，頁118～122。
〔註37〕劉若愚《中國文學理論》說：「王夫之顯示出他與嚴羽和其他形上理論批評家的類似點，在於他對藝術過程第一階段（宇宙影響作家，作家反應宇宙）的全神貫注，此一階段被認爲是詩人心靈與宇宙基本原理之直覺合一。」（頁81）崔海峰〈王夫之詩學中的「興會」說〉一文也說：「他（王夫之）在詩學論著中直接運用『興會』這一術語達十次以上，他還常用與『興會』同義的『即景會心』、『寓目警心』、『觸目生心』、『即目吟成』和『適目當心』等術語評詩，……在藝術靈感或直覺這個領域，王夫之比以往的和同時代的文藝家更自覺，更深刻，更系統，更富於創見。」（《文藝研究》，2000年第五期）

精闢的見解。例如：

> 身之所歷，目之所見，是鐵門限。即極寫大景，如「陰晴
> 眾壑殊」、「乾坤日夜浮」，亦必不逾此限。非按輿地圖可云：
> 「平野入青徐」也，亦登樓所得見耳。（《薑齋詩話》卷下）

> 「池塘生春草」，「蝴蝶飛南園」，「明月照積雪」，皆心中目
> 中相與融浹，一出語時，即得珠圓玉潤。要亦各視其所懷
> 來，而與景相迎者也。（《薑齋詩話》卷下）

> 心目之所及，文情赴之，貌其本榮如所存而顯之，即以華
> 奕照耀，動人無際矣。（《古詩評選》卷五）

這些都說明詩的佳處，乃一時興會所致，心到目到，脫口而出，情與
景自然契合，所謂「心理所詣，景自與逢，即目吟成，無非然者」（《古
詩評選》卷五）是也。詩人下筆時，將這種感興狀態下的情景契合之
象，「貌其本榮如所存而顯之」，忠實呈現而不加造作，詩篇就有動人
的藝術力量。他又說：「以寫景之心理言情，則身心中獨喻之微，輕
安拈出。」（《薑齋詩話》卷下）所謂「身心中獨喻之微」，就是詩中
所要表達的幽微深曲的情感，此一情感若能與眼前之景不謀而合，就
會「輕安拈出」，毫不費力的表達出來。換言之，平日難以用說明性
的、敘述性的語言表達出來的幽隱含蓄之情，一旦出之以興會神到，
情感獲得形象化的處理，就能狀難寫之「景」如在目前，這個「景」
中，自然含有不盡之情溢於言外。此外，王夫之也談到了這種即目吟
成的靈感不能力強而至：

> 只於心目相取處，得景得句，乃為朝氣，乃為神筆。景盡
> 意止，意盡言息，必不強括狂搜，捨有而尋無。（《唐詩評選》
> 卷三）

心所繫者情，目所繫者景。心取即目所見，使內心之情獲得景物而客
觀化；目取心之所感，使外在景物獲得情感而主觀化。這是一個雙向
的交融過程，而此種興會的過程，「如春氣感人，空水鶯花，有何必
然之序？」（《古詩評選》卷五）這並不需要詩人刻意的尋覓，不必「強
括狂搜，捨有而尋無」，也就是漁洋所說的「須其自來，不以力構」

之意。只要「一用興會標舉成詩，自然情景俱到。恃情景者，不能得情景也」（《明詩評選》卷六）。刻意去創作的「力搆」者，反而會因為過於強烈的外力與理性介入，而無法有信手拈來、水到渠成的作品。

在感興的狀態中創作，賦詠中即結合了人的情意與景物的容態，這種興會的創作狀態，王夫之借用禪學用語稱之為「現量」：

> 「僧敲月下門」，只是妄想揣摹，如說他人夢，縱令形容酷似，何嘗毫髮關心。知然者以其沉吟「推敲」二字，就他作想也。若即景會心，則或推或敲，必居其一；因景因情，自然靈妙，何勞擬議哉！「長河落日圓」，初無定景；「隔水問樵夫」，初非想得，則禪家所謂「現量」也。（《薑齋詩話》卷下）

所謂「現量」，按王夫之《相宗絡索》的說法：「現者，有現在義，有現成義，有顯現真實義。現在不緣過去作影，現成一觸即覺，不假思量計較，顯現真實，乃彼之體性本自如此，顯現無疑，不參虛妄。」這種情境移之於詩歌，所謂「現在義」就是指創作過程中，情景相感而結合的當下性，這種相感而結合不是事先設計的，也不是事後可以牽合的，而是詩人在當下的興會過程中，思與境偕，「將深邃的結果呈現於瞬間的感知」[註38]。這一過程有其自身的規律，「不假思量計較，顯現真實」，也就是不須要外在思維的介入，自然能完滿顯現當時情思與物境的真實。究竟是「僧推月下門」還是「僧敲月下門」，在興會的當下就應自動完成抉擇。如果詩人須經過反覆思量，才決定用「推」或「敲」，那是在興會過程之外作理性的思考，非自然由內在流出的情感而得。如此作得的詩，他認為：「如說他人夢，縱令形容酷似，何嘗毫髮關心。」已經不是一觸即現的貼切感受了。賀貽孫《詩筏》也有類似的見解：「然如僧敲月下門，『敲』字所以勝『推』字者，亦只是

[註38] 語見胡家祥《審美學》，他以「直覺」釋王夫之的「現量」曰：「漢語的『直覺』一詞由『直觀』與『覺察』兩重意義構成，指在對事物的感性直觀中直截把握到其底蘊的能力。直覺具有深刻性、瞬間性、潛意識性的特點，幾乎看不出精神活動的行程，將深邃的結果呈現於瞬間的感知，借用佛家的術語，即是『現量』。」（頁 232）

眼前現成景，寫得如見耳。若喉吻間吞吐不出，雖經百煉，何足貴哉」！
「喉吻間吞吐不出」，就在於沒有「目擊經心」〔註39〕的觸發，即使用
盡各種寫作技巧加以雕琢，也不足爲貴。

　　除了「佇興而就」，漁洋有時也以「偶然欲書」論此種偶然被觸
動的創作靈感：

> 南城陳伯璣允衡善論詩，昔在廣陵評余詩，譬之昔人云「偶
> 然欲書」，此語最得詩文三昧。今人連篇累牘，牽率應酬，
> 皆非偶然欲書者也。（《香祖筆記》）

因爲「偶然欲書」是因時因地偶然觸發的創作興致，其取材、構思、
情感均爲當下的直接感受，如此便可避免創作的固定化，也就是避免
了習慣性地沿襲一種老舊陳套的創作方式，不蹈襲前人而有自家面
目。「連篇累牘，牽率應酬」，即是有意針對某一主題而設計的創作，
這種作品不是出於有感而發，並非因景而生興，觸物而起情，最容易
千篇一律，落入創作的窠臼。漁洋曰：

> 越處女與勾踐論劍術曰：妾非受於人也，而忽自有之。司
> 馬相如答盛覽曰：「賦家之心，得之於內，不可得而傳。」
> 雲門禪師曰：「汝等不記己語，反記吾語，異日稗販我耶？」
> 數語皆詩家三昧。（《漁洋詩話》卷上）

> 佛印元禪師謂眾曰：昔雲門說法如雲雨，絕不喜人記錄其
> 語。見即罵曰：「汝口不用，反記吾語，異時稗販我去！」
> 學者漁獵語言文字，正如吹網欲滿，非愚即狂。吾輩作詩
> 文，最忌稗販，所謂「汝口不用，反記吾語。」（《居易錄》）

「忽自有之」、「得之於內」，即發自內心的偶然興到語，是詩人經外
物觸發而來的藝術靈感，此時的作品乃是不謀而作，新鮮自然，而有
自己當下的精神面目，既非漁獵他人文字，自然不與他作雷同。

　　漁洋讚賞「一時佇興之言」，認爲這是懂得詩歌「味外味」之人
應當領會、把握的創作妙訣；也就是說，「佇興」、「神到」，才容易產

〔註39〕《薑齋詩話》卷下云：詩人「取景則於目擊經心、絲分縷合之際貌
　　　　固有，而言之不欺。」

生神韻天然的好詩：

> 程石臒（程可則）有絕句云：「朝過青山頭，暮歇青山曲；
> 青山不見人，猿聲終相續。」予每歎絕，以爲天然不可湊
> 泊。予少時在揚州，亦有數作，如：「微雨過青山，漠漠寒
> 煙織；不見秣陵城，坐愛秋江色。」（〈青山〉）……又在京
> 師有詩云：「凌晨出西郭，招提過微雨；日出不逢人，滿院
> 風鈴語。」（〈早至天寧寺〉）皆一時佇興之言，知味外味者
> 當自得之。（《香祖筆記》卷二）

> 律句有神韻天然，不可湊泊者。如高季迪（高啓）：「白下有
> 山皆遶郭，清明無客不思家」，曹能始（曹學佺）：「春光白
> 下無多日，夜月黃河第幾灣」……，程孟陽（程嘉燧）：「瓜
> 步江空微有樹，秣陵天遠不宜秋」是也。（《漁洋詩話》卷中）

「神到」，即興之所至，下筆有神之謂。在感興飽滿、靈感泉湧的狀
態下創作，信手拈來，即能一氣呵成，神韻天然而不假雕飾。以上漁
洋所舉詩例，均表現了詩人一時一地耳聞目見所觸發的感受；在淡淡
的寫景之中，自然有悠遠的情韻。前文曾經提及，漁洋引李白〈夜泊
牛渚懷古〉、孟浩然〈晚泊潯陽望廬山〉爲「不著一字，盡得風流」
的高標，而這兩首詩，同時也堪稱「興會成章，即以佳好」的典範。
沈德潛《說詩晬語》就曾讚歎：

> 李太白〈夜泊牛渚〉、孟浩然〈晚泊潯陽〉、……乃興到成
> 詩，人力無與，匪垂典則，偶存標格而已。（卷上）

陳衍《石遺室詩話》亦云：

> 夫古今所傳佇興而得者，莫如孟浩然之「微雲淡河漢，疏
> 雨滴梧桐」、「挂席幾千里，名山都未逢。泊舟潯陽郭，始
> 見香爐峰」諸語。……實是千里未逢名山，至潯陽始遇香
> 爐峰，謀於目，謀於心，並無一字虛造，但寫得大方不費
> 力耳。（卷三）

爲何「謀於目，謀於心」而「興到成詩」之作，特別容易顯出神韻天
然？這是因興會這種有如佛家「現量」的直覺感悟，是一種渾融一體、
不可句摘的藝術境界，是情與景的自然融浹；既無人工鏤刻的斧鑿痕

跡，又沒有過多外在思維的參與，故顯得渾然天成，而讀者也能從中獲致無窮的審美趣味。

二、興會超妙

漁洋重視創作時的「佇興而就」，還提出「興會超妙」之說；不但要興會，而且還要「超妙」，也就是詩人「對景感物，曠然有會」（清人袁守定《佔畢叢談》）之時，爲表現主觀的情思，萬象皆供其驅遣，藝術想像可以不受時間、空間和身觀所限制〔註40〕。《漁洋詩話》嘗舉例說明云：

> 孟浩然〈下贛石〉詩：「暝帆何處泊？遙指落星灣。」落星在南康府〔註41〕，去贛亦千餘里，順流乘風，即非一日可達。古人詩只取興會超妙，不似後人章句，但作記里鼓也。（卷上）

江西贛江上有灘稱贛石，而落星灣距贛石灘有千餘里，若就實際的行程推測，「順流乘風，非一日可達」，詩人當晚欲夜泊落星灣，恐怕不能到達，漁洋卻稱其「興會超妙」，因爲此處的「遙指落星灣」，乃是借落星灣之遠，以形容舟行之速，傳達出詩中「放溜情彌愜，登艫目自閒」輕快愜意的情境，一如李白〈早發白帝城〉：「朝辭白帝彩雲間，千里江陵一日還。兩岸猿聲啼不盡，輕舟已過萬重山」，從白帝城（在今四川奉節縣）到江陵，其間有千二百里，而太白卻說「一日還」、「輕舟已過萬重山」，也是以舟行之快絕，表達輕鬆自在之情。漁洋論詩，喜稱引嚴羽「鏡中之象，水中之月」來比喻「妙悟」、「興會超妙」之

〔註40〕必須指出的是，這種不受時空限制的想像，必須以「爲藝術服務」爲前提，誠如姚一葦《藝術的奧祕》第十章〈論風格〉所云：「它們雖不受傳統及現實的限制，但卻必須與自身的理想或意念相結合，結構而成一個完整的、可以理解、可以傳達的秩序；那些雜亂的、胡思亂想的仍不能稱之爲藝術品。」（頁306）

〔註41〕李景白《孟浩然詩集校注》說：「落星灣，在今星子縣以東鄱陽湖一帶水面。……王貽上《漁洋詩話》以爲落星灣在南康府，恐非是。浩然此行，乃沿贛江順水下行，自贛縣北行至吉安一段，即贛石十八灘，與詩所寫的水流急湍艱險情況，恰相符合。」（頁239）

下所產生的詩境〔註42〕，而「鏡中之象，水中之月」，與現實生活中的實物實象有何不同？對此，陳良運的《中國詩學批評史》說得好：「空中之音已非喉腔之音，相中之色已非自然之色，水中之月已非天上之月，鏡中之象已非照鏡者實體，一切生活中有形跡的東西，都通過妙悟轉化爲精神性的興象或意象，情境或意境。」〔註43〕「暝帆何處泊？遙指落星灣」的「遙指落星灣」，即是經過超妙的興會轉化而成的詩歌意象。

優秀的藝術作品是一時興會所觸，不似地理志，須以詳實考核爲佳。誠然，詩歌取材自眞實世界，下筆時不能完全不遵守現實世界的規則，恣意妄想、漫無目地的馳騁。但是，藝術創作也不能死守現實生活中的秩序而不超越，否則就會淪爲「記里鼓」，只是客觀世界的機械式的記錄罷了。詩與實際人生世相的關係，正如朱光潛《詩論》所云：「妙處惟在不即不離。惟其『不離』，所以有眞實感；惟其『不即』，所以新鮮有趣。」不即不離的詩趣，則來自作者的妙觀逸想，宋代釋惠洪《冷齋夜話》即指出：「詩者，妙觀逸想之所寓也，豈可以繩墨哉。」妙觀，是指詩人的巧妙觀照；逸想，是詩人逸出現實的奇特設想。惠洪之意，謂詩歌是詩人藝術想像的寄託，詩歌所描寫的內容，是詩人觀察現實，賦予情感，經過想像力的加工之後抒發出來的，它已經不是現實的原樣重現，而是經過詩人心靈的改造成爲意象，爲藝術的眞實服務。爲充分表達詩人主體的思想感情，藝術表現的方式，脫離「常理」、「常情」是可以被允許的。

創作可以不囿於現實，而就讀者的角度來說，神韻說認爲審美活動亦不能拘執於字句，以刻舟求劍、緣木求魚的方式去探求詩旨：

〔註42〕例如其《池北偶談》卷十七云：「嚴滄浪詩話借禪喻詩，歸於妙悟，如謂盛唐諸家詩，如鏡中之花，水中之月，鏡中之象，如羚羊掛角，無跡可求，乃不易之論。」又《分甘餘話》也說：「嚴滄浪論詩，特拈『妙悟』二字，及所云……『鏡中之象，水中之月，羚羊掛角，無跡可尋』云云，皆發前人未發之秘。」

〔註43〕見陳良運《中國詩學批評史》，頁391。

六朝人詩，如「池塘生春草」、「清暉能娛人」，及謝脁、何
遜佳句多此類，讀者當以神會，庶幾遇之。(《古夫于亭雜錄》
卷二)

世謂王右丞畫雪中芭蕉，其詩亦然。如「九江楓樹幾回青，
一片揚州五湖白」下連用蘭陵鎮、富春郭、石頭城諸地名，
皆寥遠不相屬。大抵古人詩畫，只取興會神到，若刻舟緣
木求之，失其指矣。(《池北偶談》卷十八)

興會神到，是一種非邏輯推理的思維方式，是詩人被大千世界所引發
的敏銳直覺。詩人面對生活中的宇宙萬象，首先不是作理性的思考與
邏輯的推理，而是將最直接最迅速的感受，立即作出形象鮮明的表
達，所以「池塘生春草」，在詩歌中不但不被視為荒謬，反而創造出
春回大地滿眼綠意的意象。「九江楓樹幾回青」二句出自王維〈同崔
傅答賢弟〉詩，在漁洋引用的兩句之後是：「揚州時有下江兵，蘭陵
鎮前吹笛聲。夜火人歸富春郭，秋風鶴唳石頭城。」其中提到的幾個
地名，例如蘭陵鎮，在今江蘇常州；富春郭，在浙江富陽，從地理上
看，似是「寥遠不相屬」，但這種表現方式，漁洋認為與王維畫雪中
芭蕉的精神是相同的，是藝術意境重於客觀寫實之下的產物。王維畫
雪中芭蕉，在後代曾引起許多討論，如宋代沈括《夢溪筆談》云：「書
畫之妙，當以神會，難可以形器求也。世之觀畫者，多能指摘其間形
象位置、彩色瑕疵而已；至於奧理冥造者，罕見其人。……余家所藏
摩詰畫袁安臥雪圖，有雪中芭蕉。此乃得心應手，意到便成，故其理
入神，迥得天意，此難可與俗人論也。」(卷十七) 釋惠洪《冷齋夜
話》也說：「王維作畫，雪中芭蕉，法眼觀之，知其神情寄寓於物，
俗論則譏以為不知寒暑。」按常理而言，芭蕉不應生長於寒天雪地，
但沈括、釋惠洪與漁洋都看出了這「反常」之處，正寄寓著作者的「奇
趣」。王維在〈大唐大安國寺故大德淨覺禪師碑銘並序〉一文中，以
「雪山童子，不顧芭蕉之身」比喻大德禪師不顧不堅實之身入山苦
修，「芭蕉之身」喻凡人之身，《涅槃經》卷三十一云：「譬如芭蕉，

生實則枯，一切眾生，身亦如是。」因此，在袁安臥雪圖上，加一雪中芭蕉，並非王維不具客觀常識，而是意味著凡俗之身若能經得起苦行的考驗，便可修成正果。這是從佛學的角度，給袁安臥雪的故事一種新的解釋，讚美他的安貧樂道〔註44〕。如此看來，這不合常理的藝術表現，卻正蘊含著耐人深究的絃外之音、味外之意。如果讀者拘執於合不合乎常理來對待，就無法體會箇中旨趣了。

　　此外，對於詩歌的解讀，神韻說亦不喜穿鑿附會的詮釋，例如王士禎《古詩選・凡例》曰：

> 元趙章泉選唐絕句，其評注多迂腐穿鑿，如韋蘇州〈滁州西澗〉一首：「獨憐幽草澗邊生，上有黃鸝深樹鳴」，以為君子在下，小人在上之象。以此論詩，豈復有風雅邪？

將「獨憐幽草澗邊生，上有黃鸝深樹鳴」，比附為「君子在下，小人在上」之象，這是將詩意強作人事上的關聯，而非詩歌美感的領略。賀貽孫《詩筏》亦曾批評讀者強作解人，解釋詩意時過於拘泥字句，不異「癡人說夢」：

> 詩家化境，如風雨馳驟，鬼神出沒。……不得以字句詮，不可以跡相求。如岑參〈歸白閣草堂〉起句云：「雷聲傍太白，雨在八九峰。東望白雲閣，半入紫閣松。」又〈登慈恩寺〉詩中間云：「秋色從西來，蒼然滿關中。五陵北原上，萬古青濛濛。」安得刻舟求劍，認影作真乎？近見註詩者，將「雨在八九」、「雲入紫閣」、「秋從西來」、「五陵」、「萬古」語，強為分解，何異癡人說夢。
>
> 杜牧之作〈赤壁詩〉云：「折戟沉沙鐵未銷，自將磨洗認前朝。東風不與周郎便，銅雀春深鎖二喬。」許彥周（顗）曰：「牧之意謂赤壁不能縱火，即為曹公奪二喬置之銅雀臺上。孫氏霸業在此一戰，社稷存亡、生靈塗炭，都付不問，只怕捉了二喬，可見措大不識好惡。」彥周此語，足供揮

〔註44〕此處王維畫雪中芭蕉的寓意，參見葛曉音《漢唐文學的嬗變》〈王維・神韻說・南宗畫——兼論唐代以後中國詩畫藝術標準的演變〉一文，頁290。

　　　　塵一噱，但於作詩之旨，尚未夢見。……牧之詩意，即彥
　　　　周霸業不成之意，卻隱然不發，令彥周輩一班淺人讀之，
　　　　只從怕捉二喬上猜去，所以爲妙。

過於「認影作眞」的結果，是「幾使千秋佳句，興趣索然」（吳雷發
《説詩菅蒯》），詩歌的藝術性、審美趣味，都在這種過於質實的註解
中被「分解」掉了。像上舉第二段引文中，杜牧〈赤壁詩〉云：「東
風不與周郎便，銅雀春深鎖二喬」，被許顗評爲：「社稷存亡、生靈塗
炭，都付不問，只怕捉了二喬。」這就過於拘執在詩的字面上了。清
人黃白山即反駁許顗云：「唐人妙處，正在隨拈一事而諸事俱包括其
中。若如許（顗）意，必要將『社稷存亡』等字面眞眞寫出，然後贊
其議論之純正。具此詩解，無怪宋詩遠隔唐人一塵耳！」（賀裳《載
酒園詩話》卷一引）清人沈德潛《唐詩別裁集》亦批評：「『東風不與
周郎便，銅雀春深鎖二喬』，近輕薄少年語，而詩家盛稱之，何也？」
（卷二十）這也是不能領會唐人「隨拈一事而諸事俱包括其中」的妙
處與啓發性。今人袁行霈說得好：「中國古代的詩論特別重視詩歌語
言的這種啓發性。作詩最忌太直、太露，讀詩最忌太滯、太鑿。一覽
無餘的作品算不上眞正的藝術，拘守章句的讀者也不是眞正的鑑賞
家。」〔註45〕神韻說追求含蓄蘊藉、象外之趣的詩歌意境，主張「佇
興而就」以創作神韻天然的好詩，同時也要求讀者「當以神會」，不
錙銖必較的拘守字面的意義，才能領會語言文字之外的清神遠韻。

第四節　神韻與性情

一、興會發於性情

　　神韻說在創作上反對力搆，認爲寫作要有適合靈感出現的客觀環
境，同時也並未忽略性情的重要性。漁洋嘗云：「興會發於性情」（《漁

─────────────

〔註45〕見袁行霈《中國詩歌藝術研究》〈言意與形神──魏晉玄學中的言意
　　　之辨與中國古代文藝理論〉一文，頁78。

洋文》），意指詩歌創作原本於作者性情，「興會」除了要有外物的觸發，一方面也要靠詩家的胸懷與情感，此即劉熙載《藝概・賦概》所云：「在外者物色，在我者生意，二者相摩相盪而賦出焉。若與自家生意無相入處，則物色只成閑事。志士遑問及乎？」自然界包羅萬象的事物，雖然各具有美的潛能，卻無法直接變成藝術品。作者必須注入自己的心靈意趣，賦予景象生命感，借用劉勰的話來說，即是「情以物興」、「物以情觀」（《文心雕龍・詮賦》），合起來就是：「目既往還，心亦吐納」（《文心雕龍・物色》）。例如王夫之評謝朓〈之宣城郡出新林浦向板橋〉云：

> 語有全不及情而情自無限者，心目爲之，政不恃外物故也。
> 「天際識歸舟，雲間辨江樹」，隱然一含情凝眺之人，呼之
> 欲出。從此寫景，乃爲活景。（《古詩評選》卷五）

此爲「活景」，即是因爲其中彷彿有「一含情凝眺之人」，詩境因而有情意貫通其間，這是詩歌的「生意」所在。詩有「生意」，方有悠遠的神韻，所謂「精神遠出，不著死灰」、「興會情遙，語闌意在，則不盡之味得矣」（闕名《靜居緒言》）。如果沒有感興而發的性情，那麼景物與詩人的情感不相關涉，詩中的景語就只是景物的堆砌，「連篇累牘，皆無益之風雲；積案盈箱，盡無情之月露」（《師友詩傳錄》王士禛語）但求句巧，卻無性情，只會使詩歌生意索然。

　　神韻說以性情爲興會的基礎，而對於性情的取向也有特定的看法，漁洋論「詩言志」云：

> 《書》曰：「詩言志。」故〈文中子〉曰：「〈大風〉安而不
> 忘危，其霸心之存乎。〈秋風〉樂極哀來，其悔志之萌乎。」
> （《居易錄》）

漁洋此處所說的「詩言志」，並非如《文心雕龍・明詩》所云：「詩之所以貴於言志者，須是以直溫寬恕爲本。不然，則其爲志也荒矣。」的「志」，而是指詩人平時的情感神精融入詩歌中的表現，也可說是詩人的精神情感在詩歌中的藝術化，而不涉及主體情感意志契合於一

定的倫理道德的要求。在具體創作中，作者的情感應自由抒發，不必顧及是否與社會期望相吻合。例如漢高祖〈大風歌〉云：「大風起兮雲飛揚，威加海內兮歸故鄉，安得猛士兮守四方。」和漢武帝〈秋風辭〉云：「秋風起兮白雲飛，草木黃落兮雁南歸。蘭有秀兮菊有芳，懷佳人兮不能忘。泛樓船兮濟汾河，橫中流兮揚素波，簫鼓鳴兮發棹歌。歡樂極兮哀情多，少壯幾時兮奈老何！」二篇，前者所抒發的是一種創立霸業之雄心，後者爲漢武帝見秋天眾芳搖落，而流露出對早逝佳人的懷念、年光易盡的感歎。宋代黃徹《碧溪詩話》曾批評漢高祖〈大風歌〉云：「時帝有天下已十三年，當思耆艾賢德，與共維持，獨崇意猛士，何哉？豈馬上三尺，嫚罵餘態，未易遽革耶？」（卷一），認爲漢高祖身爲完成統一大業的帝王，仍作此「馬上三尺」的草莽之語，不合時勢，缺少治世之君的氣度。而葛立方《韻語陽秋》則對漢武帝之〈秋風辭〉有微詞：「〈秋風辭〉、〈瓠子歌〉已無足道，及爲賦以傷悼李夫人，反覆數百言，綢繆眷戀於一女子，其視高祖豈不愧哉！」（卷十九）這仍是持嚴格的社會規範，批評漢武帝以帝王之尊而「綢繆眷戀於一女子」，有失身分。然而漁洋卻認爲：漢高祖見風起雲揚而興起雄心壯志，漢武帝因秋天草木的零落蕭條，而有感於生命的短促與紅顏薄命，這種因感興而抒發的性情，才是「詩言志」的體現，是詩人之「志」的表現。由此可見，漁洋所重視的，是詩人創作當下，情感的流露是否源於自然的興會，而非詩中反映的情感，符不符合倫理道德的規範。在前文所提及的詠息夫人詩的評價裏，也可看到漁洋同樣的詩觀。

由以上可知神韻說對性情的重視。而神韻說論性情有何特色呢？漁洋在《師友詩傳錄》中云：「『不著一字，盡得風流』，此性情之說也。」將「不著一字，盡得風流」與「性情」連繫起來，這是神韻說的獨到之處〔註46〕。此透露出神韻說一再強調的含蓄、蘊藉，乃在於表現詩人的

〔註46〕黃景進〈王漁洋神韻說重探〉一文云：「將司空圖『不著一字，盡得風流』解釋爲『此性情之說也』，可能是神韻派詩論中最具創造性，

「性情」，也可以說，「不著一字，盡得風流」是神韻說對性情藝術化的要求，也就是要求詩歌具有「語全不及情而情自無限」的意境。例如：當讀者讀到「漠漠水田飛白鷺，陰陰夏木囀黃鸝」（王維〈積雨輞川作〉）時，空濛而清新的色調，同時也喚起讀者的情感，進而體會詩人「悠遠恬澹，胸無微塵」〔註47〕的襟懷。換言之，一首蘊含神韻的佳作，讀者從中感受到而咀嚼再三的，是詩篇所流動著的「一片感情的朦朧縹緲的情調」〔註48〕，即「但見性情，不睹文字」的意境。而要使詩歌具備此種審美效果，在創作上必須「直取性情，歸之神韻」（盛符升〈十種唐詩選序〉），性情的表現要以神韻爲依歸。「不著一字」也就是在詩的文字之中，看不見性情的直接表露，而只提供一種意蘊豐富的生活情境，讓讀者去意會品嚐，從而「盡得風流」於文字之外。漁洋往往稱這種富於個人情味的作品爲具有「風調」、「風味」、「風致」，例如：

> 李流芳：「山欲開雲柳乍風，杜梨花白小桃紅；三年三月官橋路，弟策經過似夢中。」風調頗佳。（《居易錄》）

> 魏野詩，「數聲離岸櫓，幾點別舟山」一篇最佳。王彥輔記其一絕亦有風致可喜：「城裏爭看城外花，獨來城裏訪僧家。辛勤旋覓新鑽火，爲我親烹嶽麓茶。」（《香祖筆記》卷六）

> 李泰伯覯，……長夏借讀其《盱江集》，絕句乃頗有似義山者，如：……〈憶錢塘〉云：「當年乘醉舉歸帆，隱隱前山半日銜。好是滿江涵返照，水仙齊著淡紅衫。」皆有風致。（《蠶尾文》）

也最具震撼性的話。以情性論詩雖然已是談詩者的口頭禪，但以『不著一字，盡得風流』論詩的性情，漁洋恐怕是第一人。」（見《第一屆國際清代學術研討會論文集》，國立中山大學中國文學系所編，民國82年11月，頁332）。

〔註47〕《唐賢三昧集箋注》評王維〈積雨輞川作〉之「漠漠水田飛白鷺，陰陰夏木囀黃鸝」一聯云：「此必有爲而云，游思悠遠恬澹，胸中絕無微塵。」

〔註48〕此爲徐復觀先生釋「文已盡而意有餘」的「意」的用語，詳見本文第二章第二節。

　　劉吏部公勇（體仁）詩，往往有風味，嘗有寄友人絕句云：
　　　「西湖小閣多晴月，好友同舟半是僧。寄語江南老桑苧，
　　　秋山紫蕨憶行滕。」（《池北偶談》卷十三）

漁洋稱讚的這些詩，雖然內容多爲自然景物的描寫，但其中都有人的性情，表現出詩人一時一地的某種心境。由以上詩例來看，可知漁洋所謂的「風調」、「風味」或「風致」，主要是從詩人獨特的性情與生命情調而來，透過詩中文字形成神韻，而不是喜笑悲愁的直接傾洩。誠如劉若愚《中國詩學》所云：「他（漁洋）的興趣在於獲得一種個人的風味，一種文學的人格，不在於像袁枚那樣表現個性和個人切身的感情。」〔註49〕實則所謂詩中表現的「文學的人格」，也就是以「不著一字，盡得風流」的方式處理過的人格情感，使之藝術化，而具有可供回味的餘韻。漁洋云：「一家之言，自有一家風味。如樂之二十四調，各有韻聲，乃是歸宿處。模仿者，語雖似之，韻則亡矣。」（《漁洋詩話》卷上）又曰：「詩以言志，古之作者，如陶靖節、謝康樂、王右丞、韋蘇州之屬，其詩俱在。試以平生出處考之，莫不各肖其爲人。」（《蠶尾文》）詩人獨特的風神態度，反映於詩中，即成「莫不各肖其爲人」的一家風味。若無此性情而貌襲其語，則模仿得再像亦僅是形似而已，因爲無真實的性情即無情致、風味。

二、學力深，始能見性情

　　漁洋論詩雖主妙悟，主張不涉理路，不著議論，但他論性情的表現，論創作上的興會，都不忘補充學問的重要性。從《師友詩傳錄》中，漁洋與弟子郎廷槐的對話，可以看出神韻詩學中，性情與學問的

〔註49〕見劉若愚《中國詩學》，頁 131。他在《中國文學理論》中也說：漁洋「的個人風韻的概念與大多數表現理論中自我表現的概念之間，有一點不同。……他所關心的是，做爲藝術表現之『人物』的詩人，而不是實際經驗的個人。」（頁 84）然而，「藝術表現之『人物』的詩人」也是從實際經驗中的個人而來，只不過漁洋並不主張把實際生活中的情感經驗，直接搬入詩中罷了。

關係：

> （郎廷槐）問：作詩，學力與性情必兼具而後愉快。愚意
> 以爲學力深，始能見性情。若不多讀書，多貫穿，而遽言
> 性情，則開後學油腔滑調，信口成章之惡習矣。
>
> （阮亭）答：司空表聖云：「不著一字，盡得風流」，此性
> 情之説也。揚子雲云：「讀千賦則能賦」，此學問之説也。
> 二者相輔而行，不可偏廢。若無性情而侈言學問，則昔人
> 有譏點鬼簿、獺祭魚者矣。學力深，始能見性情，此一語
> 是造微破的之論。」

雖然，空有學識而沒有性情的點化，詩歌容易變成炫博的工具，如王
夫之所云：「故人胸中無丘壑，眼底無性情，雖讀盡天下書，不能道
一句。」（《古詩評選》卷五）但是，若沒有深厚的學力而空言性情，
也就缺乏表達性情應有的修養（包括人格修養與藝術修養），在創作
上，容易流於「油腔滑調」。故朱彝尊云：「必儲萬卷於胸，始足以供
驅使」（朱庭珍《筱園詩話》卷一引），胸中儲有廣博的知識，才能爲
創作的後盾。性情與學問，簡而言之，就是「感」的能力和「知」的
能力。所謂「知」的能力，就是豐富的經驗與知識，即漁洋所云：「爲
詩要多讀書以養其氣，多歷名山大川以擴其眼。」（《然鐙記聞》）多
讀書、多窮理，爲的並非於詩中掉書袋，而是要能更好的在詩中表現
性情，也就是培養「知」的能力以增進「感」的深度。學問益富，識
見益高，「詩之神理，乃日益出；詩之精彩，乃日益煥」（清人李沂《秋
星閣詩話》），而詩之「神理」、「精彩」，又是與性情息息相關的，所
以漁洋說：「學力深，始能見性情」。

　　漁洋將興會與性情，根柢與學問之間的作用，綜而論之云：

> 夫詩之道，有根柢焉，有興會焉，二者率不可得兼。鏡中
> 之象，水中之月、相中之色，羚羊挂角，無跡可求，此興
> 會也。本之風雅以導其源，沂之楚騷、漢魏樂府詩以達其
> 流，博之九經、三史、諸子以窮其變，此根柢也。根柢源
> 於學問，興會發於性情。於斯二者兼之，又幹以風骨，潤

以丹青，諧以金石，故能銜華佩實，大放厥詞，自名一家。
（《漁洋文》）

此論興會發於性情，尚須有學問作爲根柢。詩本緣情之物，爲了深透的表現作者的性情，必須具備對歷史和社會的廣博知識，對事理的透徹辨識，以及敏銳的感受力，深刻的理解力和豐富的想像力。漁洋的門人張雲章在總結乃師之學時，指出：「先生以秀偉特出之才，經傳史記百家，巨細穿穴，其詞所從來，莫之紀極，而皆本於意所獨運。」（〈新城王先生文稿序〉）這說明王士禎的所謂「興會」，實際上是包含著通過學識的長期累積，以豐富的學識和深刻的洞察力，經由靈感點化而成。以理性認識，生活經歷及個人體驗，來闡發詩人的眞實情感，將「經傳史記百家巨細穿穴」，創作時才能意所獨運，以簡澹的筆墨蘊深遠的神韻出之，此即「貫穿百萬衆，出入由咫尺」（《師友詩傳錄》張篤慶語）。詩人爲了表現自己獨特的情思，創造深邃的藝術境界，其長期累積的學識和生活中的某些強烈感受，經過外在環境撞擊，突然形成鮮明生動的形象，這就是以學問爲根柢而閃現的「興會」。

「根柢源於學問」，是漁洋對創作「興會」說的重要補充〔註50〕，也是對嚴羽「詩有別材，非關書也；詩有別趣，非關理也。然非多讀書，多窮理，則不能極其至」（《滄浪詩話‧詩辨》）的進一步闡述。不論是「佇興而就」或「偶然欲書」，其背後還是要有平日學養的累積；那種妙然天成的創作靈感，並非眞的憑空而來，誠如姚一葦《藝術的奧祕》所云：「他們獲得（靈感）的那一刹那，可能是觸發的或突然的，但他們卻經過了長期辛勞的醞釀過程，如果把它們的得來歸之於靈感，而忘卻了他們的勞績，這是很不公平的。……他們全神貫注，廢寢忘食，所以容易觸發內外界的感覺。」此外，田同之《西圃

〔註50〕姚文放〈中國古典美學的思維方式及其現代意義〉一文即談到：中國古典美學，雖然十分重視超理性思維在創作中的神奇作用，但「也不曾忽視一個重要前提，即通往最高境界的道路，終究是由潛心的學習、長期的實踐和艱苦的磨練鋪就的」。（《美學》，2001年第七期）由此處漁洋論「興會」說時，不忘補充學問根柢的重要性，即可見一斑。

詩說》也曾提到王士禎本身刻苦創作的情況:「詩中篇無累句,句無累字,即古人亦不多覯。唯阮亭先生刻苦於此,每爲詩,輒閉門障窗,備極修飾,無一隙可指,然後出以示人。」由此可見,「佇興而就」的興會狀態絕非易事,它是建立在平日累積的藝術學養之上的。

　　以上分四項說明神韻說的詩學內涵,綜而言之,從藝術表現上來說,神韻出自蘊藉含蓄、不即不離的表現方式;就審美範疇上說,是淡逸清遠的詩歌風貌;從意境來說,是以形傳神(重點在「神」)、妙在象外的藝術境界;從創作構思來說,是觸景生情的自然感興,「遇景入詠,不拘奇抉異」(唐人皮日休〈郢州孟亭記〉)。就讀者而言,言象之外所傳達的恍惚游衍、不可實指的情味,即是詩歌的神韻。本章就漁洋以及其他詩論家相近的觀點作歸納說明,重點在於詩論旨趣的探討,然漁洋神韻說的表述,並不僅止於此;他還透過大量的選詩,以寄寓他的神韻詩觀。下一章即以漁洋所編選的《唐賢三昧集》爲探討的對象,以見神韻詩的藝術特色。

第四章　神韻詩的藝術特色

　　漁洋提倡神韻詩學觀，除了援引前人的詩論加以闡述發揮之外，還透過對古人與當代作品的鑑賞、評論，示人以神韻的典範，以選集來表達神韻論的觀點。而《唐賢三昧集》(以下簡稱《三昧集》)之選，即是漁洋「寄其意於選擇之間」〔註1〕的神韻觀詩例。漁洋〈唐賢三昧集序〉自述：嘗對嚴羽「羚羊挂角，無跡可求，透徹玲瓏，不可湊泊，如空中之音，相中之色，水中之月，鏡中之象，言有盡而意無窮。」與司空圖所云：「味在酸鹹之外。」兩家的言論，「別有會心」，並依此二家之說為選詩的宗旨；漁洋門人王立極為《三昧集》所作的後序，亦謂漁洋所選之詩：「大要得其神而遺其形，留其韻而忘其跡，非聲色臭味之可尋，語言文字之可求也。」另一弟子盛符升〈十種唐詩選序〉則云：《三昧集》成書之後，「由是先生論詩之宗旨，益足徵信天下。」凡此皆說明了《三昧集》為宣揚神韻詩觀的「範本」，是「其生平宗旨所在」〔註2〕。本章即以《三昧集》中的作品為探討的對象，以見神韻詩的藝術特色，並與第三章神韻詩學主旨的闡述相印證。必

〔註1〕　語見日人青木正兒著，鄭樑生、張仁青譯《中國文學思想史》(頁130)。另黃景進《王漁洋詩論之研究》亦曰：「漁洋選詩極多，尤其是所選古人詩完全是其詩觀的實踐。」(頁62)

〔註2〕　《四庫全書總目提要》云：士禎「《三昧集》一種，乃其生平宗旨所在，去取較為精密。」(卷一九四《十種唐詩選》提要)

須在此說明的是，正如翁方綱《七言詩三昧舉隅》所云：「漁洋先生
拈取三昧，蓋專在王、孟一派。」《三昧集》雖著錄了唐代開元、天
寶間共四十四位（註3）詩人的作品，但其中以王維、孟浩然詩居多，
二人共佔了全集的三分之一，茲將《三昧集》著錄的詩人與詩篇篇數
列表如下：

詩體 詩人	五 言				七 言			小計
	古體	律詩	排律	絕句	古體	律詩	絕句	
王　維	20	37	3	29	5	11	7	112
孟浩然	19	25	3				1	48
岑　參	12	10		1	9	1	5	38
李　頎	7	3	4	1	11	7	3	36
王昌齡	11	3	2				18	34
高　適	4	4		1	6	2	1	18
儲光羲	9	4					1	14
裴　迪				13				13
常　建	9	2					2	13
崔　顥	3	3		2	2	3		13
祖　詠	3	3	1	1		1		9
劉　虛	7	2						9
崔國輔	3			6				9
陶　翰	8							8
賈　至		2					6	8
綦毋潛	3	3						6
元　結	1				1		3	5
丘　為	1	2		1				4
崔　曙	3					1		4

〔註3〕王士禎〈唐賢三昧集序〉自稱：所錄詩「自王右丞而下四十二人，
　　　爲《唐賢三昧集》，釐爲三卷。」然實際錄取的詩人卻有四十四位，
　　　詳見正文統計表。

詩體\詩人	五言				七言			小計
	古體	律詩	排律	絕句	古體	律詩	絕句	
張　旭							4	4
王之渙	1			1			1	3
盧　象	2						1	3
閻　防	3							3
張　謂	1	1					1	3
王　縉	1			1				2
崔興宗	1			1				2
張子容	1	1						2
薛　據	2							2
李　嶷		2						2
萬　楚		1		1				2
丁仙芝	2							2
孟雲卿	2							2
殷　遙		1						1
王　灣		1						1
沈千運	1							1
元　融	1							1
蕭穎士	1							1
李　華	1							1
梁　鍠	1							1
李　收				1				1
薛奇章				1				1
楊　諫		1						1
奚　賈		1						1
萬齊融		1						1
總　計	143	114	13	61	35	26	53	445 首
	五言詩計 331 首				七言詩計 114 首			

　　由上列《三昧集》著錄的詩人與詩篇篇數的統計表，可見王維詩
入選篇數居全集之冠〔註4〕，第二是孟浩然，兩人共計入選一百六十
首詩，佔全集的三分之一強。故本章進行作品分析時，多舉王、孟詩
為例，一來因其於《三昧集》中頗具份量，二來亦可見神韻說以王、
孟清音為主的審美取向。再者，《三昧集》為漁洋樹立神韻詩學理想
的選集，其去取帶有很強的主觀性〔註5〕。翁方綱《石洲詩話》即云：
「阮亭三昧之旨，則以盛唐諸家，全入一片空澄澹泞中，而諸家各指
其所之之處，轉有不暇深究者。」（卷一）因其主旨在於凸顯「空澄
澹泞」的神韻詩風，故而雖名曰「唐賢三昧」，卻並非客觀的呈現多
元化的唐詩風貌。若欲以此責《三昧集》選詩不夠全面〔註6〕，那就
失卻漁洋以此選集昭示神韻典範的意圖了。

第一節　山水有清音

　　《四庫全書總目提要》云：「士禎論詩，主於神韻。故所標舉，
多流連山水、點染風景之作，蓋其宗旨如是也。」（卷一九六《漁洋
詩話》提要）就《三昧集》所選錄的作品來看，其中的確多流連山水、
點染風景之作，而且，這些詩篇中所抒寫的山水風景，大多數呈現出
幽邃寂靜、清澄淡遠風格，而與「會當凌絕頂，一覽眾山小」（杜甫
〈望嶽〉）、「黃河之水天上來，奔流到海不復回」（李白〈將進酒〉）

〔註4〕　《三昧集》中，王維一人的作品佔了全集的四分之一，而其他只錄
　　　　一、二首詩的詩人卻有二十位之多，比例懸殊。張寅彭〈「唐賢三昧
　　　　集」與詩、禪的分合關係〉一文認為：這種「極端的比例『失調』，
　　　　在歷來的總集性質的選本中，可以說是絕無僅有，從而形成《三昧
　　　　集》的又一個特點。」（《文學遺產》，2000年第二期）

〔註5〕　蔣寅〈王漁洋與清初宋詩風之興替〉一文談到漁洋這種選詩的主觀
　　　　性時說：《三昧集》、《唐詩十種選》刊定之後，「於是全部唐詩經他
　　　　刪定後就剩下一種王漁洋所見的盛唐面目。雖然並不能說唐詩在他
　　　　手中只剩一種色調，但的確形成了一種總體的傾向。」（《文學遺產》，
　　　　1999年第三期）

〔註6〕　《三昧集》選詩的相關問題，詳見本文第五章。

式的雄渾氣勢大異其趣，例如：

西峰下微雨，向曉白雲收。（王昌齡〈宿裴氏山莊〉）

松際露微月，清光猶爲君。（常建〈宿王昌齡隱居〉）

谿流碧水去，雲帶清陰還。（儲光羲〈游茅山〉）

空色下映水，秋聲多在山。（崔曙〈潁陽東溪懷古〉）

滿院池月靜，捲簾谿雨涼。軒窗竹翠濕，案牘荷花香。（岑
參〈初至西虢官舍南池呈左右省及南宮諸故人〉）

這些詩句，或寫雲繞谿谷、秋山葉落，或寫松間明月、湖清如鏡，景
致清新寧靜，澄明如畫。前一章曾談到，神韻說主張創作緣於興會，
又認爲「興會發以性情」，強調詩人的創作應當自然而然的即景會心、
觸物興情。《三昧集》中的詩篇，主題不論是遊歷、閒居，或羈旅、
送別，詩人大都就眼前景物所喚起的清新感受，結合當下的情境而歌
詠，自然使情志滲入山水，山水景物也因而展現多樣的精神面貌。以
下就《三昧集》中詩歌的題材分類，探討詩人融情志於觀賞、寄興會
於景物的藝術表現。

　　《三昧集》中有不少登山臨水的篇什，這些作品大都含有一種清
淡悠遠的意趣，例如：「日暮春山綠，我心清且微」（儲光羲〈尋徐山
人遇馬舍人〉），寫與春山澄綠俱清的心靈；「寂寥天地暮，心與廣川
閒」（王維〈登河北城樓作〉），抒寫「高城眺落日」的悠然閒遠；「晚
風吹行舟，花路入谿口」（綦毋潛〈春泛若耶谿〉），表現的是逐流而
游的逸趣。而被杜甫譽爲「清詩句句盡堪傳」〔註7〕的孟浩然，尤擅
於表現「清」的藝術風格〔註8〕，如下列兩篇作品：

〔註7〕杜甫〈解悶〉十二首之六：「復憶襄陽孟浩然，清詩句句俱堪傳。」
〔註8〕王士源〈孟浩然集序〉云：「孟浩然……間遊秘省，秋月新霽，諸英
華賦詩作會，浩然曰：『微雲淡河漢，疏雨滴梧桐。』，舉座嗟其
清絕，咸擱筆不復爲繼。」之後的評論家亦常以「清」許孟浩然詩，
例如高棅稱其詩「清雅」（《唐詩品彙·總序》）、「清遠」（《唐詩品彙·
五言律詩敘目》），胡應麟亦稱孟詩「清空閒遠」、「清空雅淡」（《詩
藪》內編卷四），沈德潛則認爲孟詩過人之處，在於「無意求工，而

北山白雲裏，隱者自愉悅。相望試登高，心隨雁飛滅。愁因薄暮起，興是清秋發。時見歸村人，沙行渡頭歇。天邊樹若薺，江畔洲如月。何當載酒來，共醉重陽節。（〈秋登蘭山寄張五〉）

東旭早光芒，渚禽已驚聒。臥聞漁浦口，橈聲暗相撥。日出氣象分，始知江路闊。美人常晏起，照影弄流沫。飲水畏驚猿，祭魚時見獺。舟行無自悶，況值晴景豁。（〈早發漁潭浦〉）

劉辰翁〈孟浩然詩集跋〉說：「浩然詩高處不刻劃，只似乘興。」這句話指出了襄陽詩乘興而作，取眼前之景以敘真情的特色。如〈秋登蘭山寄張五〉抒寫秋日登高懷遠的感受，詩人於蘭山上遠望天邊，樹林隱隱如薺，近看江畔，洲渚一彎如月。如此清秋佳景，心中所懷的故人卻隱於白雲深處，與世相忘，即使登高遠望亦不得見。對著這片清秋暮色，詩人只好將同飲共醉的期望，寄於即將到來的重陽節；在疏朗明淨的景色描寫中，輕淡的點染交織在薄暮之中的惆悵。〈早發漁浦潭〉屬紀游之作，詩篇從清晨中的漁浦潭（在今浙江省富陽縣東南四十里）寫起，前四句，寫晨光初照引起的一連串動作：水禽驚聒、橈槳相撥、船移舟動，新鮮而富有生命力。中間六句寫江行所見：麗日當空，萬里無雲，江闊水深，滿目清暉。後用「舟行無自悶，況值晴景豁」作結，寫出此次行舟的心曠神怡。詩人在早發行舟途中，隨著時間的推移，由「早光」到「日出」再到「情景豁」的過程，漸次展現出由朦朧而開朗的自然景觀：時而猿飲水，或見獺祭魚，而詩人行舟江上的新鮮感覺和舒暢情懷，也隨著景物視界的拓展而逐漸朗現。

孟浩然〈早發漁浦潭〉是以順流而行的方式，有次序的展現「物」「我」共澄朗的過程。而下面所舉王維的〈青溪〉，則以曲折的線條勾勒出轉折迂迴的景象，表達另一種曲徑通幽的情趣：

言入黃花川，每逐青溪水。隨山將萬轉，趣途無百里。聲喧亂石中，色靜深松裏。漾漾泛菱荇，澄澄映葭葦。我心

清超越俗，正復出人意表。」（《唐詩別裁集》卷九）

素已閒，清川澹如此。請留盤石上，垂釣將已矣。

此寫詩人循青溪而逐的景況：水隨山勢，蜿蜒盤旋；詩人亦隨著水流
千回百轉，婉轉迴繞。隨著行經的地勢不同，青溪也呈現不同風貌：
當溪流穿越山間，奔騰的水流撞擊亂石激起波浪，急湍喧豗的飛動，
山中頓時響起一片喧鬧；當溪水流經松林，清澄的溪水與蒼翠的松色
相映，色調幽冷而深靜。溪流淌過平坦開闊的地帶，水面泛著點點菱
荇；兩岸蘆葦蒼蒼，倒映在清澈的水面上，與點點菱荇間錯生色而成
趣。詩人隨著遊賞之所歷，從溪水的不斷奔流變化中，攝取優美清麗
的畫面和靜中見鬧的意趣，青溪流轉的精神面貌於焉盡出，傳神而生
動。末四句由物境而寫心境：「我心素已閒，清川澹如此」，在逐溪而
遊之後，詩人的心境與溪水同趨澄澹，清川之澹，實即詩人心靈的映
現，所以詩末云：「請留盤石上，垂釣將已矣」，暗用東漢隱士嚴光垂
釣富春江的典故，寄寓欲歸隱青溪的淡泊心境。

　　王維抒寫淡泊情懷，亦常通過閒居生活來表現，例如〈輞川閒居
贈裴秀才迪〉：

寒山轉蒼翠，秋水日潺湲。倚杖柴門外，臨風聽暮蟬。渡
頭餘落日，墟里上孤煙。復值接輿醉，狂歌五柳前。

這是王維晚年隱居於藍田輞川的作品，在結構上，採取景物描寫與人
物刻劃交互間出的寫法，使景與人和諧襯映。「寒山轉蒼翠，秋水日
潺湲」，深秋山水本來容易予人蒼涼蕭瑟之感，但「轉」字、「日」字
的運用，卻賦予山水生命力與動態感，這是融詩人的情性於山水之
中，遂使山水有生動的氣韻。而「轉」、「日」，除了賦予山水動態感，
也暗示詩人心境之寧靜安詳。唯有寧靜悠閒的心，才能觀察到山色的
轉變，聆聽日漸潺湲的溪流，並且倚杖柴門、臨風聽蟬。頷聯化用陶
淵明「曖曖遠人村，依依墟里煙」的意境，活繪出山村疏澹的秋色，
以落日風煙的清澹暮景傳達閒適的情境。同樣是王維筆下的「落日」、
「孤煙」，此處「渡頭餘落日，墟里上孤煙」顯然與「大漠孤煙直，
長河落日圓」（〈使至塞上〉）的意象迥然不同，可見詩人融情於景而

又平淡無痕的功力。再看下列兩首亦入選《三昧集》，類似題材的作品：

> 別業居幽處，到來生隱心。南山當戶牖，澧水在園林。竹覆經冬雪，庭昏未夕陰。寥寥人境外，閒坐聽春禽。(祖詠〈蘇氏別業〉)

> 林臥避殘暑，白雲長在天。賞心既如此，對酒非徒然。月色遍秋露，竹聲兼夜泉。涼風懷袖裏，茲意與誰傳。(李巍〈林園秋夜作〉)

祖詠的〈蘇氏別業〉，陸時雍《唐詩鏡》稱之爲：「景趣幽絕」。此詩通篇以「生隱心」爲主軸，之所以生隱心，則在一「幽」字，所以中間二聯極力寫別業之清幽：窗外見南山，清流過園林；居處外，竹林環繞，還殘留有寒多時覆下的白雪，別是一番景致；未至夜晚，庭前已一片清蔭。如此清靜的居處，恍非人境，故末聯云：「寥寥人境外，閒坐聽春禽」，頗有瀟灑出塵之思。李巍的〈林園秋夜作〉，亦屬自然流暢之作。「月色遍秋露，竹聲兼夜泉」，取境幽適，露水映照著月光，在視覺上是一片瑩澈；竹籟颯颯，風泉泠泠，則從聽覺上寫出居處的闃寂。這一類的作品，可說是「曲盡幽閒之趣」，令人「每一誦味，煩襟頓滌」〔註9〕。

《三昧集》裏，有些以清夜懷人爲主題的詩歌，取景與情韻之美相配合，顯得景清而情幽，例如孟浩然的〈夏日南亭懷辛大〉：

> 山光忽西落，池月漸東上。散髮乘夕涼，開軒臥閒敞。荷風送香氣，竹露滴清響。欲取鳴琴彈，恨無知音賞。感此懷故人，中宵勞夢想。

詩人散髮乘涼，倚窗而臥之際，微風中隱隱傳來荷花的香氣，伴隨著竹葉上露水下滴的聲響。荷花的香氣是清淡的，竹葉上露珠滴下的聲音是細微的，而詩人可以嗅到、聽到，此中情境可說是清幽已極。「荷

〔註9〕借潘德輿語，其《養一齋詩話》卷八云：「常建『松際露微月，清光猶爲君』，劉愼虛『松色空照水，經聲時有人』，……李巍『月色遍秋露，竹聲兼夜泉』，……皆曲盡幽閒之趣，每一誦味，煩襟頓滌。」

風送香氣，竹露滴清響」二句寫景細致入微，南亭夏夜的靜謐意境由
此而傳神。對此良夜，詩人似乎心有所感，興起欲彈鳴琴以和荷風竹
露的念頭，不料卻由此勾出「恨無知音賞」的惆悵。這「恨無知音」，
除了指他所懷的友人辛諤，更有「當路誰相假，知音世所稀」（〈留別
王侍御維〉）的懷才不遇之歎，於是期盼友人共訴衷腸的心更加殷切。
可惜友人期之不至，盼之不來，只好於夢中繼續思念。詩至此戛然而
止，而情韻猶綿延不絕。全文由景之幽靜而聞「清響」，由「清響」而
欲「鳴琴」，再由「鳴琴」而感歎「知音」難覓，繼而懷想能知我心的
友人，其觸景、生情、懷人的遞轉，顯得自然不生硬。又如下列二作：

> 高天風雨散，清氣在園林。況我初夜靜，當軒鳴綠琴。雲
> 開北堂月，庭滿南山陰。不見長裾者，空歌遊子吟。（儲光
> 羲〈霽後貽馬十二巽〉）

> 前階微雨歇，開戶散窺林。月出夜方淺，水涼池更深。餘
> 風生竹樹，清露薄衣襟。遇物遂遙歡，懷人滋遠心。依稀
> 成夢想，影響絕徽音。……（祖詠〈家園夜坐寄郭微〉）

此與前舉襄陽的〈夏日南亭懷辛大〉情調相似，夜景取象多爲清露微
風、池月竹影。詩人於此悠長清夜中，抒發對知音的懷想，使懷人的
情境顯得清深幽靜。

　　同樣是皓月清波的夜景，到了羈旅夜泊的詩人筆下，則成「孤舟
兼微月，獨夜仍越鄉」（劉眘虛〈暮秋揚子江寄孟浩然〉）的淒清旅夜，
如孟浩然〈宿桐廬江寄廣陵舊遊〉的前四句：「山暝聽猿愁，滄江急
夜流。風鳴兩岸葉，月照一孤舟。……」作者此時夜宿桐廬江（在今
浙江桐廬縣境內）上，暮色漸深，兩岸青山變得杳冥而深沉，聲聲猿
啼或遠或近，使人愁腸百轉。在夜幕低垂中，江流似乎比白天更爲湍
急。除了猿啼外，夜風吹拂兩岸林葉，颯颯之聲，不絕於耳，蕭瑟之
感頓時自四面襲捲而來。這猿啼，不是「坐聽閒猿嘯，彌清塵外心」
（〈武陵泛舟〉）的閒猿，水流是急流而非細流，這風聲，亦不是「風
泉滿清聽」，而是「風鳴兩岸葉」，夾帶林葉翻飛的颯颯之聲。暗夜之

中，唯見冷月高懸，照著滄江小舟上終宵不能成眠的詩人。此前四句雖是寫景，但已從視覺和聽覺上，渲染出幽獨的情調：背景是沉重深厚的連綿青山，舟下是急急奔流的江水，夜空高懸著一輪明月，猿嘯風鳴，不但不喧鬧，反而更襯出兩岸的空曠幽寂。在蕭瑟林聲與沉重夜色的包圍、對比之下，詩人寄身的一葉孤舟顯得渺小無依，飄零孤獨，而旅居夜泊的苦悶愁緒亦不言而喻。高步瀛《唐宋詩舉要》評「風鳴兩岸葉，月照一孤舟」一聯云：「旅況寥落，情景如繪」（卷四），即點出此詩繪景如畫中，寄寓著寥落的旅情。儲光羲〈泊舟貽潘少府〉，寫「行子苦風潮，維舟未能發」的景況，與孟襄陽此詩有異曲同工之妙：「四澤葭葦深，中洲煙火絕。蒼蒼水霧起，落落疏星沒。……」詩人船隻停泊之處，蘆葦叢生，罕無人煙。江面籠罩著茫茫水霧，唯一可見的光亮，是夜空中稀疏沒落的星光。又是一幅靜謐孤寂的「秋江夜泊圖」。

　　另一類使山容水色爲之悽悽含情的，則是送別友人的詩篇。例如：王昌齡〈芙蓉樓送辛漸〉：「寒雨連江夜入吳，平明送客楚山孤」，以眼前青山之孤喻揮別友人的心情；李頎〈送王昌齡〉：「漕水東去遠，送君多暮情」，因離愁而使即目所見皆染暮情；岑參〈白雪歌送武判官歸京〉：「……輪臺東門送君去，去時雪滿天山路。山迴路轉不見君，雪上空留馬行處」，只寫出詩人在大雪紛飛中送行，離人的背影早已消逝在山迴路轉處，詩人卻仍空望著地上馬兒的行跡。雖無一字及於離愁，依依不捨之情卻宛然其中。再如王維〈送沈子福歸江東〉寫悠遠的別思，尤爲不落俗套：

　　　　楊柳渡頭行客稀，罟師蕩槳向臨沂。惟有相思似春色，江
　　　　南江北送君歸。

首句直敘渡頭景象，繁茂的楊柳與稀落的行人、冷寂的渡頭相互烘托，在對比中自然給予人落寞之感。末二句爲即景所得的妙想：隨著友人遠去，詩人離緒蔓延，而眼前春光爛漫，大江南北，鬱鬱蔥蔥。友人走得越遠，詩人的思念就越深，孤寂之感就越濃。如何才能彌補

離別後情感上的缺憾呢？此際眼前的無邊春色，正好與詩人的綿綿情誼疊合，於是詩人興起了以春色代替自己，沿途送歸的奇想。「惟有相思似春色，江南江北送君歸。」二句中既含送歸之情，也是一種自我安慰，更有著對歸去者途中心境的理解和體貼。春色無邊，固然無物可比，但詩人的離愁別緒卻可與之相彷彿，其情深可知。明人唐汝詢《唐詩解》云：「蓋相思無不通之地，春色無不到之鄉，想像及此，語亦神矣。」以相思比春色，看似化情爲景，化虛爲實，但此「景」實爲無涯無際、無可把捉的春色，卻又能使相思有附著之處。如此想像，誠爲神來之筆。

在《三昧集》著錄的作品中，有一類題材較爲特殊，即以游訪寺院爲主題的詩篇。漁洋選的這類詩篇，內容大都沒有禮贊佛法、刻劃寺廟建築的描寫，像王維〈游感化寺〉：「翡翠香煙合，琉璃寶地平。龍宮連棟宇，虎穴傍檐楹。……瓊峰當戶拆，金澗透林鳴。郢路迴端雲，秦川雨外晴。雁王銜果獻，鹿女踏花行。……」之類，以「翡翠香煙」、「琉璃寶地」、「虎穴」、「龍宮」極力鋪陳寺貌之金碧輝煌的作品，並不在漁洋神韻詩的標準之列。大部分入選的作品，皆著力烘托世外居處的不染塵氛，或透過尋訪的過程，描寫寺院環境的幽深寂靜，創造出藝術意境，如孟浩然〈題大禹寺義公房〉寫義公禪房的清幽：「戶外一峰秀，階前群壑深。夕陽連雨足，空翠落庭陰。」又如王維〈過乘如禪師蕭居士嵩丘蘭若〉：「食隨鳴磬巢鳥下，行踏空林落葉聲。」詩人行走於山寺中，惟見落葉滿地，巢鳥下食，則蘭若之孤高，人跡所罕至，可以由此想見。這就一掃此類題材常有的宗教仙靈氣息，化爲山水靜境。再如王維〈過感化寺曇興上人山院〉：

> 暮持笻竹杖，相待虎谿頭。催客聞山響，歸房逐水流。野
> 花叢發好，谷鳥一聲幽。夜坐空林寂，松風直似秋。

詩人將禪意深曲的掩蔽起來，只著力描寫寺院遠離塵囂的幽靜環境，表現出與宗教情緒相關的幽曠情懷。末聯云：「夜坐空林寂，松風直似秋」，詩人在禪房中悄然獨坐，諦聽大自然的聲息，只聽到夜風掠

過時滿山的松濤聲，這種聲響使得山寺之夜更空、更靜。在這樣的靜夜裏，詩人漸漸進入萬慮消解的禪定中。「夜坐空林寂」的空、寂二字，不僅僅是描寫山院的環境，也是詩人的心境。詩人以閒靜的心靈感受外物，而且把內心的體驗化爲幽渺的詩思。末句，將空寂的心靈體驗與靜穆的寺院氣氛，俱化成了一個「秋」字。

《漁洋詩話》載，張九徵嘗稱譽士禎之詩：「筆墨之外，自具性情；登覽之餘，別深寄託。」而王士禎《三昧集》所標舉的篇章，亦有於登覽寫景中深有寄託者，如摩詰的〈斤竹嶺〉：

> 檀欒映空曲，青翠漾漣漪。暗入商山路，樵人不可知。

此寫一條翠竹深掩的山路，蜿蜒深入商山。「暗」字點染出竹林的深密幽靜、罕有人跡，「商山」則暗用了秦漢間避世隱居的「商山四皓」的典故。漁洋並不排斥詩中用典以助於神韻，但強調「作詩用事，以不露痕跡爲高」（《池北偶談》卷十二）。詩人感慨這條通向商山的竹林小路，是那些入山砍柴謀生的樵夫所不能知的，也少有人探問。如此，這條竹林小徑，便具有象徵意義，含蓄的表達了詩人對隱居生活的嚮往，詩篇因而別具寓意。再看孟浩然的〈早寒江上有懷〉：

> 木落雁南渡，北風江上寒。我家襄水曲，遙隔楚雲端。鄉
> 淚客中盡，孤帆天際看。迷津欲有問，平海夕漫漫。

「迷津欲有問，平海夕漫漫」，點出詩人臨江感懷的時間，是由早寒至黃昏，這暗示了詩人感懷之深、之久，而且詩人對著茫茫煙波「欲有問」，這就不只是一般的久客懷鄉之情。滿目夕照，平海漫漫，暗寓著窮途迷津的失意之感，也展示了渺茫的前程。又例如胡應麟譽爲「神韻超然」〔註10〕的崔顥〈黃鶴樓〉詩，前四句云：「昔人已乘黃鶴去，此地空餘黃鶴樓。黃鶴一去不復返，白雲千載空悠悠。……。」言鶴去樓空，只剩天際悠悠白雲，看來似是平鋪直敘，然因其託意高

〔註10〕胡應麟《詩藪》云：「崔顥〈黃鶴樓〉、李白〈鳳凰臺〉，但略點題面，未嘗題黃鶴、鳳凰也。……故古人之作，往往神韻超然，絕去斧鑿。」（內編卷五）

遠，因而使人興發不同的聯想：「謂其望雲思仙固可，謂其因仙不可知，而對此蒼茫，百端交集，尤有無窮之感」。〔註11〕再如李頎的〈登首陽山謁夷齊廟〉：「我來入遺廟，時候微清和。落日弔山鬼，回風吹女蘿。石門正西豁，引領望黃河。千里一飛鳥，孤光東逝波。……」在淡淡的寫景中，寄寓「寂寞首陽山，白雲空復多」的荒寂。飛鳥掠過千里江河閃逝的孤光，如同夷齊的高風亮節與采薇的歌聲，在時間的長河中倏忽閃現，然後渺然遠逝。萬千感慨，盡從景得。這類作品由於巧妙的將興寄和山水景物結合在一起，使詩中寄寓的思理無跡可求，達到了後人所稱賞的「妙在有意無意之間」的境界。

第二節　雋永超詣

　　王士禛曾自述《三昧集》的選詩特點之一，是從開元、天寶諸公篇什之中，「錄其尤雋永超詣者」〔註12〕。雋永，是指韻味深遠悠長，謝榛《四溟詩話》云：「韻貴雋永。」（卷一）即強調了對詩歌餘韻悠揚的要求。超詣，則是詩境的高妙清空、超塵絕俗，有如清風白雲之飄然無跡〔註13〕。「雋永超詣」，可謂神韻說以「清遠」為尚的一種呈現。而神韻詩之雋永超詣，是透過什麼方式呈現呢？以下即以各種藝術表現分項說明。

一、絕去形容，略加點綴

　　本文第三章談到，神韻說不主張亦步亦趨的刻劃，而讚賞「遠人

〔註11〕見俞陛雲《詩境淺說》，頁47。

〔註12〕漁洋〈唐賢三昧集序〉云：「康熙戊辰春杪，日取開元、天寶諸公篇什讀之，於二家（嚴羽、司空圖）之言，別有會心。錄其尤雋永超詣者，自王右丞而下四十二人，為《唐賢三昧集》，釐為三卷。」

〔註13〕司空圖《詩品・超詣》云：「如將白雲，清風與歸。」、「少有道氣，終與俗違。」郭紹虞注云：「白雲清風，皆高妙清淡之物，將白雲而與清風俱歸，則飄然無跡之象，正是擬議超詣之境。……超詣非可以人力致也，所以求之於人則不宜諧俗。」孫聯奎《詩品臆說》則釋云：「謂其造詣能超越尋常也。」

無目，遠水無波，遠山無皴」〔註14〕的淡遠寫意，此即陸時雍《詩鏡總論》所云：「絕去形容，略加點綴，即真象顯然，生韻亦流動」之意。「絕去形容」，即不作正面瑣細的描繪；「略加點綴」，是只選取最具概括力的形象重點勾畫，卻能生發無窮的虛境，譬如作畫，只畫「一泓泉流和幾隻蝌蚪，略勾一帶遠山，便彷彿使人聆聽到十里蛙聲」。〔註15〕生韻流動，即由此出。尤其是篇幅短小的絕句，更須以簡約的文字表達深遠的意蘊，才能「字外含遠神，句中有餘韻」〔註16〕，「令讀者低佪流連，覺尚有數十句在後未竟者」（賀貽孫《詩筏》）。例如張旭的〈桃花谿〉：「隱隱飛橋隔野煙，石磯西畔問漁船。桃花盡日隨流水，洞在清谿何處邊？」孫洙《唐詩三百首》評此詩云：「四句抵得一篇〈桃花源記〉。」正指出此詩雖僅寥寥數語，而武陵人循溪誤入桃花源的情景已隱約可見。張旭的另一首〈山行留客〉也有同樣的藝術特色：「山光物態弄春暉，莫爲輕陰便擬歸。縱使晴明無雨色，入雲深處亦沾衣。」詩人欲留客，不說天未必雨，而以山中春日雲霧變幻多端、空翠溟濛的「山光物態」邀友人留下共賞。「入雲深處亦沾衣」七個字，寫足了雲濛煙霏的深山景色。張旭這兩首詩運筆輕靈雋永，清逸秀潤，淡淡幾筆，即妙有餘韻。蘇軾〈書唐氏六家書後〉評張旭的草書云：「略有點畫處，而意態自足，號稱神逸。」（《蘇軾文集》卷六十九）不只是書法，上舉張旭的兩首詩也堪稱「略有點畫而意態自足」。清人陸鎣曾感歎：張旭的草書名震千古，其詩亦不乏佳作，但大部分唐詩選本只錄〈桃花溪〉一首，其他如〈山行留客〉、〈春草帖〉、〈春遊值雨〉等詩卻不見選，令他不禁要問：「選者多遺

〔註14〕 這是荊浩論畫山水語，漁洋《鬚尾續文》、《香祖筆記》都曾稱引此語，並說他因而「悟詩家三昧」。

〔註15〕 語見胡家祥《審美學》，頁139。

〔註16〕 王夫之《薑齋詩話》卷下云：「五言絕句，自五言古詩來；七言絕句，自歌行來。……自五言古詩來者，就一意中圓淨成章，字外含遠神，以使人思。自歌行來者，就一氣中駘宕靈通，句中有餘韻，以感人情。」

之何耶！」（《問花樓詩話》卷一）而〈山行留客〉、〈春草帖〉（《三昧集》題爲〈一日書〉）二詩，漁洋均選入《三昧集》，此亦可略見漁洋以神韻標準選詩的慧眼獨具。

以五絕這種短幅而精緻的詩歌形式，容納最深的精神意蘊，是王維的勝場〔註17〕。他擅長自平凡的常境中提煉意象，抓住最有代表性的特點加以表現，萬取一收，化紛繁爲簡約；雖然短短數句，但「一吟一詠，更有悠揚不盡之致」（趙殿成《王右丞集箋注》）。清人方薰《山靜居詩話》云：「詩極研煉有雋味。」雋永的詩味，往往經由意象的高度提煉、濃縮而來。如果形象過度的堆砌和繁瑣、質實和確定，反而容易限制人的想像空間，使詩歌失去回味的餘地。所以王維以清遠沖淡華靡，用簡約收斂繁縟，「刪蕪就簡，句絕而意不絕」〔註18〕。試將王維的〈鹿柴〉和謝靈運的〈石門新營所住四面高山回溪石瀨茂林修竹〉相比，就可看出王維提煉形象的高明：

> 躋險築幽居，披雲臥石門。苔滑誰能步，葛弱豈可捫。裊裊秋風過，萋萋春草繁。……洞庭空波瀾，桂枝徒攀翻。結念屬宵漢，孤景莫與諼。俯濯石下潭，仰看石上猿。早聞夕飆急，晚見朝雲暾。崖傾光難留，林深響易奔。（謝靈運〈石門新營所住四面高山回溪石瀨茂林修竹〉）
>
> 空山不見人，但聞人語響。反景入深林，復照青苔上。（王維〈鹿柴〉）

這兩首詩都寫空山之靜，謝詩羅列青苔、葛藤、石潭、樹上猿、朝雲、崖頂反照、林中回響、萋萋春草、裊裊秋風等景物，極力由鋪陳中表現石門「躋險築幽居」的清靜。而王維的〈鹿柴〉寫空山則避開正面的描述，不從無聲無色處寫，偏從有聲有色處反襯山之

〔註17〕前人常稱許王維五絕的高妙，例如明人何良俊《四友齋叢說》云：「五言絕句，當以王右丞爲絕唱。」，許學夷《詩源辯體》卷十六亦云：「摩詰五言絕，意趣幽玄，妙在文字之外。」

〔註18〕元人楊載《詩法家數》云：「絕句之法，要婉轉回環。刪蕪就簡，句絕而意不絕。」

「空」：他先以畫外人語的迴響，襯托出山中之靜；讓人由林中之靜，體味出深山之空。再寫一束斜暉透過密林的縫隙，返照於林中青苔一角，夕陽的暖色淡淡的照在陰寒的青苔上，更襯出空山日斜後的黯淡幽冷。空山中不見人行，而有人語，可以想見山之深、林之密，即使偶聞人語，也會很快的消失在深山的空靜中；夕陽落照，雖有短暫的光芒與暖意，但不久亦歸於黯淡沉寂。此詩令人由深林返影想見空山的幽靜，從山中人語體味獨往之意，是以實寫的一角顯示全體的空靈意境，文字清淡而取境高妙。沈德潛《唐詩別裁集》評此詩曰：「佳處不在語言。」（卷十九）正指出此詩超於文字之外、無言處也有畫意的神韻。

「絕去形容，略加點綴」也可藉由距離的推遠來表現，例如這首王維的〈南垞〉：

　　輕舟南垞去，北垞淼難即。隔浦望人家，遙遙不相識。

這是寫泛舟南垞的興致。南垞只是湖邊的一座小山，似乎景致平常。但王維不寫南垞之景，而只寫在此遠眺的興致：從遙望北岸反寫南垞，以民歌般天真的語調和情韻，表現對對岸人家生活的嚮往。不但湖上輕波淼漫的風光如在目前，連天邊遠村人家的輪廓，也似乎依稀可見，而且覺得分外興會深長，引人遐想。漁洋〈惠山下鄒流綺過訪〉詩云：「雨後明月來，照見下山路。人語隔溪煙，借問停舟處。」末二句所呈現的情致，即是這種將距離拉遠的手法的運用。

二、眞中有幻

此處的「眞中有幻」的「幻」，並不是指以奇幻誇誕、超現實的題材來創作，而是指在實景的描寫中，適時適地、巧妙的運用傳說、典故入詩，以引起窮幽入微的聯想。在忠於生活原貌的基礎上，以藝術想像加入歷史或神話性質的傳說略爲點化，使原本平淡無奇的實境變得空靈傳神，有無窮之妙。例如王維的〈欹湖〉：

　　吹簫凌極浦，日暮送夫君。湖上一迴首，青山卷白雲。

〈欹湖〉是王維《輞川集》中的作品，裴迪亦有同題之作云：「空闊湖水廣，青熒天色同。艤舟一長嘯，四面來清風。」在裴迪筆下，欹湖只是一潭空闊澄碧的湖水，但到了王維筆下，卻有「藍田日暖，良玉生煙」的縹緲風貌，關鍵就在於藝術構思的不同。王維借用《楚辭‧九歌‧湘君》中「望夫君兮未來，吹差參兮誰思」（差參，洞簫也）的淒清美麗的意境，想像出一個女子，日暮時分在欹湖邊吹簫送別夫君的情景：嗚咽的簫聲在水上迴盪，直達湖際；天邊斜陽裏，送別的人離情依依。驀然回首處，人、簫俱寂，唯見青山靜立，白雲自卷。方才那凌波極浦的女子，究竟存不存在？那消逝在暮靄中的簫聲，是真是幻？似都恍惚無定，渺然難測。曲終人去後，欹湖依然輕籠著迷惘的意緒，令人回味不盡。再如賈至的〈初至巴陵與李十二白裴九同泛洞庭湖〉，也運用了相似的作法：「楓岸紛紛落葉多，洞庭秋水晚來波。乘興輕舟無遠近，白雲明月弔湘娥。」末句言憑弔湘娥於白雲、明月中，其實是虛語，語空而無實事。但詩人以無為有，以虛為實，境象遂在虛實之間。

又如孟浩然〈萬山潭作〉：

> 垂釣坐磐石，水清心亦閒。魚行潭樹下，猿挂島藤間。游
> 女昔解珮。傳聞於此山。求之不可得，沿月棹歌還。

從「水清心亦閒」，可見詩人心境的悠然曠放；「魚行潭樹下」，足見潭水之清可鑑心。「猿挂島藤間」，指島間猿猴不驚不擾，顯示了整個萬山潭的和平寧靜。萬山一名漢皋山，其下潭曲有解珮渚，相傳即游女解珮之處。「游女解珮」的傳說，據李善《文選注》引《韓詩內傳》云：「鄭交甫遵彼漢皋臺下，遇二女，與言曰：願請子之珮。二女與交甫，交甫受而懷之，超然遠去。」游女解珮贈鄭交甫之事，係往日傳聞，真假未辨，但經此傳說的點染，詩篇因而飄逸靈動，埋下了引人聯想的因子。即使最後對游女解珮的嚮往「求之不可得」，但優美動人的傳說，加上清澄寧靜的萬山潭風景，仍令詩人雅興盈懷，他自得其樂的「沿月棹歌還」，將月夜歸來的情、景、事，盡收於月光下

的悠然清吟，一派「風神散朗」〔註19〕。而雋永不盡的詩意，就像詩
人乘月歸來時揮棹的歌聲，綿綿不絕。

三、寂中有音

　　本文第二章曾引范溫《潛溪詩眼》與友人王偁論「韻」云：「蓋
嘗聞之撞鐘，大聲已去，餘音復來，悠揚宛轉，聲外之音，其是之謂
矣。」此言「韻」的美感，在於往復回環和餘音裊裊的特質，是一種
悠揚舒徐的音樂美。雋永超詣的美感，也容易通過這種「悠揚宛轉」
的樂境來表現。因爲聲音渺無邊際的特質，向內而言，容易喚起人們
的聯想，「使意象滲入心靈，向深遠的心靈世界拓展」〔註20〕；向外
而言，音樂能擴大詩歌所表現的空間感〔註21〕，將詩境由視覺性的轉
化爲聽覺性的，進而視覺與聽覺疊合，構成綿邈空靈的意境〔註22〕。
例如賈至的〈西亭春望〉：

　　　日長風暖柳青青，北雁歸飛入窅冥。岳陽樓上聞吹笛，能
　　　使春心滿洞庭。

「聞吹笛」是聽覺形象，「柳色青青」是視覺形象。在日長風暖的明
媚春景裏，悠悠揚起清朗的笛音，「聲」與「色」相得益彰，而有此

〔註19〕聞一多云：「孟浩然幾曾做過詩？他只是談話而已。甚至要緊的還不是
　　　　那些話，而是談話人的那副『風神散朗』的姿態。」（見《聞一多全集‧
　　　　唐詩編上》，孫黨伯、袁謇正主編，湖北人民，1993年，頁55）
〔註20〕見周裕鍇《中國禪宗與詩歌》（頁127）。又蕭馳的《中國詩歌美學》
　　　　也說：詩歌中的樂意能「深遠地向心靈拓展」，並引黑格爾《美學》
　　　　的話云：「音樂憑聲音的運動直接滲透到一切心靈運動的內在發源
　　　　地。」（頁12）
〔註21〕王次炤《音樂美學新論》曰：「從心理學和生理學上看，由聽覺造成
　　　　的空間感是有科學根據的。但是，通過視覺所感知到的空間關係往
　　　　往是確定的、有邊界的……。而通過聽覺感知的空間關係往往不太
　　　　確定。它無邊無界，也無法準確的定向或精確的測定。」（台北：萬
　　　　象，民國86年，頁111）
〔註22〕萬曉音《詩國高潮與盛唐文化》〈論開元詩壇〉一文云：「由於音樂
　　　　最能發人遐想，而意境的重要特徵就是追求豐富的象外之意，因而
　　　　樂境的刻劃較易創造意境美。通過樂境與詩境的轉化疊合來構成雋
　　　　永空靈的意境，是開元音樂詩的共同特點。」（見頁343）

心隨笛聲縈繞湖面的遐想，詩人賞春的愉悅亦溢滿洞庭。又如高適〈塞上聽吹笛〉：

> 雪淨胡天牧馬還，月明羌笛戍樓間。借問梅花何處落？風
> 吹一夜滿關山。

末二句，巧妙的借梅花落的曲名構成「興象」，可引發讀者不同的聯想：「風吹一夜滿關山」，可以解作「梅花落」的笛韻隨風遠傳，飄至關山的每個角落；也可以將梅花比喻成片片雪花，一夜風吹，吹落的是雪花飛舞滿關山的美景。再者，落梅容易引起故園之思，「風吹一夜滿關山」的落梅曲韻，喚起的是無數邊關游子的鄉愁。這是以樂境豐富詩歌的意蘊的例子。再如王昌齡〈聽流人水調子〉詩：

> 孤舟微月對楓林，分付鳴箏與客心。嶺色千重萬重雨，斷
> 絃收與淚痕深。

詩人獨對孤舟、微月、楓林，旅泊的心情是何等寂寞。此際聞流人〔註23〕彈箏，倍難為情，鳴箏之響與客愁心緒，混和於迷濛嶺色之雨絲中，淚痕不禁如雨之多。此詩妙處，在於詩人不直說聞箏下淚，也不說淚下如雨，而是將絃音、淚痕俱收入千重萬重的雨絲裏。雨絲佈滿山嶺，無邊無際，哀怨的箏聲與淚水亦無邊無際，千重萬重，孤舟、微月與楓林等具體物象也跟著模糊一片。鳴箏的絲絃，與雨絲、淚痕在外觀上有相似之處，此相似處溝通了聽覺、視覺與心理感受，渾融成一種氣氛，瀰漫於詩歌所創造的空間之中。結尾處，琴聲雖斷，卻彷彿幻化成千絲萬縷的雨絲，在天地間默默彈奏著無言的哀愁，透溢著無限的絃外之音。陸時雍《詩鏡總論》評王龍標的七絕云：「深情苦恨，纍積重重，使人測之無端，玩之無盡。」此詩即為一例。

除了一般樂器之外，還有一種特殊的、來自塵世之外的音響，也時常出現於《三昧集》裏，此即深山古剎特有的暮鼓晨鐘。在這些詩篇裏，鐘磬音總是伴著暮色、寒雲、清月、深林一起出現，將人引向

〔註23〕《莊子・徐無鬼》云：「流人，有罪見流徙者也。」

塵外之思，聯想到佛門的清靜，也擴大了深山古寺人跡罕至的空寂。
這種空中傳音、悠遠迴盪的山寺清響，出現於詩篇中，特別容易構成
餘韻不絕的詩境。例如：

古木無人徑，深山何處鐘。（王維〈過香積寺〉）

亭午聞山鐘，起行散愁疾。尋林採芝去，谷轉松蘿密。（孟
浩然〈疾愈過龍泉寺精舍呈易業二公〉）

夜來聞清磬，月出蒼山空。空山滿清光，水樹相玲瓏。（岑
參〈秋夜宿仙遊寺南涼堂呈謙道人〉）

夜來猿鳥靜，鐘梵寒雲中。峰翠映湖月，泉聲亂谿風。（陶
翰〈宿天竺寺〉）

塔影挂清漢，鐘聲和白雲。（綦毋潛〈題靈隱寺山頂禪院〉）

獨立深山的古寺，悠揚的鐘磬，又像是發於人世外的清音，宇宙中的
韻律，從寂靜中而來，又在寂靜中消失。這種不知從何處來、亦不知
何所終的聲響，往往令人悟出心性的清淨，使靜謐的方外世界更加超
塵絕俗。再如李頎的〈宿瑩公禪房聞梵〉，亦是寫夜宿禪房聆聽梵音
而生皈依之會的感受：

花宮仙梵遠微微，月隱高城鐘漏稀。夜動霜林驚落葉，曉
聞天籟發清機。蕭條已入寒空靜，颯沓仍隨秋雨飛。始覺
浮生無住著，頓令心地欲皈依。

梵聲乍鳴乍寂，忽起忽落，清切而靈妙。它時而使林驚葉落，擲地有
聲；時而翳入天聽，了無痕跡。「蕭條已入寒空靜，颯沓仍隨秋雨飛」，
想要追尋時飄然遠引，無心求之時卻颯沓而來的梵音，令詩人頓悟人
生的起落、得失亦非永恆的真實，因而引出「始覺浮生無住著」這超
然的覺悟。再如常建〈題破山寺後禪院〉：

清晨入古寺，初日照高林。竹徑通幽處，禪房花木深。山
光悅鳥性，潭影空人心。萬籟此俱寂，但餘鐘磬音。

詩以高朗的景象發端，卻轉入花木幽深的曲徑。「初日照高林」以下，
越轉越靜。由曲徑至禪房深處，惟有花木叢生，鳥聲潭影。「山光悅

鳥性，潭影空人心」，本是對寂靜禪院的靜物寫生，但實際上則是寫人，寫人的內心世界、精神狀態，在古寺潭影的映照中，詩人的心靈亦清澈見底，體會鳥性與山光相悅的宇宙生命。末聯詩人蕩開一筆，由視覺之「空」轉入聽覺之「靜」，萬籟俱寂中，只有幾許疏鐘顫悠悠的在山谷間迴盪。此空中之音，更襯出寺院的幽靜，人心的清靜無染。末聯縹緲的鐘聲，造成了另一種言有盡而意無窮的效果。

　　吳雷發《說詩菅蒯》云：「真中有幻，動中有靜；寂處有音，冷處有神；句中有句，味外有味，詩之絕類離群者也。」本節所探討的這類「絕類離群」的作品，大都呈現出一種朦朧悠渺的美感，形成一種藝術魅力，吸引讀者沉浸在超越塵俗而雋永深微的審美感受中。

第三節　詩家化境

　　漁洋《香祖筆記》云：「捨筏登岸，禪家以爲悟境。詩家以爲化境，詩禪一致，等無差別。」佛家把他們的教法比喻成筏，稱彼岸世界爲「悟境」，認爲「渡河既了，則筏當舍，到涅槃之岸，則正法當舍。」〔註24〕要到達彼岸，必須靠筏的引渡，一旦到達悟境，則不必再執著於筏。漁洋則借「筏」以喻語言文字，以「彼岸」喻言象之外的理想詩境爲「化境」。他曾推許朱彝尊：「詩則捨筏登岸，務尋古人不傳之意於文句之外。」（〈竹垞文類序〉）可見他所謂「捨筏登岸」的「岸」，即文句之外、可意會而無法言傳的詩境。而漁洋神韻詩觀理想的「化境」，其內涵爲何呢？

　　就物我關係而言，「化境」是平淡的詩境，是我與境化，將自我淡化、消融於自然萬物之中，不見「我」之主觀意念造作的痕跡，也就是漁洋引《林間錄》載洞山語云：「語中無語，名爲活句」之意〔註25〕。

〔註24〕參見丁福保《佛學大辭典》「筏喩」條（台北：新文豐，民國63年，頁2212）

〔註25〕漁洋《居易錄》曰：「《林間錄》載洞山語云：『語中有語，名爲死句；語中無語，名爲活句。』予嘗舉似學詩者。今日門人鄧州彭太史直

何世璂的《然鐙記聞》記漁洋教人學詩之語云：「爲詩先從風致入手，久要造於平淡。」又〈唐賢三昧集序〉中，漁洋自述學詩的經過時說：他選《三昧集》之時，也正是他在創作上「造平淡時也」，可見他認爲「平淡」是詩歌造詣臻於進境的結果，即薛雪《一瓢詩話》所云：「古人作詩到平澹處，令人吟繹不盡，是陶鎔氣質，消盡渣滓，純是清眞蘊藉，造峰極頂事也。」神韻說推重司空圖《詩品》所說的「遇之匪深，即之愈稀」（〈沖淡〉），「神出古異，淡不可收」（〈清奇〉）的藝術境界，實則也可說是平淡的境界。「平淡」並不是空虛枯寂，缺乏性情，而是將自我的色彩淡化到物境中去，巧妙的將周遭物境與心靈之境結合起來；雖然人不見於景中，但詩人的情懷、目光之所關注，俱已化入景物之中，以致於一片風景物象就是一個心靈境界，是創作者心靈整體的寫照。例如：王維〈竹里館〉：

獨坐幽篁裏，彈琴復長嘯。深林人不知，明月來相照。

詩人獨坐幽邃的竹林裏，夜深人靜，萬籟俱寂。然而，從琴音與長嘯聲中，可以感受到詩人雖處幽獨之境，卻因融身於自然而自得其樂。在「深林人不知」的無邊寂靜裏，有大自然以「明月相照」回應詩人的「彈琴復長嘯」，理解他那悠揚的琴音和長嘯。在幽密竹林的環抱之中，詩人彈琴嘯詠、對月抒懷；在深深夜色的籠罩下，一輪明月以它的清輝映照詩人空寂卻自適的心靈。有了心靈與明月的對應，這片原本荒僻的竹林，頓成清雅，詩人將孤清的心境與竹林的幽寂融爲一體，故能寫境之神，同時抒己之懷。

又如王維的另一首絕句〈鳥鳴澗〉：

人閒桂花落，夜靜春山空。月出驚山鳥，時鳴春澗中。

此詩寫春澗鳥鳴、山空花落，也寫出詩人閒靜的心靈。試看詩中景物：深靜的空山春夜，桂花無聲凋零，而詩人竟察覺到大自然這細微的變化。山鳥因月出而驚起，寂靜的山谷，時而傳出一兩聲清脆的鳥鳴。

上（始搏）問予選《唐賢三昧集》之旨，因引洞山前語語之，退而筆記。」

然而，鳥鳴終非常態，一陣喧鬧過後，月華遍照的幽谷，又會復歸無
邊無際的深沉與靜穆。這一兩聲的鳥鳴，反而更襯出春山空谷之寂。
而這一切，都在詩人的感覺中。詩人以閒靜的心靈，領略此春山幽谷
之夜細微的動靜變化，並以自然的筆調，將春山之空寂與心懷之澄
靜，呈諸詩篇。

　　前舉詩例，是周遭物境與心靈之境的相即相融，雖然已無知性的
介入或強烈的情緒色彩，但仍可隱約感覺到「人」的存在。而神韻說
還嚮往一種更無「人跡」的境界，漁洋曾拈出前人詩文中的句子描述
這種境界：

　　　姚寬《西谿叢語》載〈古琴銘〉云：「山高谿深，萬籟蕭蕭；
　　　古無人蹤，唯石嶕嶢。」東坡〈羅漢贊〉云：「空山無人，
　　　水流花開。」王少伯（昌齡）詩云：「空山多雨雪，獨立君
　　　始悟。」（〈聽彈風入松闋贈楊補闋〉）（《漁洋詩話》卷下）

沈德潛更舉「空山無人，水流花開」、「采采流水，蓬蓬遠春」（司空
圖《詩品・纖穠》）二境為漁洋定《唐賢三昧集》的去取標準〔註26〕。
萬籟蕭蕭，山自高谿自深之景；空山雨雪，水自流花自開之狀，是宇
宙生命的自然呈露，是大自然生命律動的神趣。這種詩境，如同王國
維《人間詞話》所說的「無我之境」，是詩人「以物觀物，故不知何
者為我，何者為物」的結果。所謂以物觀物的「無我之境」，並非真
的完全沒有「我」的存在，而是在對萬物靜穆的觀照裏，「我」似乎
同化於觀照的對象中〔註27〕，「以我與大自然化合渾融也」〔註28〕，

〔註26〕沈德潛《說詩晬語》卷下云：「司空表聖云：『不著一字，盡得風流。』、
　　　『采采流水，蓬蓬遠春。』嚴滄浪云：『羚羊挂角，無跡可求。』蘇
　　　東坡云：『空山無人，水流花開。』王阮亭本此數語，定《唐賢三昧
　　　集》。」
〔註27〕葉嘉瑩《顧羨季先生詩詞講記》云：「以物觀物絕非客觀。客觀但觀
　　　察，而詩人應觀察後還須進入其中，不可立於其外。客觀亦非無我，
　　　無我何觀？王先生所說無我絕非客觀之意，乃莊子『忘我』、『喪我』
　　　之意。」（頁286）
〔註28〕前書所附之《人間詞話》評點云：「無我者，以我與大自然化合渾融
　　　也。非絕對的無我也。」（頁295）

從而與大自然的生命起伏合拍，呈現出寓動於靜的意境美。以王維〈木蘭柴〉爲例：

秋山斂餘照，飛鳥逐前侶。彩翠時分明，夕嵐無處所。

夕陽的餘暉正一點一點斂藏於秋山之中，呈現「落日滿秋山」(〈歸嵩山作〉)的暮色；晚歸的飛鳥在半山秋光中連翩相逐，使寧靜的秋山因「暮禽相與還」而點綴飛動、喧鬧之趣。「彩翠」，是山嵐因夕陽餘光照射而閃現的色彩，它時有時無，終至漸與無邊雲氣融成一片氤氳的夕嵐。這幅絢爛明麗的「秋山夕照圖」，雖然寧靜詳和，但飛鳥相逐的動態感，表現出靜中有動的生命力；而山嵐雲彩的光影變化，則寫出秋山的精神氣象，誠如劉熙載《藝概‧詩概》所云：「山之精神寫不出，以煙霞寫之。」再如〈欒家瀨〉：

颯颯秋風中，淺淺石溜瀉。跳波自相濺，白鷺驚復下。

前二句以「颯颯」、「淺淺」渲染深秋山溪清清冷冷的氣氛。「颯颯」寫秋風之聲，「淺淺」寫瀨水的清冽和流瀉的輕快，都能得天然之趣。後二句攝取白鷺被石上急流濺出的水珠驚起這一有趣的鏡頭，以一連串分解動作特寫水波的跳、濺，白鷺的驚、下。這刹那間自然現象，使幽靜冷清的欒家瀨充滿了活潑的生趣。

在王維筆下，即使是靜態的草木，也有其自然的律動。如〈萍池〉：

春池深且廣，會待輕舟迴。靡靡綠萍合，垂楊掃復開。

平靜無波的春池上，綠萍點點。輕舟過處，劃開一道水痕，綠萍也跟著散開又聚合；而池邊的垂柳絲絲，拂弄小舟，既掃合又盪開。在舟船迴盪之間，柳絲、萍池，自有一種搖擺開合盪漾不定的姿態，展現出靜謐無人處，大自然持續不斷的節奏與律動。這種無始無終、自在自爲的大自然的演化，在裴迪的作品也有所表現，如〈茱萸片〉：「飄香亂椒桂，布葉間檀欒。雲日雖迴照，森沉猶自寒。」〈宮槐陌〉：「門前宮槐陌，是向欹湖道。秋來山雨多，落葉無人掃。」深林雲日，香飄林間，秋雨飄零，落葉滿山，物質世界就在刹那的生滅中綿延相續。這類詩篇，雖然表面上看來平淡靜寂，沒有鮮明熾熱的個人情感，卻

是「人的存在與整體的存有結合」〔註29〕，以大自然的生命為「我」
的生命，作品因而蘊藏著生生不息的盎然生機〔註30〕，其中有「興」，
耐人尋味。這絕非「松風不動，林狖未鳴」（皎然《詩式・辨體有一
十九字》）式的死寂，亦不同於一般的靜物寫生。

　　漁洋喜以「入禪」稱許他所欣賞的神韻詩境。例如：「唐人五言
絕句，往往入禪。」（《香祖筆記》）、「王、裴《輞川》絕句，字字入
禪。」（《蠶尾續文》）李重華《貞一齋詩說》亦云：「阮亭選《三昧集》，
謂五言有入禪妙境。」禪境與詩境的關係，可以從不同層面來理解：
就文字的表達而言，禪境與詩境都非文字意義所能牢籠，前者認為「諸
佛妙理，豈在文字」；後者則是以「不著一字，盡得風流」為化境。
因此，要索求禪意和詩意，都必須「索於離即之間」〔註31〕才能得。
再者，就物我關係而言，所謂「入禪」的詩境，究竟有何特質？周裕
鍇《中國禪宗與詩歌》說：

　　　「入禪」之詩中的「我」似乎消解於觀照的對象中，一切
　　　只是「物原如此」的直接呈露。和其他流派詩歌相比，王、
　　　孟派的「入禪」之詩有以下兩個特點：一、詩人視點的失
　　　落；二、詩人情感的消亡。

上舉詩例，大都呈現「物各自然」〔註32〕、無物主持的狀態。讀者透

〔註29〕見柯慶明《中國文學的美感》，文中並說這種「人的存在與整體的存
　　　有結合，也就是所謂天人合一的體驗」，讓詩人「充分意識到人類生
　　　活與自然存在的交相融滲，互補共振，終於形成了中國詩歌的『神
　　　韻』的理論。」（頁39～40）
〔註30〕張健《清代詩學研究》也說：「神韻有一種活生生的生命感。由於神
　　　韻說是建立在詩即人的理論傳統基礎之上的，所以神韻以生命感為
　　　基礎。一首詩如果沒有生命感，就沒有神韻。」（頁435）
〔註31〕蕭馳《中國抒情傳統》說：「禪意與詩意對於文字寫就的詩，都是空
　　　外之音，水中之影，務要使人索於離即之間始得。」（頁214）
〔註32〕葉維廉《飲之太和》云：「王維的詩，景物自然興發演出，作者不以
　　　主觀的情緒或知性的邏輯介入去擾亂眼前景物內在生命的生長與變
　　　化的姿態；……使它們原始的新鮮感和物性原原本本的呈現，讓它
　　　們『物各自然』的共存於萬象中，詩人溶匯物象，作凝神的注視、
　　　認可、接受甚至化入物象，使它們毫無阻礙的躍現。」（頁132）。

過詩人的眼光，才得以見到詩人對大自然的領略，而詩人卻隱身於物象之後，任物自顯，讀者於詩中找不到其身爲創作者的主觀視點，創作者亦不作任何論斷說明、情感渲染，只是盡可能按事物原樣並現，彷彿只是從大自然無始無終的江山圖畫中，裁出一段而已。將上舉諸作與下面兩首詩比較，更能看出這種「視點失落、情感消亡」的特性：

> 清晨登仙峰，峰遠行未極。江海霽初景，草木含新色。而我任天和，此時聊動息。望鄉白雲裏，發棹清溪側。松柏生深山，無心自貞直。（儲光羲〈泛茅山東谿〉）
>
> 夜寒宿蘆葦，曉色明西林。初日在川上，便澄游子心。晴天無纖翳，郊野浮春陰。波靜隨釣魚，舟小綠水深。出浦見千里，曠然諧遠尋。扣舷應漁父，同唱滄浪吟。（常建〈晦日馬鐙曲稍次中流作〉）

儲光羲的〈泛茅山東谿〉寫觀看江海初霽，草木懷新的景色。在觀賞中，心靈隨群籟一起動息，和宇宙生命一同起伏，進入了「任天和」的化境。常建〈晦日馬鐙曲稍次中流作〉寫初日臨川上、天水共澄鮮的美景，游子的詩心也因眼前的景致，而變得一片空澄；纖毫不見雲翳的晴天和千里空曠的水浦，便自然成爲詩人遠游世外、與漁父應和的天地。這兩首詩也都呈現萬物之動、與天地同遊的樂趣，但從「我」之登仙峰，「我」之望鄉白雲，可見詩人取景的視點；「初日在川上，便澄游子心」所顯示的意義，則是「我」之心因日照清川而澄明，物、我處於相對相諧的狀態中；「而我任天和」、「扣舷應漁父，同唱滄浪吟」，更明白宣示了「我」此時心境之悠遊自在、情感的和諧。這些揭露出「我」的抒寫方式，在上列「入禪」的詩篇中，是不曾出現的。

就詩歌整體的藝術表現而言，所謂「化境」，是詩中所有的字句，「如一片雲，因日成彩，光不在內，亦不在外，既無輪廓，亦無絲理，可以生無窮之情，而情了無寄」，（王夫之《古詩評選》卷二）就如賀貽孫《詩筏》所云：「清空一氣，攪之不碎，揮之不開，此化境也。」這是指語言文字「融化」於渾然整體的詩境裏，如無縫天衣，無理路

可尋，亦無明確的詩旨，其指歸在可解不可解之間，讀者可從不同角度獲得無窮的意蘊。此一藝術效果，是來自前述所謂「視點失落，情感消亡」的「入禪」特性。神韻詩的此種藝術特色，在本章前二節於其他詩例的分析中，也曾略爲提及，此處再以劉眘虛的〈闕題〉一詩爲例：

> 道由白雲盡，春與青谿長。時有落花至，遠隨流水香。閒
> 門向山路，深柳讀書堂。幽映每白日，清輝照衣裳。

這首被稱爲「王、孟勝境」（高步瀛《唐宋詩舉要》卷四）的作品，只有一幅優美的形象畫面：春到山中，溪流不斷，落花飄零，隨水流轉，頗有「空山無人，水流花開」之趣；門開處山翠迎人，柳深處書卷盈堂，日日惟有清輝照影，雲映清溪，一派圓融自在，幽靜和諧。此詩完全摒除了特定的情感和概念，呈現的只是圓轉流美的「當前妙境」〔註33〕，令人遇之，即有無窮的自然生趣汨汨流動，可謂「假天籟爲宮商，寄至味於平淡」〔註34〕的體現。

再看王維的〈辛夷塢〉：

> 木末芙蓉花，山中發紅萼。澗戶寂無人，紛紛開且落。

此詩字面上的內容明白易解：辛夷花生長在罕無人煙的山中，自開自落，平常自然，沒有目的，沒有意識。在無人干擾的情況下，進行著含苞盛開與凋謝的循環。詩人只以平實的筆觸，描述此一大自然興發生長的過程，似乎未經提煉，卻能「生無窮之情」，予人不同的體悟：嘗稱王維詩「入禪宗」的胡應麟《詩藪》云：「人閒桂花落」、「木末芙蓉花」二詩，「讀之身世兩忘，萬念俱寂。」（內編卷六）詩人以物觀物，對花的開落似乎無動於衷，既不樂其開放，亦不傷其凋零，彷彿已透澈了悟自然生命的循環，達到情感消亡、凝神忘我的境界。而讀者是透過詩人的眼光看辛夷花自開自落的，故亦容易產生「身世兩

〔註33〕沈德潛《唐詩別裁集》卷九評此詩云：「每事過求，則當前妙境，忽而不領。解此意，方見其自然之趣。」

〔註34〕《師友詩傳續錄》劉大勤曰：「王、孟詩假天籟爲宮商，寄至味於平淡，格調諧暢，意興自然，眞有無跡可尋之妙。」

忘，萬念俱寂」之感。

換一個角度來看，辛夷花雖有芙蓉一般的美麗資質，卻在山澗旁，靜悄悄的隨著春光來去而盛放、憔悴，無人留賞。從初發紅蕚到鮮花盛開而後紛紛謝落，整個過程是寂寞幽獨的，而辛夷塢的春景，也在辛夷花的凋零中無聲逝去，猶如孤芳自賞的美人，平淡一生，忽已遲暮。辛夷花開落的短暫過程，關聯到人事上來，則令人產生「年年歲歲花相似，歲歲年年人不同」（唐·劉希夷〈代悲白頭翁〉）的聯想，感歎花謝如春光，循環有時；而人生美好的韶華一逝，卻永遠不再。此番對照，淡淡的幽怨便從中而生〔註35〕。

花開花落，乃大自然的消息循環之道，亦可象徵人生的起起落落。若將此詩與王維自身的遭遇聯繫，則辛夷花之寂寞開無主，亦可說是詩人空懷良才卻歎無知音的寫照。

朱光潛《詩論》云：「詩的境界是理想境界，是從時間與空間中執著一微點而加以永恆化與普遍化。它可以在無數心靈中繼續復現，雖復現而卻不落於陳腐，因為它能夠在每個欣賞者的當時當境的特殊性格與情趣中吸取新鮮生命。」〔註36〕前面所舉的詩例，即具有這種「可抒獨思，可授眾感」（王夫之《古詩評選》卷四）的含蘊性質，讀者可以各以其情而自得，由詩篇的指引而啟發無窮的聯想、遐思。這種「其蘊含衹在言中，其妙會更在言外」（李重華《貞一齋詩說》）的境界，正是神韻說用力之處〔註37〕，亦是一種難以企及的「化境」。

〔註35〕此處的解讀乃是參考葛曉音的說法，見其《漢唐文學的嬗變·說王維的輞川集絕句》（頁303）。

〔註36〕見該書第三章〈詩的境界〉，頁63。

〔註37〕漁洋本人亦於創作上力求此種境界，以他早年馳名的〈秋柳〉詩為例，劉世南《清詩流派史》云：「不少人認為是悼念明亡之作，……而認為並無寓意的也不少……王士禎本人就希望他的詩作收到這樣一個效果：讓讀者自己去揣測，去聯想，去發揮想像力，去作任何自以為合理的解釋。」（頁207）

　　以上從《三昧集》入選作品的題材、藝術表現、詩歌境界三方面加以分析，可以見出神韻詩的特色。從題材上來看，《三昧集》多山水靜景、煙水迷離之作，可見神韻說對「清氣徘徊於幽林，微徑迂迴於遙翠」（《師友詩傳續錄》劉大勤語）的清幽詩趣的偏好。而這些即景感興的作品，因有作者性情、精神的自然融入，而使得「景非滯景，景總含情」〔註38〕，現渾融之境，傳物我之神。而各種手法的運用，實寫題材，虛寓情韻的藝術表現，則造成言簡意遠、意在言外的效果。在篇幅不長的小詩形式下，傳達了豐富、多層次的意蘊。

〔註38〕王夫之《古詩評選》卷五・謝靈運〈登上戍石鼓山〉評語。

第五章　清代詩學神韻說的反響

　　袁枚《隨園詩話》論漁洋云：「阮亭先生，自是一代名家。惜譽之者既過其實，而毀之者亦損其眞。」（卷二）張維屛《聽松廬詩話》也說：「阮亭先生詩，同時譽之者固多，身後毀之者亦不少。」這雖然是論王士禛的詩，但他所提倡的「神韻說」，也有近似的遭遇；清人對待神韻說的態度大致上有以下三種：一是反對、質疑，其中最具代表性的，要屬抨擊漁洋最力的趙執信。翁方綱〈小石帆亭著錄序〉即云：「漁洋先生以詩學沾漑後賢，顧後來受其膏馥者，或往往壓薄先生，蓋始於趙秋谷，後人所聞不逮秋谷，而亦轉效之。」第二類是吸收與批評兼而有之，如繼漁洋之後分別提出詩論主張的沈德潛、袁枚、翁方綱等人。他們吸收熔裁神韻說的某些觀點，成為自己詩論的一部分；同時又對其不足之處提出批評，或進行調整、補充。第三類則是神韻說的同調者。本章主要探討的是上舉第一、二兩類，並略述神韻說在乾、嘉之後的流衍。至於神韻說的同調者，已融入本文第三章一併討論，此處不再贅述。

第一節　清人對神韻說的批評

　　趙執信（1662～1774），字伸符，號秋谷，晚號飴山老人，為王士禛的甥婿，後來兩人反目，詩論立場亦成兩極。至於兩人失和的原

因，據《四庫全書總目提要》的說法，是因爲趙執信請漁洋爲他的《觀海集》作序，而「士禛屢失其期，遂漸相詬屬，釁隙終身」（卷一七三《因園集》提要），而趙執信在自己的《談龍錄》中則說，是由於他批評漁洋《南海集》中的二首作品「詩中無人」所致。總之，冰凍三尺非一日之寒，由於種種磨擦〔註1〕再加上兩人詩學觀點不同，遂有趙執信著《談龍錄》針對漁洋其人、其詩以及詩學加以批駁，而且「詞氣憤懣」〔註2〕。沈德潛就說：宇內尊漁洋爲詩壇圭臬，「而趙秋谷宮贊著《談龍錄》以詆諆之。」（《清詩別裁集》卷四）。持平而論，趙執信對漁洋的指摘，不免流於意氣之爭，翁方綱即指出：「秋谷之論詩，其與漁洋孰正孰畸，姑無辨，第其意在於齮齕漁洋而已。」（〈漁洋詩髓論〉）不過，其中部分涉及對漁洋神韻詩學的評騭，在當時甚至稍後的詩壇，陸續都有人持類似的意見，對漁洋神韻說提出質疑，實不宜一概以意氣之爭視之〔註3〕。本節即以趙執信對漁洋的駁詰爲主，歸納其他人相近的批評加以討論。

一、眞龍與畫龍

《談龍錄》開卷第一則所記載的，是趙執信、漁洋及其弟子洪昇三人，以龍爲喻，談論詩歌的藝術表現，這也是趙執信將其詩話命名爲「談龍」的由來：

〔註1〕趙執信、王士禛兩人芥蒂的起因，除了本文所引《四庫全書總目提要》和《談龍錄》的兩則說法之外，吳宏一〈趙執信談龍錄研究〉一文還舉出了兩人磨擦的諸多事件，並說：「趙氏和王士禛交惡的原因，不會只有一個，我們只要看看，康熙三十五年以後，趙氏多次作客吳門，來往的朋友像閻若璩、顧以安等人，都是反對漁洋的學者文人，也就可以思過半矣。」（詳見《中國文哲研究集刊》創刊號，頁323～360）

〔註2〕林昌彝《射鷹樓詩話》卷十九：「趙氏所致譏於漁洋者甚衆，其詞氣憤懣，非盡由論詩之相失，恐自以蹉跌不振，由漁洋門下所擠故耶？」

〔註3〕陳伯海主編《近四百年中國文學思潮史》也說：「將趙執信的挑戰僅僅歸結爲一種心態的偏激乃至王、趙個人之間的恩怨關係，更是低估了這次挑戰的理論價值。」（頁250）

> 錢塘洪昉思（昇），久於新城之門矣。一日並在司寇宅論詩，昉思嫉時俗之無章也，曰：「詩如龍然，首尾爪角鱗鬣，一不具，非龍也」。司寇哂之曰：「詩如神龍，見其首不見其尾。或雲中露一爪一鱗而已，安得全體？是雕塑繪畫耳。」余曰：「神龍者，屈伸變化，固無定體。恍惚望見者，第指其一鱗一爪，而龍之首尾完好，故宛然在也。若拘於所見，以為龍具在是，雕繪者反有辭矣。」昉思乃服。

三人中，洪昇的藝術表現方法，完全是如實的描繪，要將全體呈現出來。而漁洋持「神韻說」的觀點，覺得過實的描繪不但不能使真龍逼現，反而變成一般的雕塑繪畫了。神韻說的藝術表現方法，是虛實結合而重在虛的表現方法。畫龍如同作詩，真正的神龍，不須太多正面的「實」的描畫，只要畫雲霧中出現的「一爪一鱗」就行了。這是「不著一字，盡得風流」的另一種說法。「一爪一鱗」是「實」的部分，而由此產生的對龍的全體想像，就是「虛」的部分。這「實」的「一爪一鱗」，和雲霧中由想像而得的虛的部分，互相結合，就成為生動靈活的神龍形象。這種以實出虛的藝術表現法，關鍵在於「實」的部分必須有藝術概括力，內蘊暗示豐富，並指引讀者的想像，使人們能經由聯想而回溯至作者所體悟的「虛」的境界。王士禛重視「以實出虛」的詩境，也透過繪畫的藝術表現來說明；他在《香祖筆記》等著作中，就一再稱引王楙《野客叢書》中所云：「《史記》如郭忠恕畫天外數峰，略有筆墨，然而使人見而心服者，在筆墨之外也。」認為這個說法「得詩人三昧」，與司空圖所謂「不著一字，盡得風流」有相同的意義。所謂「郭忠恕畫天外數峰」，據《圖畫見聞誌》記載，宋代著名的山水畫家郭忠恕，一日乘醉在大幅素絹的一角畫「遠山數峰」〔註4〕，別處都是空白，使人們從「遠山數峰」，想像出山巒連天的浩

〔註4〕〔宋〕郭若虛《圖畫見聞誌》卷三云：「郭忠恕，字恕先，雒陽人。……有設紈素求為圖畫者，必怒而去，乘興即自為之。郭從義鎮岐下，每延止山亭，張素設粉墨於旁，數月，忽乘醉就圖之一角，作遠山數峰而已。」

瀚氣勢，後來此事傳爲美談。漁洋之所以認爲郭忠恕畫天外數峰「得詩人三昧」，讚許他得「不著一字，盡得風流」之妙，正是因爲他能以實景出虛景。天外數峰本身並不特殊，其可貴之處，在於郭忠恕能借助於天外數峰的象徵、暗示作用，而使畫面的大片空白之處，也變成藝術表現的一部分，在人們心目中展現了一幅山峰若隱若現、煙雲繚繞的生動圖畫。這種由具體實景聯想產生的虛象幻景，即是發揮藝術形象塑造上「虛」的作用而產生的。這「實」的「天外數峰」就和「虛」的山巒和雲水，共同構成一幅雲山煙水浩瀚壯闊的圖畫。神韻說注重「言外之意」、「言有盡而意無窮」，正是要發揮藝術上聯想的作用，以實出虛，而有無窮之韻味。

趙執信的看法，則是洪昇與王士禛的折中。他認爲剛學作詩時應儘量達意，把意思明白表現出來：「始學爲詩，期於達意，久而簡澹高遠，興寄微妙，乃可貴。」（《談龍錄》）在這個階段應以洪昇所說的「首尾爪角鱗鬣」具全爲目標，之後再追求簡澹高遠，興寄微妙，這就是神韻說所要求的境界。然而，興寄微妙、以實出虛的「實」，要有高度的藝術概括力，才能傳達豐富的意境，不能以「雲霧滅沒」作幌子，去掩蓋作品內容的空虛，「甚至將本屬朦朧無味之詩充作神韻詩」〔註5〕。趙執信認爲，如果這種簡澹高遠的境界不能達到，反不如像洪昇所主張的那樣，達意就好。這種主張，趙執信在他的〈論詩二絕句〉之二中也談到，他以陶淵明的無弦琴來象徵含蓄的意境：「無弦祇許陶彭澤，會得無弦響更長。若使無弦亦無響，人間悅耳足笙簧。」這裏的「弦」，象徵語言文字；「響」，象徵意境。「無聲弦指」即「不著一字，盡得風流」，這是漁洋所提倡境界，他曾以「解識無聲絃指妙」〔註6〕推許韋應物詩饒有遠韻。如果標榜神韻含蓄，而使

〔註5〕陳伯海《近四百年中國文學思潮史》云：「他（趙執信）的詩話名之曰『談龍』，即以神與形皆宛然完好的眞龍、活龍喻詩不可言與心違及雕飾過甚，甚至將本屬朦朧無味之詩充作神韻詩。」（頁250）

〔註6〕王士禛《論詩絕句三十二首》之七云：「風懷澄澹推韋柳，佳處多從五字求。解識無聲絃指妙，柳州那得並蘇州。」

作品內容流於空虛，「無弦亦無響」，不但沒有絃外之音，連絃上的樂音都含糊不清，倒不如以文字清楚明白的表達出來，讓大家會意、欣賞。趙執信也將此一觀點落實於創作上，所以他的詩，具有「奔放有餘，不取蘊釀」（《清詩別裁集》卷十三）的現象。朱庭珍曾將趙執信與漁洋的詩歌作比較，說：「趙秋谷詩，意主刻露，殊少含蓄蘊釀之功，其意境眞切處，固勝阮亭；而鍛鍊未純，時有率筆，篇外亦無餘味，不及阮亭處處典雅大方，得失正復相等。」（《筱園詩話》卷二）詩主刻露，雖能做到切合實境，通曉明白，但無含蓄蘊釀之功，詩歌悠遠的餘韻亦因而喪失。

　　由王士禎、洪昇、趙執信的觀點，可以看出洪昇的藝術表現法較爲實際，初學者容易入手；趙執信雖未否決「恍惚望見者，第指其一鱗一爪」的高妙處，卻更強調「首尾完好」，寧可出紮實中求表現。「神韻說」則是從詩的境界立論，「只指出一種標準而不是說明一種方法」﹝註7﹞，而且著重於審美意味的表現，著重於詩中未曾明言、須讀者心領神會的「虛」處；詩人往往只提示雲中露出的一爪一鱗，要加上讀者的再創造，才能還原此龍「夭矯連蜷」的姿態。

　　早在《談龍錄》之前，王夫之《薑齋詩話》裏已有以龍喻詩的例子，他稱讚謝靈運的詩，「意已盡則止，殆無剩語。夭矯連蜷，煙雲繚繞，乃眞龍，非畫龍也。」（卷下）王夫之點出眞龍的「夭矯連蜷」，在煙雲繚繞的「虛」處方能得見。而毛先舒《詩辯坻》談古詩長篇的創作也說：「此如畫龍，見龍頭處即是正面本意，餘地染作雲霧。雲霧是客，龍是主，卻於雲霧隙處都要隱現爪甲，方見此中都有龍在，方見客主。」（卷四）毛先舒以畫龍爲喻，來說明正面表現與側面烘托之間的關係，正面表現即是畫出龍頭，側面烘托則是雲霧。而側面烘托的目的，是爲了表現正面的意；雲霧是客，龍才是主體。而在神韻說的觀點下，漁洋雖也主張「雲霧隙處都要隱現爪甲」，但強調的

﹝註7﹞見郭紹虞《中國文學批評新論》，頁466。

不是「雲霧是客，龍是主」的主客之分，也就是對詩意正面、直接的鋪陳並不十分重視，他重視的是語言文字之外、整體詩境的呈現，將藝術表現的重點轉向了實景之外「虛」的詩境。

追求言象之外不可實指的意境之美，這是神韻說所追求的審美理想，但也是此一重「虛」的特質，使神韻說常被批評爲故作吞吐、模糊之態〔註8〕，其實根本沒有什麼方法、內容可以示人。如李重華《貞一齋詩話》（1682～1754）云：

> 有以「可解不可解」爲詩中妙境，此皆影響惑人之談。夫詩言情不言理者，情愜則理在其中，乃正藏體於用耳。……如果一味模糊，有何妙境，抑亦何取於詩？

陳衍（1856～1937）《石遺室詩話》也說：

> 表聖「不著一字，盡得風流」，已在可解不可解之間，「羚羊挂角」是底言乎？至如……詩家之「鴛鴦繡出從君看，不把金針度與人」（元遺山語），竟是小兒得餅，且將作謎語索隱書而後已乎？漁洋更有華嚴樓閣，彈指即現之喻，直是夢魘，不止大言不慚也。（卷十）

其實，漁洋並非故作神秘的「不把金針度與人」，例如他也曾舉實例示人如何於詩中用典：

> 作詩用事，以不露痕跡爲高，往董御史玉虬外遷隴右道，留別余輩詩云：「逐臣西北去，河水東南流」，初謂常語。後讀《北史》：魏孝武西奔宇文泰，循河西行，流涕謂梁禦曰：「此水東流，而朕西上。」乃悟董語本此，深歎其用古之妙。（《池北偶談》卷十二）

如此化用典故，才能如鹽著水中，但辨其味，不見其形，楊際昌《國朝詩話》即稱：漁洋「此論眞以金針度人」。再者，漁洋也並未否定

〔註 8〕 錢鍾書《談藝錄》亦批評漁洋「天賦不厚，才力頗薄，乃遁而言神韻妙悟，以自掩飾。一吞半吐，撮摩虛空，往往並未悟入，已作點頭微笑，閉目猛省，出口無從，會心不遠之態。……將意在言外，認爲言中不必有意；將弦外餘音，認爲弦上無音；將有話不說，認作無話可說。」（頁 97）

章法、句法，鍊字、鍊句的重要性，如其《古夫于亭雜錄》即提到：
「蓋鍊字鍊句之法，與篇法並重，學者不可不知，於此可悟三昧。」
（卷三）然而，詩法上的傳授終究有限，神韻詩境的達致仍有待於
「悟」、待於領會，難以言傳。《師友詩傳續錄》中，漁洋與其弟子的
一段問答，正可看出神韻說對待詩法的態度：

> （劉大勤）問：昔人言七言長古作法，曰：分段，曰過段，
> 曰突兀，曰用字，曰贊歎，曰再起，曰歸題，曰送尾，此
> 不易之式乎？
> （漁洋）答：此等語皆教初學之法，要令知章法耳。神龍
> 行空，雲霧滅沒，鱗鬣隱現，豈令人測首尾哉。

此雖是論七言古詩，但漁洋的回答與趙執信《談龍錄》中的立場是相
同的。詩法的遵循只是「詩的初步」，而神龍行空、令人不能測其首
尾的詩境，是「詩之進境」〔註9〕。神韻說所標舉的，正是將「詩的
初步」包含在內、而又不受限於規矩法度的「詩的進境」，所以容易
予人「鴛鴦繡出從君看，不把金針度與人」的印象，不過到了末流，
終不免有「執法相而求形似」的魚目混珠之徒，「挾枯寂之胸，求渺
冥之悟，流連光景，半吞半吐」（朱庭珍《筱園詩話》卷一），神韻說
的空寂虛無之弊，亦由此開矣。

二、求實與興會

《談龍錄》又云：

> 山陽閻百詩（若璩），學者也。《唐賢三昧集》初出，百詩
> 謂余曰：「是多舛錯，或校者之失，然亦足為選者累。如：……
> 孟襄陽詩：「行侶時相問，涔陽何處邊。」涔誤潯。涔陽近
> 湘水，潯陽則邈絕矣。祖詠詩：「西還不遑宿，中夜渡京水。」
> 「京」誤涇。京水正當圃田之西，涇水則已入關矣。余深

〔註 9〕此借朱庭珍之語。朱庭珍認為「高渾古淡，妙合自然」、「絢爛之極，
　　　　歸於平淡」的詩境，「學者以為詩之進境，不得以為詩之初步。」（《筱
　　　　園詩話》卷一）

趨其言，寓書阮翁。阮翁後著《池北偶談》內一條云：「詩家惟論興會，道里遠近，不必盡合。如孟詩：『暝帆何處泊？遙指落星灣。』落星灣在南康云云，蓋潛解前語也。噫！受言實難。

《三昧集》著錄孟浩然〈夜渡湘水〉詩，詩中有「行侶時相問，潯陽何處邊」句，閻若璩認為「潯陽」原本應該作「涔陽」，因為涔陽離湘水近，比較切合〈夜渡湘水〉的詩題，潯陽則太遙遠了，與湘水無涉，而歷來傳此詩者以訛傳訛〔註10〕，未曾按地理事實加以校正。另祖詠〈夕次圃田店〉有「西還不遑宿，中夜渡涇水」句，閻亦以考證的角度，認為「涇水」原本應該作「京水」，因為京水在圃田之西，正合〈夕次圃田店〉詩題。趙執信引閻若璩之言，意在指出漁洋《三昧集》選校不精，未曾考證此等詩中地名不合事實之處，反而沿襲舛誤，照單錄入《三昧集》中。

閻若璩發揮「學者」的精神，將他認為不合理的詩中地名加以「改正」，趙執信承此說，亦謂詩歌創作不能背離客觀世界的真實性，尤其是地名這種確實存在的地點，必須符合實際的地理位置。然而漁洋持「神韻說」的角度，並不認為「潯陽」、「涇水」是錯字，他提出「詩家惟論興會，道里遠近，不必盡合」的說法，認為詩人創作時，可由妙觀逸想超越現實層面，以充分的表現詩境（詳見本文第三章第三節）。而讀者亦不必尺衡寸量的，去研究詩中字句是否盡合邏輯。而且，從漁洋治學的態度來看，他的詩話筆記中不乏大量的辨析名物、考訂典實之論，張宗枏為他編纂《帶經堂詩話》時，曾將這類有關遺跡、名物、用事、稱謂、辨析、校勘等的條目共四百一十六條，統歸於「考證」門下，共有六卷之多。在清初的眾多詩話中，像漁洋花費如此多的筆墨以考訂古人詩文者，並不多見〔註11〕，可知漁洋並非輕

〔註10〕今人李景白《孟浩然詩集校注》注〈夜渡湘水〉即說：「『涔陽』，原作『潯陽』。宋、明、清各本及《品彙》同。誤。《英華》作『涔陽』，是。按潯陽在贛江下游鄱陽湖畔，與湘水無涉。」（頁391）
〔註11〕陳居淵《清代樸學與中國文學》說：「在清初詩人所作的眾多詩話中，

忽考證、不尊重客觀事實的人。由此可旁證：漁洋不贊同閻、趙之說，不認為「潯陽」、「涇水」有誤，並非疏於考校的結果，而是出於一種自覺的藝術觀點。

三、詩中須有人在

趙執信在《談龍錄》中說，他生平最服膺吳喬《圍爐詩話》所云：「詩中須有人在」的論點，認為「夫必使後世因其詩以知其人，而兼可以論世。」他以此訾議漁洋的作品「詩中無人」，並舉出漁洋《南海集》中的二首詩，作為「言與心違，而又與其時與地不相蒙」的例子加以質疑：

> 司寇昔以少詹事兼翰林侍講學士，奉使祭告南海，著《南海集》。其首章〈留別相送諸子〉云：「蘆溝橋上望，落日風塵昏。萬里自茲始，孤懷誰與論？」又云：「此去珠江水，相思寄斷猿」，不識謫宦遷客，更作何語？其次章：「寒宵共杯酒，一笑失窮途。」「窮途」定何許？非所謂詩中無人者耶？余曾被酒於吳門亡友顧小謝（以安）宅漏言及此，客坐適有入都者，謁司寇，遂以告也。斯則致疏之始耳。

文末云：「斯則致疏之始耳」，可見這件事是趙執信與漁洋嫌隙的開端，也代表著兩人詩學觀點的相左。這段話的意思，指漁洋身為奉命祭告南海的欽差大臣，聖眷正隆，聲勢喧赫，怎能算是「孤懷」？哪裏來的「相思」？「窮途」更從何談起？「風塵昏」、「寄斷猿」這樣悲愁的氣氛，更和作者當時的身分地位都不相稱，這就是「詩中無人」。《談龍錄》有云：「詩固自有其禮義也。今夫喜者不可為泣涕，悲者不可為歡笑，此禮義也。富貴者不可語寒陋，貧賤者不可語侈大。」趙執信認為，漁洋不是以詩抒發真情實感，而是無病呻

雖有像馮班考訂『八病』之《鈍吟雜錄》與《嚴氏糾謬》等名作，但像王士禎用如此多的篇幅以考證的形式糾正前輩詩人詩作的錯訛，這在清初詩人中也是不多見的。」（頁 111）

吟，作品所體現的人情與環境都是虛假的，不免有「富貴者語寒陋」之嫌。阮葵生《茶餘客話》也讚同趙執信的論點：「秋谷與漁洋爲難，然此論實中其弊，學子所當引爲戒者。」又云：「（漁洋）但求措語工妙，不顧心之所不安。」後來也有不同的聲音出現，如陸鎣的《問花樓詩話》就迴護漁洋道：「余按《漁洋精華錄》，五七言高調逸響，情景不匱，不得以《南海集》留別諸作爲全龍累也。」此一說法雖維護了漁洋的其他作品，卻也等於間接承認了趙執信對〈留別相送諸子〉的指摘。今人的研究中，亦有學者對趙執信之言提出反駁，例如：張健《清代詩學研究》就指出：趙執信依據漁洋的官方身分和使命，揣測他「應該」不能有孤悽之感，不應作謫宦遷客語，這種揣測是靠不住的〔註 12〕；陳居淵《清代詩歌與王學》則從漁洋當時個人的身世遭遇來解釋，認爲漁洋〈留別相送諸子〉詩中的傷感，乃源於當時他已二喪愛子，而其妻亦重病纏身〔註 13〕，故所作之詩呈現抑鬱、惆悵的心情是很自然的。

趙執信批評漁洋「詩中無人」，雖是針對漁洋的個別創作而發，卻也牽涉到神韻說中，詩歌與情感、個性表現的問題。翁方綱在他的〈神韻論・下〉就說：「若趙秋谷之譏漁洋，謂其不切事境，則亦何嘗不中其弊乎？」將趙執信所譏漁洋詩的「不切事境」、「詩中無人」，視爲神韻說空寂之弊的一項表徵。這個問題可由兩方面來說明：一方

〔註 12〕張健《清代詩學研究》說：「我們可以反問：王士禎遠赴南海，何以不能有孤悽之感呢？……面對送行的友人，他不是唱高調，說一些冠冕堂皇的話，而是別有一番孤悽的情懷。這種孤悽的情調對於他的官方身分與使命感來說或許是不合適的，但對於一個珍視友情的個人來說則可能是眞實的。」（頁 503）

〔註 13〕陳居淵《清代詩歌與王學》說：「然而王士禎的傷感是有原因的。據載，這年王士禎二喪愛子，而妻子也重病纏身，這使頗重感情的王士禎內心十分抑鬱，從而影響他遠行的情緒，並在臨行時這種惆悵油然而生……。」（頁 146）但是，據惠棟註補之《漁洋山人自撰年譜》記載，漁洋奉命祭告南海是在康熙二十三年，而漁洋的妻子張宜人早在康熙十五年就已去世。因此，陳居淵說這年（康熙二十三年）漁洋「妻子也重病纏身」，可能有誤，或者另指他人。

面，就《談龍錄》所抨擊的那兩首漁洋詩而言，趙執信認爲身分顯貴之人不應作寂寥語，然而這卻正是漁洋獨特的創作個性、風調，是其詩歌神韻的成分，即袁行霈所云：「所謂神韻，指詩人寄諸言外的風神氣度。」〔註14〕本文第三章談到神韻與個性的關係時，曾引《漁洋詩話》云：「一家之言自有一家風味。如樂之二十四調，各有韻聲，乃是歸宿處。」而漁洋個人的特殊風格是什麼呢？從下面他的自述與其友人汪琬（1624～1690）的記載可略窺一二：

> 歐陽公云：「秋霖不止，文書頗稀；叢竹蕭蕭，似聽愁滴。」
> 蘇公曰：「歲云莫矣，風雨淒然；紙窗竹屋，燈火青熒。時于此間，得少佳趣。」此寂寥風味，富貴人所不耐，而余最喜之。（《香祖筆記》）
> 余（汪琬自稱）頗自患嬾散，兼以此規王六（漁洋）。王莞爾曰：「長安車馬喧鬧，若無吾黨一二孤寂者點綴其間，便成缺陷。」（汪琬《說鈴》）

漁洋不但認爲自己是「富貴人而喜寂寥風味」〔註15〕，更曾坦言自己淡於仕進的性格：「余兄弟少無宦情，同抱箕穎之志，居常相語，以十年畢婚宦，則耦耕醴泉山中，踐青山黃髮之約。」（《漁洋文·癸卯詩卷自序》）因此，像「奉命代祭」這種他人引爲榮耀的差事，「在他卻寧耽朋好游從，不樂河山跋涉」〔註16〕。由漁洋赴南海前贈與友人的〈留別相送諸子〉，反而更見漁洋特殊的感受與個性的表現。

　　另一方面，所謂「詩中有人」，是否一定要切合事境、率直表現個人當下的喜怒哀樂，讓後人因其詩以知其人、論其世才算呢？對

〔註14〕見《中國詩歌藝術研究》〈中國古典詩歌的意境〉，頁 26。
〔註15〕在清代詩人中，富貴人而喜寂寥風味的，王士禎並非特例，例如楊際昌《國朝詩話》卷一就說：宋犖的七言古詩，是「以臺閣人成山林格者也。〈即事六首〉其一云：『兩年宦況一囊詩，盡日都爲嘯詠時。欲向廳前了公事，二三老吏正圍棋。』……其五云：『雨過山光翠且重，一輪新月掛長松。吏人散盡家僮睡，坐聽寒溪古寺鐘。』此種風致，安得謂宦途中定是塵容俗狀耶？」
〔註16〕見劉世南《清詩流派史》第七章〈神韻詩派〉，頁 216。

此，朱庭珍《筱園詩話》另有一番見解：

> 夫所謂「詩中有我」者，不依傍前人門戶，不摹仿前人形
> 似，抒寫性情，絕無成見，稱心而言，自鳴其天。勿論大
> 篇短章，皆乘興而作，意盡則止。我有我之精神結構，我
> 有我之意境寄託，我有我之氣體面目，我有我之材力準繩，
> 決不拾人牙慧，落尋常窠臼蹊徑之中，任舉一篇一言，皆
> 我之詩，非前人所已言之詩，亦非時人意中所有之詩也。
> 是爲詩中有我。……並非自佔身分，不論是何種題目，其
> 詩必寫自家本身，或發牢騷、或鳴得意、或寓志願、或矜
> 生平，即爲有我在也。（卷一）

簡言之，創作能「自出機杼，成一家風骨」〔註17〕，有自我的精神結
構、意境寄託、氣體面目，也就是所謂的「詩中有我」；並非一定要
在詩中「或發牢騷、或鳴得意、或寓志願、或矜生平」那種「自傳式」
的敘述。吳喬《圍爐詩話》也說：「詩而有境有情，則自有人在其中。」
（卷一）以神韻說所推崇的王維《輞川集》詩爲例，雖然人不見於景
中，但詩人的情懷、其目光之所關注，俱已化入此景此境之中（詳見
本文第四章第三節），即使詩中幾無顯著的哀樂之情流露，但那又何
妨於王維獨特的精神面目的表現呢？

四、詩外尚有事在

趙執信認爲，詩歌要能反映社會生活的內容，要有教化作用。他
說：「詩之道爲也，非徒以風流相尚而已。《記》曰：『溫柔敦厚，詩
教也。』馮先生（班）恆以規人。《小序》曰：『發乎情，止乎禮義。』
余謂斯言也，眞今日之針砭矣夫。」並批評漁洋因鄙薄詩歌中含道理、
議論，而不喜杜甫、白居易等詩人：

> 詩人貴知學，尤貴知「道」。東坡論少陵詩：「詩外尚有事在」，
> 是也。劉賓客詩云：「沉舟側畔千帆過，病樹前頭萬木春」，
> 有道之言也，白傳極推之。余嘗舉似阮翁，答曰：「我所不

〔註17〕袁枚《隨園詩話》卷七引北魏祖瑩語。

解。」〔註18〕阮翁酷不喜少陵，特不敢顯攻之〔註19〕，每舉楊大年「村夫子」之目以語客。又薄樂天而惡羅昭諫（羅隱）。

「詩外尙有事在」的「事」，一指抽象的人生哲理，一指社會現實生活。漁洋的確不主張以詩歌的形式談道論理，他的《居易錄》說：「《詩三百》言情，與《易》太極說理，判然各別。若說理，何不竟作語錄，而必強之爲五言七言，且牽綴之以聲韻，非蛇足乎？」這是著眼於詩歌的抒情特質所作的論斷。更且，就神韻說的角度觀之，神韻說講求意境蘊藉之美，對於明著議論、實寫時事、思想性強而審美感興稍弱的作品，往往評價不高，觀其《三昧集》不錄杜甫、白居易詩即可知。趙執信由神韻說不取現實性較強的杜、白詩，進而譏評漁洋不知「詩外尙有事在」，意指他忽略詩歌議論敘事的具體功能。基於同樣的觀點，後人對《三昧集》宗王、孟而不取李、杜、韓、白詩，也頗有疑異，例如梁章鉅《退庵隨筆》就說：「《三昧集》，則非惟昌黎、香山不載，即李、杜亦一字不登，皆令人莫測其旨。」朱庭珍《筱園詩話》亦云：「孟山人、王右丞，均工於短章五古，擅美一時，而王阮翁選《三昧集》，竟標爲正宗，揚以立教。其選不取李、杜。」（卷四）袁

〔註18〕漁洋對劉禹錫「沉舟側畔千帆過，病樹前頭萬木春」這兩句詩的批評，詳見本文第三章第一節。

〔註19〕趙執信說，漁洋礙於杜甫之盛名，雖不喜杜詩卻「不敢顯攻之」。事實並非如此。漁洋對少陵有褒有貶，疵瑕少陵處如《漁洋詩話》就批評：「杜〈八哀詩〉最冗雜不成章，多啽囈語。」《居易錄》也說〈八哀詩〉：「鈍滯冗長，絕少剪裁。而古今稱之，不可解也。」此即對杜詩「顯攻之」的地方。今人簡恩定《清初杜詩學研究》認爲：漁洋批評〈八哀詩〉冗長鈍滯，「雖與其論詩力主神韻有關，然觀其所摘之句，亦頗爲公允有見，並非一味排杜。」（台北：文史哲，民國75年，頁5）然而，漁洋對少陵並非全盤否定，他相當推重少陵七言古詩的成就，如其《古詩選·七言詩凡例》云：「詩至工部，集古今之大成，百代之下無異詞者。七言大篇，尤爲前所未有，後所莫及。蓋天地元氣之奧，至杜而始發之。」《居易錄》亦云：「七言古詩諸公一調，唯杜甫橫絕古今，同時大家無敢抗行。」而當他看到明人祝允明於《罪知錄》中批評少陵：「以村野爲蒼古，椎魯爲典雅，粗獷爲豪雄」時，更是站在維護少陵的立場，直斥其「狂詩至於如此，醉人罵坐，令人掩耳不欲聞」（《居易錄》）。

枚《隨園詩話》則說：「要之唐之李、杜、韓、白，俱非阮亭所喜，因其名太高，未便詆毀。」（卷三）。

關於《三昧集》選詩的問題，在《師友詩傳續錄》中，漁洋的學生劉大勤曾問道：

> （劉大勤）問：《唐賢三昧集》所以不登李、杜，原序中亦有說，究未了然。
>
> （漁洋）答：王介甫昔選唐詩百家，不入李、杜、韓三家，以篇目繁多，集又單行，故耳。

劉大勤所說的「原序」，是指〈唐賢三昧集序〉，漁洋在序中的解釋與此處相同。但這個理由，翁方綱認為只是「託辭」，他說：

> 漁洋選《唐賢三昧集》，不錄李、杜，自云：「仿王介甫百家詩選之例」，此言非也。先生平日極不喜介甫百家詩選，以為好惡拂人之性，為有仿其例之理。以愚竊窺之，蓋先生之意有難以語人者，故不得已為此託辭云爾。先生於唐賢獨推右丞、少伯諸家得三昧之旨，蓋專以沖和淡遠為主，不欲以雄鷙奧博為宗。若選李、杜而不取其雄鷙奧博之作，可乎？（《七言詩三昧舉隅》）

《三昧集》是漁洋神韻說詩觀的具體呈現，說《三昧集》「專以沖和淡遠為主，不欲以雄鷙奧博為宗」，是不錯的。但關於漁洋對待李、杜、韓、白的態度，還可再補充說明：首先，《三昧集》雖不選李太白詩，但漁洋曾舉太白的〈夜泊牛渚懷古〉、〈玉階怨〉為神韻詩的高標，又曾推太白的「朝辭白帝彩雲間」（〈早發白帝城〉），為唐代七絕的壓卷〔註20〕。其次，《三昧集》擯杜詩而不得錄，主要是因杜詩的特色，與神韻說所標舉的王、孟清音不相類，正如屠隆所云：「少陵沉雄博大，多所包括，而獨少摩詰之沖淡幽適，冷然獨往，此少陵平

〔註20〕王士禎《唐人萬首絕句選・凡例》曰：「昔李滄溟（攀龍）推『秦時明月漢時關』一首壓卷，余以為未允。必求壓卷，則王維之『渭城』，李白之『白帝』，王昌齡之『奉帚平明』，王之渙之『黃河遠上』，其庶幾乎！」

生所短也。」（仇兆鰲《杜詩詳注》引）所以，《師友詩傳續錄》中劉大勤問漁洋：「《三昧集》序，羚羊挂角云云，即音流絃外之旨否？閒有議論痛快，或以序事體爲詩者，與此相妨否？」漁洋答曰：「至於議論序事，自別是一體。故僕嘗云：『五七言有二體，田園邱壑，自是陶、韋；鋪敍感慨，當學杜子美〈北征〉等篇也。』」可見議論痛快、鋪敍感慨的詩篇，在漁洋眼中「別是一體」，是不合乎神韻說「羚羊挂角，音流絃外」之旨的。

再者，《三昧集》成於康熙二十七年。在此之前，漁洋已於康熙二十二年選編《古詩選》，二十六年時，又將「唐人選唐詩九種及宋姚玄《唐文粹》所錄詩，汰其俚淺者，爲《十種唐詩選》」〔註21〕。在這兩部詩歌選集中，有以下二點值得注意：

第一，《古詩選》中，錄李白五言古風二十七首，杜甫七言詩六十七首，韓愈七言詩三十五首，而王維詩卻只選了七言古詩七首，五言古詩一首不取〔註22〕，孟浩然詩更完全不錄。也就是說，《三昧集》所不取的李、杜、韓詩，在《古詩選》中被大量選入，而王、孟入選的作品卻出奇的少。反觀《三昧集》，著錄了王維古近體詩一百一十二首、孟浩然詩四十八首，與《古詩選》相比，益可見《三昧集》蓄意凸顯王、孟清音爲神韻典範的主體性。

第二，《十種唐詩選》中的《唐文粹・詩選》，據漁洋〈唐文粹詩選序〉自稱，這是他「少習是書（指姚玄《唐文粹》），猶惜其雅俗雜揉，未盡刊削」，故自己加以刪定，使其「去俗存雅，唐賢之菁藻益發越於千載之下」。其中不乏韓愈、白居易的作品，而且選錄了白居易反映現實的〈秦中吟〉十首。由此可知，在漁洋眼中，這類詩亦屬

〔註21〕語見徐乾學〈十種唐詩選序〉。王士禎《十種唐詩選》的十部唐詩選集是：《河嶽英靈集》、《中興間氣集》、《國秀集》、《篋中集》、《搜玉集》、《御覽詩集》、《極玄集》、《又玄集》、《才調集》、《唐文粹・詩選》。

〔註22〕漁洋《古詩選》不錄王維的五言古詩，據沈德潛的弟子趙文哲的解釋，乃因王維五言詩「雋永超詣，全是一片妙悟。故王漁洋不入《古詩選》，而以冠《三昧集》。」（《嫏嬛堂詩話》）

「唐賢之菁藻」。但是，到了擇定《三昧集》時，漁洋卻不著錄白居易詩，這主要由於白詩不合「神韻說」的旨趣〔註23〕，誠如翁方綱所云：「漁洋先生極不喜詩作大盡致語，所以於唐人不喜白公，甚至戒初學不可輕看白詩。此雖太過之言，亦即其三昧之所以爲三昧也。」〔註24〕（《七言詩三昧舉隅》）不選白居易盡致之詩，才見得《三昧集》之所以爲《三昧集》。

以上經由《古詩選》、《十種唐詩選》與《三昧集》三本出自漁洋之手的唐人選集的比較，更可看出《三昧集》以「神韻」爲準繩的去取傾向。正因爲《三昧集》摒除杜、韓、白等人之作，而奉王、孟沖淡清遠之作爲式，神韻詩的特色才得以充分彰顯。如果《三昧集》又重複了《古詩選》、《十種唐詩選》所選之詩，那才真是「令人莫測其旨」了。

神韻說不取現實性強的杜甫、白居易詩，被趙執信譏爲不知「詩外尚有事在」；而奉王、孟山水清音爲典範、以之主導創作，亦被後來的論者指爲脫離人生，於世無益，只能「品題泉石，摹繪煙霞」而已，例如：

> 自漁洋倡神韻之說，於唐人盛推王、孟、韋、柳諸家，今之學者翕然從之，其實不過喜其易於成篇，便於不學耳。詩三百篇，孔子所刪定，其論詩，一則云溫柔敦厚，一則云可以興觀群怨，原非但品題泉石，摹繪煙霞耳。洎乎畸士逸客，各標幽賞，乃別爲山水清音。此不過詩之一體，不足以盡詩之全也。（梁章鉅《退庵隨筆》）

> 輞川於詩，亦稱一祖。然比之杜公，真如維摩詰之於如來，確然別爲一派。尋其所至，只是以興象超遠，渾然元氣，

〔註23〕就選輯的時間範圍來講，《三昧集》所選的詩人，王士禎〈唐賢三昧集序〉明確的劃定爲「張曲江（九齡）開盛唐之始，韋蘇州（應物）殿盛唐之後」，而白居易生於唐代宗大曆年間（772～846），於時間上亦不符。

〔註24〕但是翁方綱也説：「阮亭獨標神韻，言各有當耳。阮亭先生意中，卻非抹煞白公之妙也，看《十選》中所取自見。」（《石洲詩話》卷二）

－136－

爲後人所莫及；高華精警，極聲色之宗，而不落人間聲色，
所以可貴。然愚仍不喜之，以其無血氣、無性情也。譬如
絳闕仙宮，非不尊貴，而於世無益。（方東樹《昭昧詹言》卷
十六）

今人也有類似的批評，如：勞榦〈論神韻說與境界說〉認爲：《唐賢
三昧集》以王維、孟浩然爲主，「這是由於他所認識的『神韻』較爲
褊狹，祇能在一個比較小的天地中纔能活動。」﹝註25﹞周振甫《文論
散記》說：王士禛提倡神韻說，採取王、孟等人的寫景物詩，強調「雋
永超詣」，「但又脫離政治、脫離社會，取消了詩歌反映生活的深度和
廣度。」﹝註26﹞敏澤《中國文學理論批評史》則云：漁洋不喜杜甫、
白居易等人的作品，「正是由於他們的創作在一定程度上比較直接地
揭露了封建統治的黑暗。王士禛對這樣的創作不滿，正表明了他作爲
『右丞之支裔』的思想上的落後性。」﹝註27﹞劉河〈王漁洋「詩論議
末」〉一文亦認爲：神韻說的理論，「用以描繪景物，只能給人以南宗
畫的印象，用以反映社會現實，僅是一種閒情逸致的生活情調的嚮往
和追求而已。」﹝註28﹞這些批評所持的立場，與趙執信相同，都認爲
詩歌必須肩負反映現實的任務，也就是說，「詩的價值意義不在詩人
或接受者個體心靈中獲得實現，而是在人的心靈之外的社會秩序中獲
得實現」﹝註29﹞。王夢鷗《文學概論》論文學的純粹性時即說：「雖
然當時有一些人反對『神韻說』，……但反對者的觀點既未脫離實用
價值，根本就沒有觸到文學的純粹性。」﹝註30﹞陳祥耀《中國古典詩
歌叢話‧清詩話》亦云：「士禛處清廷統治漸趨鞏固與表面承平之世，

﹝註25﹞見劉守宣主編《中國文學評論》第二冊（臺北：聯經，民國 66 年，
　　　　頁 123）。
﹝註26﹞見周振甫《文論散記》（北京：學苑，1993 年，頁 38）。
﹝註27﹞見敏澤《中國文學理論批評史》（長春：吉林教育，1993 年，頁 1160）。
﹝註28﹞文見《貴陽師專學報》（社科版），1991 年第二期。
﹝註29﹞語見李青春〈在人格與詩境的相通處──論中國古代詩學的文化心
　　　　理基礎〉一文（《文學評論》，1996 年第二期）。
﹝註30﹞見《文學概論》第二十二章〈純粹性〉，頁 241。

詩多模山範水，抒懷弔古之作，不能多寫可歌可泣之社會矛盾，今人以此少之，實爲苛求。」更何況，身爲一個詩人的使命，除了反映現實，重要的是須有「境界」的呈現，王國維即云：

> 世無詩人，即無此種境界。夫境界之呈現於吾心而見於外物者，皆須臾之物也；惟詩人以此須臾之物，鐫諸不朽之文字，使讀者自得之。（《人間詞話·附錄》）

「能寫眞景物眞感情」即爲「有境界」（王國維《人間詞話》），並不限定某種題材，內容。誠如吳雷發《說詩菅蒯》所云：

> 「詩要寄託遠大，老杜詩中，時時以君國爲念，故爾不同」，此說是矣。然以鄙見論之，有不盡然者。高人隱士之詩，以世外之人而爲世外之語，寂靜之中具有妙理，今謂其不以君國爲念而吐棄之乎？

詩歌創作，原不必篇篇以君國爲念、求爲有用於世；抒性靈、發神韻等純粹性藝術作品，也是不可少的。

悅情山水，淡化情感，抽離具體事境，表現空靈縹緲的意境，的確是神韻說有所偏至的審美取向。因爲，詩歌之所以有味之不盡的餘韻，在於詩境的不即不離、若遠若近、似乎可解不可解之間。若詩中事境太過具體、眞實，敘述過於詳盡，對詩歌意境的生發，反而是一種限制。這是就詩歌的藝術性而言。而大陸的學者，則從神韻說產生的政治背景，來解釋他爲何高標朦朧詩境，而不喜痛快淋漓的議論敘事，例如：劉世南《清詩流派史》就說，漁洋在眾多盛唐詩人中獨取王、孟，這是當時的政治現實促使他作出的選擇：「然而康熙之時，文網漸密，社會上已形成『喜讀閒書，畏聞莊論』的風氣，他（漁洋）不能不注意收斂，因而只得將淡淡的哀愁和悠閒的情趣寄託於林泉間。」這是從政治氣氛的嚴峻，說明「神韻說」主導之下的創作何以要避開議論敘事〔註31〕。朱則杰《清詩史》則認爲：「神韻詩大量『範

〔註31〕吳調公《神韻論》也有類似的看法，他認爲王漁洋在文學藝術的詩情畫意中，力圖淡化那一個特定時代裏，「民族矛盾和知識分子隨時可以遭遇不測之禍的驚人噩夢。」（頁77）

水模山，批風抹月』，無意中將人們的目光從改朝換代的慘酷現實引向遠離社會的自然美景，這就更加顯示出一種『盛世元音』的局度。」〔註32〕這顯示神韻說所標舉的山水靜境，正符合清初特殊的政治環境需要。成復旺《中國文學理論史》也說：「王士禎的詩論，足以把人們的思想情緒從國破家亡的民族悲劇中引誘到清幽淡遠的藝術境界裏去，可謂正中統治者的下懷。」〔註33〕與其說漁洋的詩論正中統治者的下懷，倒不如說，在「神韻說」主導之下，那種將距離從政治時空中拉開、縹緲清空的作品，比較適合在當時的政治條件下生存。

　　所以，從立身處世於社會的角度而言，神韻說的確與現實生活、社會人生距離較遠。但是，經由以上的探討，即可了解神韻說此種傾向，一是出於對詩歌純藝術的要求，二則乃是受制於政治環境，而不得不然的趨向。

五、「不著一字，盡得風流」並非極則

　　針對漁洋舉司空圖《詩品》含蓄一品的「不著一字，盡得風流」為神韻立說，趙執信提出反駁云：

> 司空表聖云：「味在酸鹹之外。」蓋概而論之，豈有無味之詩乎哉！觀其所第二十四詩品，設格甚寬，後人得以各從其所近，非第以「不著一字，盡得風流」為極則也。
> 清新俊逸，杜老所重，要是氣味神采，非可塗飾而至。然亦非以此立詩之標準。觀其他日稱李，又云：「筆落驚風雨，詩成泣鬼神。」

趙執信認為，藝術風格，應由作家隨其性情、題材、內容所近，自由表現。「不著一字，盡得風流」的含蓄風格，只是藝術風格中的一種，儘管是重要的一品，但不能把它當作唯一奉行的準則〔註34〕。王漁洋

〔註32〕見朱則杰《清詩史》，頁205。
〔註33〕見成復旺等著《中國文學理論史——明清鴉片戰爭前時期》，頁531。
〔註34〕彭強民〈論中國古代文學的審美批評標準〉一文也談到：含蓄之美「只能是表明一種傾向，而不可能作為一種普遍性的藝術要求。因為也有『直而妙』、『露而妙』的作品，如清代賀貽孫《詩筏》論道：

所推崇的司空圖，既然列了「二十四詩品」，風格標舉得如此之寬，作家自然可以根據自身的藝術修養、氣質特性，去表現與自己相近的藝術風格。以杜甫對李白的評價爲例，在〈春日憶李白〉裏，杜甫稱太白是「清新庾開府，俊逸鮑參軍。」在〈寄李十二白二十韻〉裏，他又讚揚李白「筆落驚風雨，詩成泣鬼神」，意思是說，李白在清新、俊逸之外，還有豪放、遒勁的風格；杜甫並未以「清新俊逸」爲太白詩的唯一風格。同一作家尚且兼具多種面貌，又怎能以神韻含蓄爲唯一標準，去要求所有的作家與作品呢？

「不著一字，盡得風流」，的確爲神韻說所追求的理想詩境，但是，漁洋並未因此而「舉一格以繩古今天下」（朱庭珍《筱園詩話》卷四）。漁洋的弟子何世璂曾記漁洋口授論詩之語云：「爲詩各有體格，不可混一。如說田園之樂，自是陶、韋、摩詰；說山水之勝，自是二謝；若道一種艱苦流離之狀，自然老杜。不可云：我學某一家，則無論哪一等題，只用此一家風味也。」（《然鐙記聞》）不同題材各有學習的典範，自然呈現不同的風味、風格。這是就詩歌題材而言，漁洋特別強調「不可混一」，不可一種風格到底。如果就詩歌體製來說，漁洋對五、七言詩的藝術表現，也有不同的要求，並非一律以「不著一字，盡得風流」爲準繩。漁洋學生劉大勤曾問：「五言忌著議論，然則題目有應著議論者，只可以七言古行之，便不宜用五言體耶？」漁洋答：「亦看題目如何，但五言以蘊藉爲主，若七言則發揚蹈厲，無所不可。」又云：「五言著議論不得，用才氣馳騁不得。七言則須波瀾壯闊、頓挫激昂。」（《師友詩傳續錄》）可見漁洋並不因爲主張神韻含蓄，就反對其他的詩歌風格。誠如袁枚所云：

> 嚴滄浪借禪喻詩，所謂「羚羊挂角，香象渡河，有神韻可味，無跡象可尋」，此說甚是，然不過詩中一格耳。……詩

〈十九首〉之妙，多是宛轉含蓄，然亦有直而妙，露而妙者：『昔爲倡家女，今爲蕩子婦。蕩子行不歸，空床難獨守』是也。」（《文藝理論研究》，199 年第四期）

不必首首如是，亦不可不知此種境界。(《隨園詩話》卷八)

「神韻」只是詩中一格，「詩不必首首如是，亦不可不知此種境界」，所言可謂公允。漁洋提倡清空無跡的神韻，同時也不否定議論敘事、波瀾壯闊之作；他標舉王、孟的自然清音為神韻典範，但也承認、尊重杜甫的「大家」地位〔註35〕。所以，陳祥耀為王漁洋所作的評傳中說：「從王氏的更多的言論和他的整個批評、創作實踐看，他在取資廣博、觀點比較全面之中，還有他的獨特的旨趣，這就是強調『神韻』。看不到前者，會誤認王氏論詩的眼界過於狹隘、簡單；看不到後者，又會對王氏的論詩旨趣，迷失主次。」〔註36〕此言洵為的論。

第二節　神韻說的補充修正者

一、沈德潛

沈德潛為崛起於乾隆年間的詩學家，是繼王士禎之後，「海內之士尊若山斗，奉為圭臬」(王豫《群雅集》卷一)領袖詩壇的人物。在論詩方面，沈德潛也經常使用「神韻」一詞來評詩。如《說詩晬語》中說：「袁景文〈題蘇李泣別圖〉，神韻雙絕。」「鄭都官（谷）〈詠鷓鴣〉則云：『雨過青草湖邊過，花落黃陵廟裏啼。』此又以神韻勝也。」又《唐詩別裁集》中評高適〈夜別韋司士〉云：「皆近體酬應詩，因神韻，使人不覺，知近體貴神韻也。」(卷十三)評杜牧的絕句也說：「牧之絕句，遠韻遠神。」(卷二十)也有不直接用「神韻」一詞，而以「絃

〔註35〕王士禎《古夫于亭雜錄》卷四引宋人許顗之言云：「『東坡詩如長江大河，飄沙卷沫，枯槎束薪，蘭舟繡鷁，皆隨流矣。珍泉幽澗，激澤靈沼，可愛可喜，無一點塵滓，只是體不似江河耳。』余謂由上所云，唯杜子美與子瞻足以當之。由後所云，則宣城（謝朓）、水部（何遜）、右丞、襄陽、蘇州（韋應物）諸公是也。大家、名家之別在此。」可見在王士禎心目中，杜甫、蘇軾足當大家。

〔註36〕見牟世金編《中國古代文論家評傳》之「王士禎」（頁906）。

外音」、「味外味」等神韻的同義語評詩者，如《說詩晬語》云：

> 七言絕句，以語近情遙，含吐不露爲主。只眼前景、口頭
> 語，而有絃外音、味外味，使人神遠，太白有之。
> 王龍標（昌齡）絕句，深情幽怨，意旨微茫。「昨夜風開露
> 井桃」（〈春宮怨〉）一章，只說他人承寵，而己之失寵，悠
> 然可思，此求響於弦指之外也。

他在〈石香詩鈔序〉中，更說明神韻的性質與重要性：

> 夫韻不可以跡象求，不可以聲響著，流於跡象聲響之外，
> 而仍存於跡象聲響之間。此如畫家六法然，無論神品、逸
> 品，總以氣韻爲上。蓋無韻則薄，有韻則厚；無韻則死，
> 有韻則生。此北宗之不如南宗，韻不足也。審是而詩之貴
> 韻更可知已。

「無韻則死，有韻則生」二句，出自明代以神韻論詩的陸時雍《詩鏡
總論》；而重視弦外之響、求神韻於有形的跡象聲響之外的主張，則
與王士禎神韻說的觀點幾無二致。至於詩歌餘韻的產生，沈德潛也認
爲是蘊藉含蓄所致，其《清詩別裁集·凡例》云：「唐詩蘊蓄，宋詩
發露。蘊蓄則韻流言外，發露則意盡言中。」此外，他對王、孟山水
寫景詩評價也很高，見本文前一章。但是，沈德潛雖然引用並表現出
對神韻的重視，卻還是依據自己的觀點，將神韻說做了調整與補充。
首先，不論在詩歌鑑賞還是創作上，神韻說都由詩歌的藝術性出發，
強調「不著一字，盡得風流」、「爲詩要從風致入手」。而沈德潛論詩，
神韻卻非居於首要位置，其〈七子詩選序〉中說：

> 予惟詩之爲道，古今作者不一，然攬其大端，始則審宗旨，
> 繼則標風格，終則辨神韻，如是焉而已。予曩昔有古詩、
> 唐詩、明詩諸選，今更甄綜國朝詩，嘗持此論，以爲準的。
> 竊謂宗旨者，原乎性情者也；風格者，本乎氣骨者也；神
> 韻者，流於才思之餘，虛與委蛇而莫尋其跡者也。

後文還稱讚所序之詩，「宗旨之正，風格之高，神韻之超逸而深遠，
自有不期而合者」，由此可知他評詩的三項要求是：一是審察宗旨，

是指詩歌所表現的思想情感是否正大。二是講求風格，他認爲「風格者，本乎氣骨者也」，可見他所謂的「風格」，不是指詩歌的體式架構，而是指詩人的品格直貫至作品中，所形成的作品風格（所以才會有「風格之高」這樣的評語，顯示有高下之分）。三是辨神韻，品味詩的藝術性，是否具有超逸深遠的意境。從宗旨、風格、神韻這個程序，可知沈德潛論詩，優先考慮的是宗旨是否正大，再看風格的高雅與否，最後才是神韻美感的講究。例如他評王維、李頎、高適、岑參諸人：「品格既高，復饒遠韻，故爲正聲。」（《說詩晬語》卷上）先說品格之高，再賞其饒富遠韻。神韻不是第一的要求，也不是衡量詩歌的最高標準。

　　將神韻放在宗旨、風格之後，這是沈德潛論詩與漁洋「神韻說」最大的分歧。王漁洋追求的是純粹的詩歌藝術之美，不涉及政教風化；而沈氏則十分強調詩的政教功能〔註37〕，重視詩歌對社會人心的引導，所以劉若愚《中國文學理論》稱他爲「儒家實用理論批評家」〔註38〕。他的《說詩晬語》卷上開宗明義第一則即曰：

　　　　詩之爲道，可以理性情、善倫物、感鬼神、設教邦國、應
　　　　對諸侯，用如此其重也。

其〈湖北鄉試策問四道〉之四亦云：「詩者用以厚人倫、美教化、移風俗，非如後世所云緣情綺靡已也。」《清詩別裁集‧凡例》更說：「詩必原本性情，關乎人倫日用，及古今成敗興壞之故者，方爲可存，所謂其言有物也。」可見他主張詩要關乎人倫日用、反映社會現實。因其重視詩歌的教化功能，所以他肯定白居易：「白樂天詩，能道盡古今道理，……使言者無罪，聞者足戒。」（《說詩晬語》卷上）、「樂天忠君愛國，遇事託諷，與少陵相同。」（《唐詩別裁集》卷三）因爲要

〔註37〕蕭華榮《中國詩學思想史》比較漁洋與沈德潛的詩學說：「王士禎完
　　　　全是就詩論詩，注重詩美，追求純藝術，不涉及政治風化，沈德潛
　　　　則十分強調詩的政教倫理功能。」（頁343）
〔註38〕見劉若愚著、杜國清譯《中國文學理論》，頁244。

求詩歌發揮「美教化、移風俗」的作用，所以沈德潛也十分重視詩人本身的學識修養，他說：「有第一等襟抱，第一等學識，斯有第一等真詩。」(《說詩晬語》卷上) 襟懷高遠，人品高尚的人，才能寫出好詩。神韻說雖然也重視詩人的根柢學問、性情修養，但論創作時，關注的仍是藝術靈感的興發，認為好詩來自佇興而就、興會神到，並不直接把優秀的詩篇繫於優秀的人品。

此外，沈德潛還對神韻說所崇尚的含蓄蘊藉、清空悠遠之風提出補充。沈德潛為清代「格調說」的代表人物〔註39〕，格調說的要點學說之一，即是以格力雄壯、氣象雄渾的詩歌風貌為理想。李重華《貞一齋詩話》認為：「學王、孟之失者，其弊在闃寂。」沈德潛提倡李、杜、韓詩雄渾壯闊的風格，即是有意以之補救學王、孟者可能流於空寂的弊端〔註40〕。在沈德潛之前，宋犖（1634～1713）《漫堂說詩》就已指出《三昧集》之選，「原本司空表聖、嚴滄浪緒論，所謂言有盡而意無窮，妙在酸鹹之外者，以此力挽尊宋祧唐之習，良於風雅有裨。至於杜之海涵地負，韓之鼇擲鯨呿，尚有所未逮。」本章上一節談到，清人對《三昧集》之專主王、孟而不選李、杜，頗有質疑；而宋犖雖然對《三昧集》表示肯定，但也對漁洋擯除杜甫、韓愈表示遺憾。沈德潛也有相同的看法，《說詩晬語》曰：

> 司空表聖云：「不著一字，盡得風流」，「采采流水，蓬蓬遠春」。嚴滄浪云：「羚羊挂角，無跡可求」。蘇東坡云：「空山無人，水流花開」。王阮亭本此數語，定《唐賢三昧集》。木玄虛云：「浮天無岸」。杜少陵云：「鯨魚碧海」。韓昌黎云：「巨刃摩天」。惜無人本此定詩。(卷下)

〔註39〕王鎮遠、鄔國平《中國文學批評通史·清代卷》云：「沈德潛崇尚李白、杜甫為代表的雄放剛健詩風，欲提倡開闊豪邁的盛世氣象，故上追唐人，下接七子，追求高格，被視為接緒七子的格調說代表。」(頁447)。

〔註40〕吳宏一《清代詩學初探》說：「據他（沈德潛）看來，王士禎神韻說的可議之處，只是缺少杜、韓之雄深雅健而已，因此，他提出了格古調逸的主張，來補正神韻說可能空寂的弊端。」(頁198)。

　　「浮天無岸」、「鯨魚碧海」是一種雄渾壯闊之境，沈德潛對於漁洋選唐詩而不錄李、杜、韓豪壯之作表示惋惜。不過，他並不只是「惋惜」而已，他還將這個想法付諸實踐，其〈重訂唐詩別裁集序〉說：

> 新城王阮亭尚書選《唐賢三昧集》，取司空表聖「不著一字，盡得風流」，嚴滄浪之「羚羊挂角，無跡可求」之意，蓋味在酸鹹之外也。而於少陵所云「鯨魚碧海」，韓昌黎所云「巨刃摩天」者，或未及之。余因取杜、韓語意定《唐詩別裁》，而新城所取，亦兼及焉。

「巨刃摩天」出自韓愈〈調張籍詩〉：「想當施手時，巨刃摩天揚」。可見沈氏於唐詩，主要是取杜、韓雄渾開闊的詩風，再「兼及」漁洋偏於清遠古澹的詩境，此與《三昧集》專意凸顯清遠古澹的神韻，全然不選李、杜、韓詩相比，兩者審美好尚的不同顯然可見。再看下面這兩段話：

> 王摩詰七言律，風格最高，復饒遠韻，為唐代正宗。然遇杜〈秋興〉、〈諸將〉、〈詠懷古跡〉等篇，恐瞠乎其後。以杜能包王，王不能包杜也。（《唐詩別裁集》卷十三）

> 老杜以宏才卓識、盛氣大力勝之。讀〈秋興〉八首，〈詠懷古跡〉五首，〈諸將〉五首，不廢議論，不棄藻繢，籠蓋宇宙，鏗戛韶鈞，而縱橫出沒中，復含醞藉微遠之致；目為「大成」，非虛語也。（《說詩晬語》卷上）

杜詩在氣盛格高的面目中，復含蘊藉微遠的神韻，這就是「杜能包王」；而王維的「復饒遠韻」卻不能涵括杜甫的「盛氣大力」、「籠蓋宇宙」，這是「王不能包杜」。可見沈德潛認為，雄渾是可以蘊含神韻之美的。以雄渾濟神韻，就能調和神韻說一味追求清幽淡遠的偏至。

二、袁枚

　　清乾隆時期，除沈德潛之外，另一位旗幟鮮明的詩人兼詩論家是袁枚——清代詩學「性靈說」的提倡者。他在《隨園詩話》中論漁洋云：

阮亭先生，自是一代名家。惜譽之者既過其實，而毀之者
亦損其真。須知先生才本清雅，氣少排戛，爲王、孟、韋、
柳則有餘，爲李、杜、韓、蘇則不足也。余學遺山〈論詩〉
一絕云：「清才未合長依傍，雅調如何可詆娸？我奉漁洋如
貌執，不相菲薄不相師。」(卷二)

說漁洋詩屬王、孟、韋、柳清雅一派，正指出神韻說的審美取向。袁
枚在此表明對漁洋採取的態度是：「我奉漁洋如貌執，不相菲薄不相
師。」但是，實際上他對漁洋的神韻說是既有吸取也有所批評的。第
一，論創作動力，他和神韻說同樣重視「興會所至」、「即景成趣」，
認爲「自古文章所以流傳至今者，皆即景即情，如化工肖物，著手成
春。」(《隨園詩話》卷一，以下只注卷數)他說：

作詩興會所至，容易成篇。改詩則興會已過，大局已定，
有一、二字於心不安，千力萬氣，求易不得。(卷二)

蕭子顯自稱：「凡有著作，特寡思功，須其自來，不以力搆。」
此則陸放翁所謂「文章本天然，妙手偶得之」也〔註41〕。(卷
五)

今夫越女之論劍術曰：「妾非受於人也，而忽自有之。」夫
自有之者，非人與之，天與之也。(《趙雲松甌北集序》)

即景成趣，興會成篇，不蹈襲、不模仿前人，才能光景常新，自然天
成。上列引文的第二、第三則，漁洋也曾用以論神韻說「佇興而就」
的創作觀。由於強調「須其自來，不以力搆」式的水到渠成，漁洋說：
「予平生爲詩不喜次韻，不喜集句，不喜數疊前韻。」(《香祖筆記》)。
對此，袁枚也頗有同感：「阮尙書自言一生不次韻，不集句，不聯句，
不疊韻，不和古人之韻，此五戒與余天性若有暗合。」(卷五)。

　第二，論詩的美感，袁枚也認爲詩歌貴在有「弦外之音」，「味外

〔註41〕對於藝術創作的過程，袁枚雖有「文章本天然，妙手偶得之」的天
籟說，但也不廢人巧，由此段引文的下文可知：「薛道衡登吟榻構思，
聞人聲則怒。陳後山作詩，家人爲之逐去貓犬，嬰兒都寄別家，此
即少陵所謂『語不驚人死不休也』。二者不可偏廢，蓋詩有從天籟來
者，有從人巧得者，不可執一以求。」

之味」。他的〈錢竹初詩序〉說：

> 余嘗謂作詩之道難於作史，何也？作史三長，才、學、識
> 而已。詩則三者宜兼而尤貴以清韻將之，所謂弦外之音，
> 味外之味也。(《小倉山房文集續集》卷二十八)

把才、學、識並融為「弦外之音，味外之味」，就是說作詩亦需有才、有學、有識，但不應生搬硬套、逞才炫學，而要「以清韻將之」，統一、融化於詩的韻味、意境之中。此與神韻說之「興會發以性情，根柢由於學問」、「為詩要多讀書以養其氣，多歷名山大川以擴其眼」的觀點相同，都是就神韻與個人學養的關係來談，而袁枚將個人的學力才識與「清韻」直接連繫起來，使才、學、識與詩歌神韻的形成，關係更為明確、落實。由於重視詩歌的絃外之音，袁枚批評東坡的近體詩「少蘊釀烹煉之功，故言盡而意亦止，絕無絃外之音，味外之味。」（卷三）又批評當代的詩人：「余謂今之作者，味內味尙不能得，況外味乎？」（卷六）此外，就詩歌的「神韻」與「體格」而言，他認為神韻比體格更重要，其〈再答李少鶴書〉云：

> 足下論詩，講體格二字，固佳。僕意神韻二字，尤為緊要。
> 體格是後天空架子，可仿而能；神韻是先天眞性情，不可
> 強而至。木馬泥龍皆有體格，其如死矣無所用何。(《小倉山
> 房尺牘》卷十)

按袁枚的說法，詩歌的「體格」是後天的「空架子」，也就是外在形式，是可以經過學習模仿而能；「神韻」則出自先天的眞性情，無法勉強搆得。詩歌創作，空有完整的體格卻毫無個人的眞切情感充實內容，那就像木造的馬、泥塑的龍，只有外貌而沒有生命、精神。這種說法，近似於陸時雍所云：「有韻則生，無韻則死」。不過，袁枚此處所謂的「神韻是先天眞性情」，幾乎將神韻與性情等同起來，而性情正是袁枚性靈說的核心。袁枚〈答曾南村論詩〉嘗云：「提筆先須問性情，風裁休畫宋元明。」(《小倉山房詩集》卷四)，又說：「曰『詩言志』，言詩之必本乎性情也。」（卷三）、「詩寫性情，惟吾所適。」

（補遺卷一）不但詩歌創作緣情而發，詩也以達情爲主。而且，袁枚
還強調性情須「眞」，他贊同王陽明所說的：「人之詩文，先取眞意」
（卷三），主張「詩如鼓琴，聲聲見心」（《續詩品·齋心》）。說神韻
是先天「眞性情」，這是從性靈說的立場出發，把神韻納入了性靈說
的體系中。

　　第三，對於抽象的「神韻」要如何表現，也就是藝術表現虛與實
的問題，袁枚也有精要的論述，他說：

　　東坡云：「作詩必此詩，定非知詩人」，此言最妙。然須知
　　作此詩而竟不是此詩，則尤非詩人矣。其妙處總在旁見側
　　出，吸取題神，不是此詩，恰是此詩。（卷七）

詩的神韻，在於「旁見側出，吸取題神」，既不可拘泥形跡，又不能
逸出題旨；表面上看來似乎不作正面描述，不直接切入題旨，卻「恰
是此詩」，此即是漁洋所云「不犯正位」、「不即不離」之意。又曰：

　　嚴冬友曰：「凡詩文妙處，全在於空，譬如一室之內，人之
　　所遊焉息焉者，皆空處也。若室而塞之，雖金玉滿堂，而
　　無安放此身處，又安見富貴之樂耶？鐘不空則啞矣，耳不
　　空則聾矣。范景文《對床錄》云：『李義山〈人日詩〉，塡
　　砌太多，嚼蠟無味。……』」（卷十四）

詩歌耐人咀嚼的妙處，並不在於實，而在於「空」處；在於適當的留白，
而非一味的塡實堆砌。過於詳盡的描寫，只會使作品像實心的鐘，無法
發出悠揚的韻聲；又像塞滿的耳朵，聽不見任何聲音。袁枚此處引嚴冬
友之言，連續以「一室之內，若室而塞之」，則「無安放此身處」、「鐘
不空則啞，耳不空則聾」、「李義山〈人日詩〉，塡砌太多，嚼蠟無味」
這幾個例子，從反面說明詩歌「空」處予人美感、聯想的重要性，可說
將神韻論「含蓄蘊藉」、「不可明白說盡」的主張，做了另一種闡發。

　　第四，神韻說有「詩家惟論興會，道里遠近，不必盡合」的觀點，
袁枚也有「詩家使事，不可太泥」的說法：

　　詩家使事，不可太泥，白傳〈長恨歌〉：「峨嵋山下少人行」，
　　明皇幸蜀不過峨嵋。謝宣城詩：「澄江淨如練」（〈晚登三山

還望京邑〉），宣城去江百餘里，縣治左右無江。相如〈上
林賦〉，「八川分流」，長安無八川。（卷一）

唐人「姑蘇城外寒山寺，夜半鐘聲到客船」（張繼〈楓橋夜
泊〉），詩佳矣。歐公譏其夜半無鐘聲，作詩話者又歷舉其
夜半之鐘，以實證之。如此論詩，令人夭閼性靈，塞斷機
栝，豈非詩話作而詩亡哉。（卷八）

兩則引文分別從作者和讀者的角度，說明詩歌不宜「刻舟緣木求之」
（《池北偶談》卷十八）。就創作來說，袁枚認為詩歌非紀實的實錄，
作者構思、遣詞，未必要句句符合歷史、地理上的客觀事實。歷來名
作如白居易〈長恨歌〉云：「峨嵋山下少人行」，雖然唐玄宗避難四川
並未經過峨嵋，與事實不符，卻無礙於此詩整體的藝術表現。而讀者
讀詩，也不應以句句屬實為要求。以張繼〈楓橋夜泊〉「姑蘇城外寒
山寺，夜半鐘聲到船客」這兩句詩為例，歐陽修曾批評曰：「句則佳
矣，其如三更不是打鐘時。」認為這是「詩人貪求好句，而理有不通」
〔註42〕所造成的語病。之後也有反駁者舉例說明寺院的確有夜半鐘
〔註43〕。不論夜半鐘聲真實與否，這種執著於詩歌與現實是否密切吻
合的態度，令袁枚大歎「夭閼性靈，塞斷機栝」，一經質實的分析考
證，詩歌靈妙的美感盡失，無怪乎他要說「考據家不可與論詩」（卷
十三）。不過，袁枚雖然明白讀詩不可過泥於實的道理，但他此處解
讀「澄江淨如練」云：「宣城去江百里，縣治左右無江。」卻犯了同
樣的錯誤。謝朓此詩的題目是：「晚登三山還望京邑」，可見其創作地
點並非宣城（今安徽宣州），而是「三山」。宋人嚴有翼《藝苑雌黃》
已明辨之云：「予按：謝元暉〈晚登三山還望京邑作〉詩，有『澄江

〔註42〕見歐陽修《六一詩話》。
〔註43〕宋人陳巖肖《庚溪詩話》卷下即云：「姑蘇楓橋寺，唐張繼留詩曰……
　　　　六一居士《詩話》謂：『句則佳矣，其如三更不是打鐘時。』然余昔
　　　　官姑蘇，每三鼓盡四鼓初，即諸寺鐘皆鳴，想自唐時已然也。後觀
　　　　于鵠詩云：『定知別後家中伴，遙聽維山半夜鐘。』白樂天云：『新
　　　　秋松影下，半夜鐘聲後。』……則前人言之，不獨張繼也。」

淨如練』之語。三山在江寧縣北十二里，濱江地名，則此詩非在宣城州治所作也。」（註44）「三山」，位於當時的江寧縣北，建康的西南方，濱長江而立，與李白：「三山半落青天外，二水中分白鷺洲」（〈登金陵鳳凰臺〉）的「三山」爲同一地。「晚登三山還望京邑」，即詩人傍晚登上三山，臨江遠眺當時的都城建康，故有「餘霞散成綺，澄江靜如練」的描寫。詩中的「江」，指的就是長江。袁枚拘於謝朓「宣城太守」的身分，以爲此詩作於宣城，而宣城附近無江，本不應有「澄江靜如練」之語。這又是另一種解讀古人詩篇時，拘泥於現實的例子。

　　以上是袁枚性靈說與神韻說疊合的部分。除了將這些觀點加以吸取，成爲性靈說的內容之外，袁枚對神韻說也有所補充，他認爲神韻只是詩中一格：

> 嚴滄浪借禪喻詩，所謂「羚羊挂角，香象渡河，有神韻可味，無跡象可尋。」此說甚是，然不過詩中一格耳。阮亭奉爲至論，馮鈍吟（班）笑爲謬談，皆非知詩者。詩不必首首如是，亦不可不知此種境界。如作近體短章，不是半吞半吐，超超元著，斷不能得弦外之音、甘餘之味。（《隨園詩話》卷八）

此一問題在本章上一節已談過，趙執信曾批評神韻說並不能涵蓋所有詩歌類型。袁枚進一步說明，神韻只能於短章小詩中要求，至於長篇大作，自當以縱橫揮灑爲尙，不能再侷限於追求神韻而半吞半吐。與袁枚同時的趙翼也有同樣的看法，其《甌北詩話》云：

> 阮亭專以神韻爲主，如〈秦淮雜詩〉……，蘊藉含蓄，實是千古絕調。然專以神韻勝，但可作絕句，而元微之所謂「鋪排終始，排比聲韻，豪邁律切」者，往往見絀，終不足八面受敵爲大家也。（卷十）

鄭燮〈濰縣署中與舍弟第五書〉也認爲：

> 至若敷陳帝王之事業，歌詠百姓之勤苦，剖晰聖賢之精義，

〔註44〕見郭紹虞《宋詩話輯佚》卷下，附輯第十一條，嚴有翼《藝苑雌黃》「謝宣城詩『澄江考』」，頁 542。

描摹英雄之風猷，豈一言兩語所能了事？豈言外有言、味
外有味者所能秉筆而快書乎？……若絕句詩、小令詞，則
必以言外、意外取勝矣。」（《鄭板橋全集‧家書類》）

劉熙載《藝概‧詩概》論絕句體製的藝術特質云：「絕句取徑貴深曲，
蓋意不可盡，以不盡盡之。」「絕句於六義多取風、興，故視他體尤
以委曲、含蓄、自然為尚。」就長篇與絕句比較而言，絕句的確較易
體現「言有盡而意無窮」的神韻。關於這一點，漁洋是深有領悟的，
其《居易錄》嘗云：「坡公〈吳興飛英寺〉詩句云：『微雨止還作，小
窗幽更妍。盆山不見日，草木自蒼然。』〔註45〕古今妙絕語。然不若
截取四句作絕句，尤雋永。如柳子厚『漁翁夜傍西巖宿』，只以『欸
乃一聲山水綠』作結，當為絕唱，添二句反蛇足。」柳宗元〈漁翁〉
原為三韻詩：「漁翁夜傍西巖宿，曉汲清湘燃楚竹。煙銷日出不見人，
欸乃一聲山水綠。回看天際下中流，巖上無心雲相逐。」漁洋認為末
二句為「蛇足」，不如刪去成絕句，反而有「餘情不盡」〔註46〕的效
果，正如謝榛所云：「大篇約為短章，涵蓄有味。」（《四溟詩話》卷
二）由漁洋對這兩首詩的品評，可略見短章絕句確為神韻說所鍾，過
多的文字反成蛇足。相對的，長篇鉅製也就非神韻說所擅長。這是神
韻說的特色，也是它的限制。

三、翁方綱

　　翁方綱生活在乾隆、嘉慶時期，正值清代考據學派盛行之時，他
本身亦精研經術，這顯然影響了他的詩歌創作和論詩主張。就創作來

〔註45〕此處所引蘇軾詩，原題是〈端午遍遊諸寺得禪字〉，全文如下：「肩
　　　　輿任所適，遇勝輒流連。焚香引幽步，酌茗開淨筵。微雨止還作，
　　　　小窗幽更妍。盆山不見日，草木自蒼然。忽登最高塔，眼界窮大千。
　　　　卞峰照城郭，震澤浮雲天。深沉既可喜，曠蕩亦所便。幽尋未云畢，
　　　　墟落生晚煙。歸來歷所記，耿耿清不眠。道人亦未寢，孤燈同夜禪。」
〔註46〕蘇軾評柳宗元此詩云：「其尾兩句，雖不必亦可。」（〔宋〕惠洪《冷
　　　　齋夜話》引）而沈德潛則呼應蘇軾云：「東坡謂刪去末二句，餘情不
　　　　盡。信然。」（《唐詩別裁集》卷八）

看，《清史列傳》稱他是「以學爲詩者」，在他的作品裏，「自諸經注疏以及史傳之考訂、金石文字之爬梳，皆貫徹洋溢於其中。」〔註47〕就論詩的主張而言，他提出「肌理說」，主張詩歌創作不能流於空疏而要講究切實，其基本內涵有二：一是強調「義理之理」，即思想內容的「理」；一是「文理之理」，即形式表達的「理」。由這兩個內涵所具體呈現出來的論詩特色，即是以「學問是否豐富篤實，典故是否確切有據、義理是否清晰深入、文詞是否合乎法度」〔註48〕來作爲評論詩歌的標準。無論詩論或創作，翁方綱均有將考訂訓詁與詞章之事合一〔註49〕的傾向。

翁方綱曾受學於黃叔琳，而黃叔琳爲漁洋的弟子，故翁方綱時常流露出對漁洋的仰慕之意，並說：「先生（漁洋）言詩，窺見古人精詣，誠所謂詞場祖述、江河萬古者矣。方綱幸得承先生門牆緒論，復得與學人訓故齊魯之間，亟以闡揚先生言詩大指爲要務。」（〈小石帆亭著錄序〉）而「肌理」說的提出，據翁方綱自言，正是爲了補神韻說的不足而來。他的《復初齋文集》卷八中，有〈神韻論〉上、中、下三篇，專門闡述他所理解的「神韻」，以及他對漁洋神韻說的補充。其〈神韻論‧上〉說：「今人誤執神韻似涉空言，是以鄙人之見，欲以肌理之說實之。」張維屛《聽松廬文鈔》亦云：「先生（翁方綱）生平論詩，謂漁洋拈神韻二字，固爲超妙，但其弊恐流爲空調，故特拈『肌理』二字，蓋欲以實救虛也。」

神韻說如何流爲空調呢？他認爲神韻說大致有兩個缺點：一是偏而不全，二是虛而不實。就神韻說的偏而不全，翁方綱說：

> 其新城之專舉空音鏡象一邊，特專以針灸李、何一輩之癡肥貌襲者言之，非神韻之全也。且其誤謂理字不必深求其解，則彼新城一叟，實尚有未喻神之全者。（〈神韻論‧上〉）

〔註47〕見《清史列傳》卷六十八《儒林傳》下。
〔註48〕見張少康、劉三富著《中國文學理論批評發展史》下卷，頁433。
〔註49〕翁方綱〈蛾術集序〉說：「士生今日經學昌明之際，皆知以通經學古爲本務，而考訂詁訓之事與詞章之事未可判爲二途。」

神韻者，非風致情韻之謂也。……漁洋所以拈神韻者，特
為明朝李、何一輩之貌襲者言之，此特亦偶舉其一端，而
非神韻之全旨也。（《復初齋文集・坳堂詩集序》）

阮亭三昧之旨，則以盛唐諸家全入一片空澄澹泞中，而諸
家各指其所之之處，轉有不暇深究者。（《石洲詩話》卷一）

他肯定漁洋以「空音鏡象」矯明代復古派專事模擬、貌襲膚廓之弊，
認為「漁洋生於李、何一輩冒襲偽體之後，欲以沖淡矯之，此亦勢所
不得不然。」（《石洲詩話》卷八）但又指摘漁洋為矯李攀龍、何景明
之弊，「一以澄夐淡遠味之，抑不免墮一偏也。」（〈神韻論・中〉）在
翁方綱看來，神韻說所標舉的空澄清澹詩風，不能籠括盛唐諸家之
全；而風致情韻、空音鏡象，亦僅是神韻的一端，非神韻之全旨。他
再三強調，空靈淡遠只是神韻的一個面，漁洋「實尚有未喻神韻之全
者」。那麼，何謂「神韻之全」呢？〈神韻論・下〉有云：

其實神韻無所不該，有於格調見神韻者，有於音節見神韻
者，亦有於字句見神韻者，非可執一端以名之也。有於實
際見神韻者，亦有虛處見神韻者，有於高古渾樸見神韻者，
亦有於情致見神韻者，非可執一端以名之也。此其所以然，
在善學者自領之，本不必講也。

他將神韻的定義做了寬泛的解釋，說神韻是：「詩之所固有者」（〈神
韻論・上〉）、「詩中自具之本然，自古作家皆有之」（〈坳堂詩集序〉）、
是一個「徹上徹下，無所不該」（〈神韻論・上〉）的範疇，各式各樣
的詩都有其神韻。就風格而言，高古渾樸、情致悠遠各有神韻；就形
式而言，神韻可以經由格調、音節、字句來表現；就藝術表現來說，
實寫之處可以有神韻，虛境也能體現神韻，也就是「平實敘述者，三
昧也。空際振奇者，三昧也。渾涵汪茫、千彙萬狀者，亦三昧也」（《七
言詩三昧舉隅》）之意。如此一來，神韻說的範疇的確擴大了，沒有
偏而不全的弊病。然而，相對的，神韻說原本狹義但明確的審美取向，
也隨之泯滅。正如郭紹虞所說：「覃溪之論神韻……特地寫了三篇〈神
韻論〉，然而歸結一句話：『在善學者自領之，本不必講也。』則反而

有些使人模糊了。」〔註50〕

翁方綱對神韻說的另一個批評是：虛而不實，墮於空寂。他說：

> 若以詩論，則詩教溫柔敦厚之旨，自必以理味事境爲節制，即使以神興空曠爲至，亦必於實際出之也。風人最初爲送別之祖，其曰：「瞻望弗及，泣涕如雨」，必衷之以「其心塞淵」、「淑慎其身」。……況至唐右丞、少陵，事境益實，理味益至，後有作者，豈得復空舉絃外之音，以爲高挹群言者乎？（《石洲詩話》卷八）

> 蓋漁洋未能喻「熟精《文選》理」「理」字之所以然，則必致後人誤會「詩有別才」之語，致墮於空寂。……若趙秋谷之議漁洋，謂其不切事境，則亦何嘗不中其弊乎？（〈神韻論・下〉）

肌理說強調：「君子以言有物」、「天下未有舍理而言文者」（〈杜詩「熟精文選理」「理」字說〉），由此一觀點出發，翁方綱批評神韻說之所以「墮於空寂」，虛而不實，乃因詩中言之無物，缺乏理味、事境。就內容缺乏理味而言，他曾說：「自王新城究論唐賢三昧之所以然，學者漸由是得詩之正脈，而未免岐視理與詞爲二途，則不善學之過也。」（同上）意指神韻說的弊端，在於分離了詞與理，只在詞的一面講究，而沒有理味。理味，也就是他所謂「熟精文選理」的「理」，即合乎「孝敬人倫」〔註51〕的義理。在翁方綱看來，一首詩即使寫得再「神興空曠」，也要有道德倫理的內涵，才能對社會起教化作用。就不切事境而言，翁方綱批評：「漁洋意中，蓋純以脫化超逸爲主，而不知古作者各有實境，豈容一概相量乎？」（《石洲詩話》卷六）所謂事境，是指詩人所處的特定時空，特定的環境背景。翁方綱認爲，每個詩人的遭遇各不相同，而同一個詩人也會面臨各種不同的情境。

〔註50〕見郭紹虞《中國詩的神韻、格調及性靈說》，頁58。

〔註51〕翁方綱〈杜詩「熟精文選理」「理」字說〉：「且蕭氏之爲《文選》也，首原夫孝敬之準式，人倫之師友，所謂事出於沉思者，惟杜詩之眞實，足以當之。」

詩歌創作既是緣於詩人所處的實際境況，則詩境應符合其當時的事境，即「文詞與事境應合而一之」〔註52〕。因此，他對於漁洋神韻說之「純以脫化超逸爲主」，而詩人置身其間的具體實境反而模糊朦朧，不表同意，他說：「詩必能切己、切時、切事，一一具有實地而後漸能幾於化也，未有不有諸己、不充實諸己而遽議神化者也。」（〈神韻論・中〉）基於此一觀點，翁方綱對於趙執信批評漁洋「詩中無人」，表示頗有同感〔註53〕，認爲詩歌中所表現的感情，必須與詩人所處的特定事境相合，否則就是「不切事境」，「全無文理」。

　　此外，翁方綱認爲，神韻說「虛而不實」所衍生的另一個缺點是：對於後學者而言，神韻說無可著手之處〔註54〕。前面提到，肌理說重視詩歌內容上的義理，也重視表達上的文理。前者是「言有物」，後者是「言有序」。翁方綱站在「求實」的立場，一方面批評神韻說在主觀思想上沒有理味，客觀環境上不切事境，不符合「言有物」；另一方面，他認爲神韻說沒有爲後學者指出實踐的途徑，不符合「言有序」：

　　　　漁洋第知以澄迴淡泊爲超詣，則猶未深切乎後學所應歷之
　　　　階、所應履之逕爲何也。此事豈可不問何地、何時、何人
　　　　而皆以禪寂入定、山磬清圓爲悟入者耶？……況在今日，

〔註52〕翁方綱〈延輝閣集序〉云：「泥於法者，或爲繩墨所窘；矜才藻者，或外繩墨而馳。是皆不知文詞與事境合而一之者也。」
〔註53〕無獨有偶的，與趙執信一樣，翁方綱評漁洋〈送吳天章歸中條〉詩，也說他不切事境，云：「人之相別，必有因時因地，悲愉欣戚，適意不適意之殊，詩之詞氣因之。即如吳天章此歸，乃其應召試不遇而歸也。雖有秀才下第不同，然與他時之歸，自不可同日而語矣。乃漁洋先生之詩，則不問其何人、何時、何地、何情，率以八寸三分之帽子付之，詩至於此，亦可謂全無文理矣。」後來陳衍著〈翁評「漁洋精華錄」平議〉一文，已就翁方綱對漁洋的指摘予以反駁。（文見錢仲聯主編《明清詩文研究資料輯叢》，長春：吉林文史，1990年，頁120）
〔註54〕翁方綱〈仿同學一首爲樂生別〉云：「昔李、何之徒空言格調，至漁洋乃言神韻，格調、神韻皆無可著手也，予故不得不近而指之曰『肌理』。」（《復初齋文集》卷十五）

經學日益昌明，士皆知通經學古、切實考訂，弗肯效空疏
迂闊之談矣，焉有為詩而群趨於空音鏡象，以為三昧者乎？
（《小石帆亭五言詩續鈔》）

射者必入穀，而後能心手相忘也；荃蹄者，必得荃蹄而後
荃蹄兩忘也。……是故善教者，必以規矩焉，必以穀率焉。
神韻者，以心聲言之也。心聲也者，誰之心聲哉？吾故曰
先於肌理求之也。知於肌理求之，則刻刻惟規矩穀率之弗
若是懼，又奚必其言神韻哉！（〈神韻論・中〉）

翁氏在此指出：神韻說高舉澄迥淡泊的超詣境界，至於達此境界「所
應歷之階、所應履之逕」，卻不指明；只是一再強調「悟入」，卻無具
體的入門途徑，而所追求的又是空音鏡象般的縹緲意境，就更空疏迂
闊、令人摸不著頭緒了。在「通經學古、切實考訂」的學術風氣日漸
盛行之下，他要求詩歌創作亦當有歷歷可循之法，空疏迂闊之談已無
法使人信服。所以，他主張應示人以法，謂「善教者必以規矩」，初
學者先入乎規矩，才能出乎規矩，運用自如。上舉第二段引文末，翁
氏歸結道：「刻刻惟規矩穀率之弗若是懼，又奚必其言神韻哉！」「規
矩穀率」是「實」的門徑，神韻是「虛」的意境。從技法規矩談創作，
的確比只標舉神韻具體而容易入手。但是，大匠能授人以規矩，卻不
能使人巧，正如本文第二章論「神」時引方孝孺所云：「莊周、李白，
神於文者也，非工於文者所及也。文非至工，則不可以為神，然神非
工之所至也。」（〈蘇太史文集序〉）不斷的鍛鍊詩法規矩，即使達到
「至工」之境，卻未必能臻於出神入化的藝術境界。同理，時時刻刻
嚴守詩法，日久天長，固然能將法度駕馭純熟，但完全以法度矩矱為
依歸，而以超出規矩穀率為「懼」，不敢「外繩墨而馳」（翁方綱〈延
輝閣集序〉），恐怕亦不能創造出神韻高妙的作品。

　　從詩歌的神韻理論傳統來看，司空圖講「象外之象」、「韻外之致」
時，就已將紀實之作另歸一類；從嚴羽到王士禎，則主張詩歌以「不
涉理路」為高。而翁方綱執「肌理說」的立場，處處質實、講理，雖

然是意圖補神韻說之不足，「亟以闡揚先生言詩大指為要務」，結果卻與追求詩歌意境與美感的神韻傳統背道而馳，漸行漸遠。觀翁方綱「肌理說」在創作上的表現：大量援引經史考訂入詩，前有序、題、注，詩句中還有夾注〔註55〕，雖然「事境」明確，卻無「意境」之美；雖有史料的價值〔註56〕，卻缺少詩歌的藝術性，無怪乎袁枚要說他「誤把抄書當作詩」〔註57〕了。

第三節　神韻說的流衍

　　近人錢鍾書〈中國詩與中國畫〉一文云：神韻派在清初，「雖有王士禎用理論兼實踐來提倡，勉強造成了風氣。這風氣又短促得可憐。」（《七綴集》）郭紹虞《中國文學批評新論》也說：「漁洋之詩，與其詩論，雖亦聳動一時，而身後詆娸者亦頗不少，生前勁敵遇一秋谷，身後評騭又遇一隨園，於是神韻一派在乾、嘉以後，便不聞繼響。」二說均認為神韻說在短暫的盛行之後，已乏後繼之力。乾、嘉之後，神韻說果真倏忽消歇？情形如何呢？以下就創作實踐與評詩兩角度來論述。

〔註55〕例如其〈買得蘇詩施注宋槧殘本即商丘宋氏藏者〉詩云：「國初海虞有二本，其一寅歲收六丁（順治七年十月事）。維時湖南寶晉叟，把卷憑閣看飛熒。宋元舊本鏤次第，獨此未及傳模型。……石鼓文與會稽志，同時校槧新發硎（施武子又於淮東倉司訂石鼓文刻之。嘉泰會稽志卷末題云：安撫使司校正書籍傳稺）。毗陵先生世莫識，要以土蝕成青萍（宣和間禁蘇氏文字，學者私記其書曰毗陵先生）。……」

〔註56〕嚴迪昌《清詩史》即云：「他（翁方綱）的那些談金石、校經史的『學問詩』，前有序、題、注，詩中又有夾注，……讀之令人厭倦。作為史料不失為有用，但作為詩，真是『死氣滿紙』。」（頁702）又霍有明《清代詩歌發展史》也說翁方綱詩集中，這類「學問詩」比比皆是，「幾可作歷史和考證文章來讀。雖有『事境』，卻略無『意境』，毫無審美價值。」（頁278）

〔註57〕袁枚《隨園詩話》卷五云：「近見作詩者，全仗糟粕，瑣碎零星，如剃僧髮，如拆襪線，句句加注，是將詩當考據作矣。慮吾說之害之也，故續元遺山《論詩》，末一首云：『天涯有客號呤癡，誤把抄書當作詩。抄到鍾嶸《詩品》日，該他知道性靈時。』」

　　先就神韻說指導創作的情形而言：由後人的評價來看，漁洋本身的創作確乎能以「清微雋妙」〔註58〕、「清遠蕭澹」〔註59〕的神韻著稱，例如宋犖推許漁洋詩有云：「自漢魏以下，兼綜而集其成，而大指以神韻爲宗。」（《西陂類稿》卷三十一）全祖望〈鶯脰山房詩集序〉則是將漁洋與清初另一名家朱彝尊相提並論：「國初諸老詩伯，阮亭以風調神韻擅長於北，竹垞以才藻魄力獨步於南。」（《鮚埼亭集》卷三十二）今人陳祥耀也說：「蓋士禎講求神韻，其造詣之妙，有古大名家所未至者，即此一端，已足獨有千古。」〔註60〕身爲神韻說的倡導者，漁洋固能於創作上履行自己的理論，然而其後學者卻未必有同樣的成績。正如朱庭珍成書於清同治三年（西元 1864 年）的《筱園詩話》所云：「其初作者，必各有學問才力，故能自成一家之言，以傳於世。其後學者，囿於門戶積習，必有流弊。」（卷一，以下只注卷數）他一方面肯定漁洋某些佳構具有「以神韻制勝，意味深遠，含蓄不露」（卷四）的優點，但另一方面也對神韻末流的弊端頗有微詞：

　　　　詩以超妙爲貴，最忌拘滯獃板。故東坡云：「賦詩必此詩，
　　　　定非知詩人。」謂詩之妙諦，在不即不離，若遠若近，似
　　　　乎可解不可解之間。……解人難索，後代詩家，未契真詮，
　　　　誤會秘旨，雖標「神韻」以爲正宗，卻執法相而求形似。
　　　　抹月批風，淺斟低唱，流連光景，修飾詞華，似是而非，
　　　　半吞微吐，特作欲了不了之語；多構旁敲側擊之言，故爲
　　　　歇後，甘蹈虛鋒。（卷一）

《四庫全書總目提要》亦曰：「士禎詩自然高妙，……而末學沿其餘波，多成虛響。」（卷一七三《學餘堂文集》提要）後人創作沿漁洋之徑卻「多成虛響」，一個很重要的原因是：天資、學力無法與漁洋比肩。楊鍾羲（1856～1940）《雪橋詩話餘集》曾就這一點加以說明：

〔註58〕鄧漢儀《詩觀三集》云：「清微雋妙，是漁洋勝場。」（見錢仲聯編
　　　　《清詩紀事》第四冊，頁 1984）。
〔註59〕見吳陳琰〈鸞尾續集序〉。
〔註60〕見陳祥耀《中國古典詩歌叢話・清詩話》，頁 129。

「覃溪謂漁洋先生天挺秀骨，無論何等語言，入其咳唾，皆成珠玉。……若無其秀骨而習其套言，非其天姿而步其熟徑，將奚存於中？將奚存於外耶？昔人云：『日臨蘭亭一紙，終不成書。』」後人學問才力不及漁洋，資質平庸，高標神韻，卻只能「執法相而求形似」（卷二）。所謂的「形似」包括：以淺斟低唱，流連光景之言掩飾內容的空虛；以刻意的半吞微吐、旁敲側擊，爲言不盡意、絃外有餘韻的詩境；「不著一字」、「不犯正位」的藝術表現，則淪爲猜謎似的歇後語。就朱庭珍看來，此等平庸之弊，實爲神韻說所開啓。他說：「後人才力弱者，腹笥孤陋者，群借口以文過飾非，自相神聖，不復可以正理詰矣。始作俑者，非阮翁乎？」（《筱園詩話》卷四）後人創作上的無力爲繼，是神韻說式微的表徵之一。

　　再就詩論而言，漁洋嘗云：「尙雄渾則鮮風調，擅神韻則乏豪健。」他的「神韻說」，偏向清微淡遠的超詣範疇，與雄渾豪健對舉。乾、嘉之後，雖仍有詩論家以「神韻」評論作品，但其內涵已與漁洋標舉的神韻不盡相同，而有與聲雄調暢、講究詩法的「格調說」合流的傾向。例如刊刻於咸豐元年（西元 1851 年）的林昌彝〔註61〕《射鷹樓詩話》云：「謝震詩氣魄沉雄，格調高壯，音節嘹亮，神韻鏗鏘。」（卷十五）又如朱庭珍《筱園詩話》評清初詩人陳恭尹的詩，不但「格調高而壯」，而且「風韻清而遠」（卷二）；讚賞施閏章的五律，「盛唐格調，中唐神韻，兼而有之」（卷二）；甚至舉漁洋〈題趙承旨畫羊〉七律爲例，云：

　　　　阮亭先生……〈題趙承旨畫羊〉七律云：「三百群中見兩頭，
　　　　依然禿筆掃騂驦。揭來清遠吳興地，忽憶蒼茫敕勒秋。南
　　　　渡銅駝猶戀洛，西歸玉馬已朝周。牧羝落盡蘇武節，五字

─────────────

〔註61〕林昌彝（1803～1876），字惠常，號薌溪，福建侯官人。道光進士，與林則徐同族，同魏源交往甚深。其論詩之著《射鷹樓詩話》，共二十四卷，是書「竭十餘年搜集之功」（沈葆楨〈射鷹樓詩話・凡例〉），除了評論詩文之外，還以大量的篇幅記述鴉片戰爭的史實，表彰抗英志士的事蹟。

河梁萬古愁。」此作不惟氣格雄渾，神韻高邁，如出盛唐

人手，而運法用意，亦自細密深婉。（卷三）

下文更就此詩的筆法、用意、結構層層分析，這是評論詩歌時，將神韻與格調合用之例。而像這類由分析筆法的運用來談神韻的產生，將兩個階段視爲因果關係的觀點，在施補華〔註62〕《峴傭說詩》中有更多的論述，如：

奉先劉少府〈山水障子歌〉，起手用突兀之筆，中段用翻騰

之筆，收處用逸宕之筆。突兀則氣勢壯，翻騰則波瀾闊，

逸宕則神韻遠。諸法備矣，須細細揣摩。

用剛筆則見魄力，用柔筆則出神韻。柔而含蓄之爲神韻，

柔而搖曳之爲風致。

七絕用意，宜在第三句，第四句只作推宕，或作指點，則

神韻自出。若用意在第四句，便易盡矣。

太白七絕，天才超逸，而神韻隨之。如「朝辭白帝彩雲間，

千里江陵一日還。」如此迅捷，則輕舟之過萬山，不待言

矣。中間卻用「兩岸猿聲啼不住」一句墊之，無此句，則

直而無味；有此句，走處仍留，急語仍緩，可悟用筆之妙。

施補華品評前人詩歌時，原本就有重「神韻」的傾向。如評李商隱〈夜雨寄北〉「神韻尚欠一層也」；說蘇軾七絕「趣多致多，而神韻卻少」；認爲晚唐七律「句外並無神韻」。他更透過分析古人作品，示人如何於起結開合、波瀾頓挫、含蓄搖曳的運筆中見神韻。而揭示詩法示人以學古的門徑，則是格調說的特點之一。從施補華《峴傭說詩》，亦可見出神韻與格調二說在晚清逐漸合流的趨勢。

神韻與格調二說在發展過程中，一直有著密切的關聯。就時間上的先後而言，明代格調說盛行在前，清代神韻說興起在後。但是，明代自格調說方興不久，內部就跟著產生不同的聲音，那是爲修正

〔註62〕施補華，據《兩浙輶軒續錄》卷四十八〈施補華小傳〉載，爲「同治庚午（西元 1870 年）舉人，著有《峴傭說詩》二卷、《澤雅堂古文》八卷等。」（轉引自蔡鎭楚《中國詩話史》，頁 280）。

格調說而來的意見〔註63〕。到了後期，這類爲矯格調說之弊而來的論點，有的即逐漸轉向神韻說，本文第二章所提及的，於「體格聲調」之外兼重「興象風神」的胡應麟即是顯例。至清代，漁洋則變支流爲主線，直接倡導「神韻說」，以掃格調說崇尙高華壯麗，卻毫無生氣的弊端〔註64〕。而當神韻說趨於空寂，又有沈德潛高舉李、杜雄渾壯闊的格調以補偏救弊。神韻與格調，自始就一直處於互爲主次、相依相輔之勢。之後，二者於晚清又自然而然逐漸合流。此一現象，究其原委，實與二者共同的理論淵源——嚴羽《滄浪詩話》有極大的關係。

　　嚴羽《滄浪詩話・詩辨》有云：「詩之法有五：曰體製，曰格力，曰氣象，曰興趣，曰音節。」重視詩歌的「體製」、「格力」、「音節」，標榜李、杜的雄渾「氣象」，後來即爲明代格調論所本；而重視「興趣」加上「妙悟」之說，則爲後來神韻說的理論先河〔註65〕。郭紹虞即云：「(明代)前、後七子取他(嚴羽)的氣象說，所以於格調上學李、杜；王漁洋取他的興趣說，所以又於神韻上宗王、孟。」〔註66〕換言之，上溯神韻說與格調說的理論淵源，均指向嚴羽《滄浪詩話》，後來兩者各由不同的側重點加以發展、推衍，方才分歧。然而，詩歌的體製、格力、氣象、興趣、音節，就像人的身體結構與精神面貌一樣，原爲一體，不可或缺，此點陶明濬《詩說雜記》已論之甚明：

　　　　嚴羽曰：「詩之法有五：曰體製，曰格力，曰氣象，曰興趣，

〔註63〕成復旺等所著《中國文學理論史——明清鴉片戰爭前時期》曰：「明中葉的文學復古思潮自興起之日始，內部就存在著作爲格調說的對立的補充思想趨勢。」文中並說這股「格調說的對立的補充思想趨勢」，有的成爲性靈說，有的則走向了神韻說。(頁520～521)

〔註64〕何世璂《然鐙記聞》記漁洋語云：「吾蓋疾夫世之所依附盛唐者，但知學爲『九天閶闔、萬國衣冠』之語，而自命高華，自矜爲壯麗。按之其中，毫無生氣，故有《三昧集》之選。」

〔註65〕袁震宇、劉明今《中國文學批評通史・明代卷》說：「嚴羽的《滄浪詩話》以禪喻詩，倡妙悟之說，爲後來神韻說所祖；但他辨明體製，重視格力、音節，故同時又爲格調說之濫觴。」(頁19)

〔註66〕郭紹虞《滄浪詩話校釋》，頁45。

曰音節。」此蓋以詩章與人的身體相爲比擬，一有所闕，
則倚魁不全。「體製」如人之體幹，必須佼壯；「格力」如
人之筋骨，必須勁健；「氣象」如人之儀容，必須莊重；「興
趣」如人之精神，必須活潑；「音節」如人之言語，必須清
朗。五者既備，然後可以爲人。亦惟備五者之長，而後可
以爲詩。〔註67〕

日本學者青木正兒《清代文學評論史》，也有類似的看法。他將神韻、
格調、性靈三者綜而論之，認爲此三者同爲優秀詩篇的三大要素：「就
造作出來的作品而言，性靈是充實詩的內容的思想，格調是構成詩
的外形的骨骼。而神韻則是建立在性靈和格調之上的風韻，而且不
是游離於性靈、格調之外，莫如說正是發自這二者的音響的餘韻。」
〔註68〕這裏說神韻是發自格調與性靈的餘韻，就好比說：人的精神
是透過內心的思想情感和外在的體骼才能顯現。「神韻」一詞，原本
就是形容人物整體的風神韻致，論人的「神韻」，是站在人物身心俱
全的基礎上來談的；論詩的神韻，也是把內容與外形涵括在內成一
整體的。翁方綱說得好：「漁洋先生所講神韻，則合丰致、格調爲一
而渾化之。」（《石洲詩話》卷四）必格調、丰致渾而化之，方有神
韻可言。王掞〈王公神道碑銘〉亦云：「蓋自來論詩者或尚風格，或
矜才調，或崇法律，而公則獨標神韻。神韻得，而風格、才調數者，
悉舉諸此矣。」由此看來，神韻說與格調說，發展到後來又形成某
種程度的結合，可說是其來有自。

　　儘管在詩學流派鮮明的清代，神韻說受到許多其他不同立場者的
批評與指摘，發展至末流，更出現了專蹈虛空的流弊，坐實了清人「流
於空調」的批評。然而，誠如徐世昌《晚晴簃詩匯》對神韻說的評價：

〔註67〕轉引自郭紹虞《滄浪詩話校釋》（頁7）。古代文論家原就常以人體生
命喻文學作品，例如吳沆《環溪詩話》曰：「故詩有肌膚，有血脈，
有骨骼，有精神。無肌膚則不全，無血脈則不通，無骨骼則不健，
無精神則不美。四者備，然後成詩。」姜夔《白石道人詩說》亦云：
「大凡詩自有氣象、體面、血脈、韻度。」
〔註68〕見日人青木正兒著、楊鐵嬰譯《清代文學評論史》，頁122～123。

「文簡承明李、王、鍾、譚之後,獨標神韻爲宗旨,蓋用以調劑矯正之;後來持同異者遂成門戶。然公詩於精能中見神韻,非專事虛跡者!詩本於性情,出於才分,非盡關於學。以詩學論,要不得不推爲一代正宗也。」(卷二十九)此對漁洋的神韻詩學,給予了應有的肯定。

第六章　清代詩學神韻說的貢獻

第一節　承上啓下之功

一、對歷來詩論的傳承與創新

　　清代詩學神韻說，發揮了從鍾嶸以來，重視詩歌言外美感的藝術觀，結合「滋味說」、「味在酸鹹之外」、「韻外之致」、「不著一字，盡得風流」、「興象」等歷來有關詩歌意境的概念，構成神韻說的理論基礎，豐富了神韻說的內涵。而且，漁洋還在實際的詩歌鑑賞中，靈活運用了這些概念，透過詩例的陳示，使得原本抽象的理論有了落實之處。不過，前賢的詩論雖然構成了神韻說主要組成的部分，但漁洋並非全然只是「述」。他是在舊說的基礎上，醞釀、塑造自己的面目。以下透過神韻說與鍾嶸、司空圖、嚴羽等人詩論的關係加以說明。

　　先談鍾嶸。神韻說除了承其「滋味」說，進一步發揮「言有盡而意有餘」的觀點之外，還吸收了鍾嶸《詩品》對「清」的藝術特質的標榜。鍾嶸《詩品》經常以「清」評論作品，例如：

　　　　人代冥滅，而清音獨遠。(古詩)

　　　　〈團扇〉短章，詞旨清捷。(漢婕妤班姬)

　　　　然託喻清遠，良有鑑裁。(晉中散嵇康)

范詩清便宛轉，如流風迴雪。（梁衛將軍范雲）

希逸詩氣候清雅。（宋光祿謝莊）

令暉歌詩，往往嶄絕清巧。（齊鮑令暉）

祐詩猗猗清潤。（齊僕射江祐）

從以上鍾嶸的評語，可見他所體會到的詩歌的「滋味」，是包含著「清」的特質的。這些「清」的內涵，或指詩歌文詞簡要，語言清新；或指超俗高蹈的詩境，清澈晶瑩的詩歌意象。而漁洋的「神韻說」也以清遠為尚，他所標舉的詩例，多為清雅脫俗的襟抱和清華明麗的風物的融合，無論所描寫的景物，所傳達的情思，抑或所表現的趣味，都有著清絕的韻致。可以說，鍾嶸實際評論詩歌時無意間流露的審美觀，後來為漁洋所吸收，成為神韻說中頗為重要的觀點。

再看神韻說對司空圖詩論的繼承。司空圖標舉「二十四詩品」，並未作高下之分。他既列「沖淡」、「含蓄」，也不忘「勁健」、「豪放」；既欣賞絕塵越俗的「超詣」，也標舉了情意深沈的「悲慨」。許印芳〈二十四詩品跋〉即云：「（司空圖）教人為詩，門戶甚寬，不拘一格。」但另一方面，正如本文第二章所述，司空圖在幾篇與友人論詩的文章裏，多次表達了他對王維、韋應物「若清風之出岫」（〈與王駕評詩書〉）詩風的推賞；《詩品》的品目與內容，也較多沖淡之美的描述；他本身的創作，亦多展現清幽閒淡的風格。這些跡象，都顯示出司空圖的審美取向，實是偏向澄澹清遠一派的，只不過他本人未曾明言，而王士禎卻將這種審美取向發展到極致。他特別拈出《詩品》中的「沖淡」、「自然」、「清奇」三品，許為「品之最上」者（《蠶尾文·高津草堂詩集序》），又以「不著一字，盡得風流」、「采采流水，蓬蓬遠春」為絕妙的詩境（《香祖筆說》），並認為「不著一字，盡得風流」是「性情之說也」，較之司空圖的原文，更明白的揭櫫了「不著一字」所要表現的是詩人的性情。凡此種種，也許不盡是司空圖的原意〔註1〕，

〔註 1〕《四庫全書總目提要》即說：「（《詩品》）所列，諸體畢備，不主一格。王士禎但取其『采采流水，蓬蓬遠春』二語，又取其『不著一

卻是神韻說以繼承爲創新的具體表現。

　　至於嚴羽的詩論，漁洋時常稱述並推崇的，就是「妙悟」、「興趣」、「鏡花水月」之論，他說：「嚴滄浪以禪喻詩，余深契其說。」（《蠶尾續文》）又讚賞：「不涉理路，不落言筌」、「鏡中之象，水中之月」、「羚羊挂角，無跡可尋」等語，認爲是「發前人未發之祕」（《分甘餘話》），「不易之論」（《池北偶談》卷十七）。一言以蔽之，滄浪的詩論，被神韻說充分吸收且發揚的部分，就是「以禪喻詩」。何謂「以禪喻詩」？清人冒春榮《葚原詩說》有很好的解釋，他說：「以禪喻詩，非以禪入詩。所謂臭味在酸鹹之外是也；所謂不參死句是也；所謂不拖泥帶水、活潑潑地是也；所謂意足於彼、言在於此，使人領悟即得，不可以呆相求之是也。」「神韻說」繼承「興趣說」的「以禪喻詩」，主張以妙悟、直覺思維爲詩；認爲詩歌空靈蘊藉的意境，「不可以呆相求之」；重視「意足於彼、言在於此」，「言有盡而意無窮」的審美效果，使讀者「領悟即得」，獲得一種純精神性的審美感受。這是漁洋與嚴羽詩論最爲契合之處。不過，兩者所追求的詩歌理想卻有分歧。嚴羽雖然也說：論詩「截然謂當以盛唐爲法」，但他欣賞的「盛唐諸公之詩」，是「如顏魯公書，既筆力雄壯，又氣象渾厚」（〈答出繼叔臨安吳景仙書〉）的篇章，並且推尊李、杜爲「詩之極致」、「詩而入神」（《滄浪詩話‧詩辨》）的代表。而神韻說卻有其獨特的審美觀。漁洋所重視者，偏於以自然起興的王、孟一派作品。雖然《四庫全書總目提要》云：「士禎談詩，大抵源出嚴羽，以神韻爲宗。」（卷一七三《漁洋精華錄》提要）但這並不表示，漁洋論詩必然全盤接受嚴羽的審美觀點。他對「山水有清音」、「水木湛清華」等清遠詩風的偏好〔註2〕，對「詩之爲物，恆與山澤近，與市朝遠」（〈東渚詩集序〉）

字，盡得風流』二語，以爲詩家之極則，其實非圖意也。」（卷一九五《詩品》提要）
〔註2〕陳良運《中國詩學批評史》也說：「在王士禎那裏，『山水有清音』、『水木湛清華』，才有他所言之『清遠』而能出『神韻』。讀王士禎的詩集，也只有這類題材的作品中有堪稱『神韻』之作。」（頁530）

的認知（此皆嚴羽所未曾言），使他自然而然偏愛王、孟一派〔註3〕。如果說，「神韻說」捨李、杜而取王、孟，是「誤解」了滄浪的原意〔註4〕，那麼，此一「誤解」，正是漁洋融入了個人的審美趣味的結果。換言之，漁洋論詩，雖然「源」出嚴羽，但卻以清遠的「神韻」爲依歸；他與嚴羽的不一致之處，也正是他發揮特色的所在。

二、對劉熙載、王國維詩論的影響

本文上一章論及神韻說的流衍時，已說明其於晚清逐漸衰微的情況。郭紹虞說，清代詩學從道光以後，直至清亡，一般爲舊詩者大都籠罩於肌理說的餘波之下，也就是走上學人之詩和詩人之詩合一的道路〔註5〕。不過，在這樣的風氣之下，神韻說重視純粹的詩歌藝術美的精神，在清末仍有劉熙載、王國維延續之。以下分別就兩家詩論受神韻說影響之處，擇要論述。

（一）劉熙載《藝概》

劉熙載（1813～1881），字融齋，道光二十四年進士，有論詩談藝之作《藝概》六卷，論者多許其言論精當，「頗中肯綮」（清・江順詒《詞學集成》）。劉熙載上距王士禎雖已有一個世紀之久，但其《藝概》中，許多關於詩歌的藝術性與美感的探討，與神韻說頗爲相近〔註6〕，試舉其重點說明如下：

〔註3〕劉世南《清詩流派史》則認爲：王士禎的「神韻說」，比較「側重『神』字下的『韻』字，這就把詩引向一種悠閒淡遠、有餘不盡的境界。……而找到符合這一標準的以王維爲代表的山水田園詩人的作品，作爲『尤超詣雋永』的樣本。」（頁209）

〔註4〕錢鍾書《談藝錄》就說：「滄浪獨以神韻許李、杜，漁洋號爲師法滄浪，乃僅知有王、韋；撰《唐賢三昧集》，不取李、杜，蓋盡失滄浪之意矣。」繼云：「故余嘗謂漁洋詩病在誤解滄浪。」（頁40～41）

〔註5〕見郭紹虞《中國文學批評新論》，頁598。

〔註6〕蕭華榮《中國詩學思想史》說：劉熙載「是清代爲數不多的探討精微、純粹的詩歌美學的人物之一，在這方面與王夫之、王士禎、王國維傾向相似。」（頁38）

　　第一，「似花還似非花」的藝術表現論。繼「神韻說」之後，劉熙載又拈出司空圖的「美在酸鹹之外」與嚴羽的「妙在透徹玲瓏，不可湊泊，如水中之月，鏡中之象」之語，認爲這是詩、詞的超詣之境（《詞曲概》），並說：「東坡〈水龍吟〉起云：『似花還似非花』，此句可作全詞評語，蓋不即不離也。」（《詞曲概》）這是強調藝術對生活的反映，必須像東坡的楊花詞一般，處於不即不離的狀態。要作到不即不離，方法上就不能過於「按實肖象」。他說：「賦以象物，按實肖象易，憑虛構象難。能構象，象乃生生不窮矣。」（《賦概》）這裏所說的「憑虛構象」，是指生活中的景象事物，須經過匠心獨運的想像與提煉之後，變成具有概括力的藝術形象。這樣的形象，較諸繪形繪色的「按實肖象」，更能喚起無窮的聯想，讀者的意中之「象」才能生生不窮，有如漁洋所說的「參活句」，「生生不窮」即是「活」的意思。在創作方法上，劉熙載則提出「睹影知竿」的傳神法，他說：「意不可盡，以不盡盡之。正面不寫寫反面，本面不寫寫對面、旁面。」通過「反面」、「對面」、「旁面」的「影」的描寫，以烘托出「竿」的面貌，這可說是神韻說「不犯正位」的另一種闡發。

　　第二，情景關係論。詩歌創作中情與景的關係，前人已有不少論述，尤其是王夫之，更有許多精闢的見解。在這方面，劉熙載雖是「闡前人之已發，卻有不少新意」〔註7〕，他分別從情與景的角度，說明兩者互不可少的關係。首先，他指出情的表達，須借助於景：

　　　　「昔我往矣，楊柳依依。今我來思，雨雪霏霏。」雅人深
　　　　致，正在借景言情。若舍景不言，不過曰春往冬來耳，有
　　　　何意味？（《詩概》）

此詩傳遞感情之處，正在於「楊柳依依」、「雨雪霏霏」這兩個看似純然寫景的句子。如果少了這兩個外在「物色」的描寫，沒有外在之景與主觀之情的互爲映發，這兩句詩，就只不過交待了征人春往冬來，變成敘述性的句子。劉熙載看出「舍景不言」，詩歌就沒有「意

〔註 7〕見牟世金主編《中國古代文論家評傳》之「劉熙載」，頁 1055。

味」，可見他頗能了解自然景物對詩歌情韻的烘托、傳達，著實扮演了重要的角色。由於注重情以景而曲達，劉熙載不喜直接言理敘情的「直指」，《賦概》云：「荀卿之賦直指，屈子之賦旁通；景以情寄，文以代質，旁通之妙用也。」荀卿的五篇賦，直寫禮、智、雲、蠶、箴的性質功能，與屈原《楚辭》的引喻聯類的抒情方式比較起來，自然是後者給予讀者的想像空間來得寬闊。反之，景物也要融入情感，才能生動。他說：「在外者物色，在我者生意，二者相摩相盪而賦出焉。若與自家生意無相入處，則物色只成閒事，志士遑論及乎！」（《賦概》）外在的物色，須有自家「生意」的融入。若無主觀的情志，則物色仍然只是自然的形態，構不成藝術品。自家「生意」，就是感物而生的「興」，融齋云：「故賦之爲道，重象猶宜重興。興不稱象，雖紛披繁密而生意索然，能無爲識者厭乎！」（《賦概》）誠然，情須藉景象以達，但「重象猶宜重興」，描繪物象的目的，是爲了深刻的捕捉一刹那的情興。總而言之，劉熙載認爲：情與景，是構成詩篇內容的兩大因素，歷來文人吟詠篇什，總是離不開流連光景以抒發性靈。所以他反駁元稹有云：「元微之作〈杜工部墓誌〉，深薄宋、齊間吟寫性靈、流連光景之文。其實性靈、光景，自風雅肇興便不能離。」（《詩概》）這個觀點，恰好也反駁了那些批評「神韻」論的「範水模山，批風抹月」（《四庫全書總目提要》卷一七三《漁洋精華錄》提要）、「風流相尚，光景流連」（卷一九〇《唐賢三昧集》提要）、缺乏現實性的說法。

　　第三，「文善醒，詩善醉」。劉熙載說：「文所不能言者，詩或能言之。大抵文善醒，詩善醉，醉中語亦有醒時道不得者。蓋其天機之發，不可思議也。」（《詩概》）這是分辨詩歌吟詠與文章創作的不同。文章的內容，講究明晰的條理，暢達的敘述，因而作者在臨文之際應頭腦清醒，思路清晰，故曰：「文善醒」。詩則主要在於喚起讀者的審美聯想，發揮藝術感染力，因而詩人的想像可以逸出成規常理之外，不爲邏輯法則所拘，也可將詩的內容表現得煙水迷離，

縹緲空靈，故曰：「詩善醉」。冒春榮《葚原詩說》云：「詩思須癡。」
其義略同。劉熙載以「醒」與「醉」的對比，巧妙的凸顯出詩歌藝
術特殊的創作態度，連帶著也點出詩歌「不涉理路，不落言筌」的
特質。同時他又體認到：在「詩善醉」的創作狀態下，「醉中語亦有
醒時道不得者」，也就是詩歌所傳達的內容，有一般散文無法達到的
境界，有如「天機之發，不可思議」。這又與神韻說的「興會神到」、
「興會超妙」說，有異曲同工之妙。

（二）王國維的「境界」說

　　王國維（1877～1927），清末民初的學者，有多種文藝理論方面
的著作。在詩（詞）學理論〔註8〕方面，最具代表性、而且影響深遠
的著作是《人間詞話》〔註9〕。其中，他融貫了中國傳統詩學有關詩
歌意境的理論，提出「境界」說，而從以下的引文，可看出「境界」
說與「神韻」說的關連：

　　　　嚴滄浪《詩話》謂：「盛唐諸公，唯在興趣。羚羊挂角，無
　　　　跡可求。故其妙處，透徹玲瓏，不可湊泊。如空中之音、
　　　　相中之色、水中之影、鏡中之象，言有盡而意無窮。」……
　　　　然滄浪所謂「興趣」，阮亭所謂「神韻」，猶不過道其面目，
　　　　不若鄙人拈出「境界」二字為探其本也。
　　　　言氣質、言神韻，不如言境界。有境界，本也。氣質、神
　　　　韻，末也。有境界而二者隨之矣。（《人間詞話・刪稿》）

由王國維所標舉的詩學序列，可知他的「境界說」，與「興趣」、「神韻」
二說頗有淵源。從「有境界而二者隨之」之論來看，他顯然是以「境

〔註8〕　《人間詞話》雖名為「詞話」，但其中的論述多與詩學有關，有些地方
　　　　王國維是以詩人涵括詞人的，例如：「客觀之詩人，不可不多閱世」、「主
　　　　觀之詩人，不必多閱世」，「大詩人所造之境，必合乎自然」等。
〔註9〕　祖保泉、張曉雲的《王國維與人間詞話》說：《人間詞話》「自 1908
　　　　年問世以來，它一直受到國內外文藝理論研究者的重視。這從《人
　　　　間詞話》各種版本的出現，就可以看出。」文中並說《人間詞話》
　　　　除了擁有廣大的讀者，研究者亦復不少。從這些地方都可見其深遠
　　　　的影響。（見《王國維與人間詞話》，頁 144）

界」一辭來涵括「神韻」、「氣質」等範疇的。要而言之,詩以「境界」為本,本立而面目(神韻)自生。關於這一點,顧隨先生有很好的比喻,他說:「神韻亦非詩。神韻由詩產生。飯有飯香而飯香非飯。嚴之『興趣』在詩前,王的『神韻』在詩後,皆非詩之本體。」〔註10〕今人葉嘉瑩進一步闡釋云:「靜安先生所提出的『境界』,則是指詩人之感受在作品中具體的呈現,如此則所謂『境界』,自然便已經同時包含了作者感物之心的資質,與作品完成後表達之效果而言了。所以說,『有境界,而二者隨之矣』。」〔註11〕然而,王國維之意,雖然在於宣示「興趣」、「神韻」,都不如他標舉的「境界」說能直探本源,不過,這也透露出「境界」說的形成,或多或少受了神韻詩學觀的影響,其中較為明顯的地方,在於王國維對作品的審美要求:

> 古今詞人格調之高,無如白石,惜不於意境上用力,故覺
> 無言外之味,弦外之響;終不能與於第一流之作者也。
> 白石之詞,余所最愛者,亦僅二語,曰:「淮南皓月冷千山,
> 冥冥歸去無人管。」(〈踏莎行〉)(《人間詞話・刪稿》)

從王國維對姜夔詞的評論來看,「格調」高的作品,不一定有意境;無意境,就無「言外之味,弦外之響」,稱不上第一流的作品與作者。亦即是說,要構成「最上」的意境,必須蘊含「低迴要眇」的情感,具有探索無盡的餘意餘味。「淮南皓月冷千山,冥冥歸去無人管」,二語的好處,在於所寫之景如在目前,而景象之外自有一種淡淡悠邈的情致,縈繞不去。由於王國維將「神韻」包含於「境界」中,故而當他對作品進行批評時,自然而然的沿續了神韻說的審美觀。

第二節　對明代神韻說的發揚

上一章曾提到,明代詩論「格調」說興起後不久,內部就不斷產生修正的意見。這些意見當中,有些觀點即帶有「神韻」說的色

〔註10〕見顧之京整理、葉嘉瑩筆記之《顧羨季先生詩詞講記》,頁280。
〔註11〕見葉嘉瑩《王國維及其文學批評》,頁365。

彩。隨著格調說主流的由興而衰，這些觀點的神韻說傾向也愈形明顯〔註12〕。明代格調說的代表人物爲前、後七子〔註13〕，以下就舉出前、後七子中，具有神韻說特質的論詩之語，以見明代「神韻說」由萌芽至茁壯，而終爲王士禎加以發揚的過程。

一、何景明

何景明（1483～1521），他的〈與李空同論詩書〉一文云：

> 追昔爲詩，空同子刻意古範，鑄形宿模，而獨守尺寸。僕則欲富於材積，領會神情，臨景構結，不仿形跡。（《大復集》卷三十二）

何景明此言，是針對李夢陽（1473～1530）「刻意古範，鑄形宿模」的學古方式而來。《明史・李夢陽傳》云：「夢陽才思雄驚，卓然以復古自命。弘治時，宰相李東陽主文柄，天下翕然宗之。夢陽獨譏其萎弱，倡言文必秦漢、詩必盛唐，非是者弗道。」李夢陽的確是卓然以復古自命的，他倡言「文必秦漢、詩必盛唐」，就是要標舉古代的典範以令人取法乎上，觀下文可更清楚李夢陽以學古爲理想的觀點：

> 山人商宋、梁時，猶學宋人詩。會李子客梁，謂之曰：「宋無詩！」山人於是遂棄宋而學唐。已問唐所無，曰：「唐無賦哉！」問漢，曰：「無騷哉！」山人於是則又究心賦騷於唐、漢之上。（《空同先生集》卷四十七〈潛虯山人記〉）

楚騷、漢賦、唐詩，分別代表著這三種文體的巔峰之作，李夢陽要求

〔註12〕成復旺《中國文學理論史——明清鴉片戰爭前時期》即云：「格調說方興之後，神韻說即已萌芽；格調說日漸衰微，即引出神韻說的興起。」（頁521）

〔註13〕「前七子」，是指興起於明弘治（1488～1505）、正德（1506～1521）年間的詩人七人，即康海〈漢波先生集序〉所云：「北郡李獻吉（夢陽）、信陽何仲默（景明）、鄠杜王敬夫（九思）、儀封王子衡（廷相）、吳興徐昌穀（禎卿）、濟南邊廷實（貢），金輝玉映，光照宇內，而予亦竊附於諸公之間。」所謂「後七子」，指活躍於嘉靖（1522～1566）、隆慶（1567～1572）年間的文人李攀龍、王世貞、謝榛、宗臣、梁有譽、徐中行、吳國倫七人，《明史・文苑傳》稱此七子：「諸人多少年，才高氣銳，互相標榜，視當世無人。七子之名播天下。」

騷學楚，賦學漢，詩學唐，就是要求以各種文體的典範時代為學習的榜樣。對於詩，他要求學習格古調逸的唐代優秀作品，這是詩歌的高格。顯然，李夢陽的詩學理想，就是藉著模擬古人的最高成就，以達到文學史上曾有的高峰。他所舉的各體標準，都是當代極盛，奉為準式，其立意並非不善；然其學古的方式，卻未免流於模仿形跡的困局。他的〈再與何氏書〉云：「夫文與字一也，今人摹臨古帖，即太似不嫌，反曰能書。何獨至於文而欲自立一門戶邪？」（《空同先生集》卷六十一）認為詩文寫作與書法相同，學習書法，一般是從臨摹古帖學起，以相似為尚，故詩文也應亦步亦趨模擬古人，從仿效古代優秀作品學起。而學習的門徑，則必須遵守古人的成法，即從學習古人篇章的結構、修辭、音調等處入手。所以何景明說他是「刻意古範，鑄形宿模，而獨守尺寸」，如此一味的模仿，有如「小兒倚物能行，獨趨顛仆」（〈與李空同論詩書〉），學得再像也脫離不了古人的影子。為避免陷於空洞的貌襲，何景明提出學盛唐詩應由「領會神情」入手，領略前人詩中的意境，找出盛唐詩人善於用直覺思維寫詩的本領，並根據自己當下所面臨之景去構思、變化，而不是去模仿前人的形式字句。如此一來，何景明「得古之風神而不竊古之字句」〔註14〕的規摹學古方式，就有了神韻說「學古人務得其神」的味道。

二、王廷相

王廷相（1474～1544）論詩，亦主張「工師之巧，不離規矩；畫手邁倫，必先摹擬」（〈與郭价夫學士論詩書〉，以下同），而規摹古人的目的，則是希望終能「擺脫形模，凌虛構結，春育天成，不犯舊跡」，與何景明「臨景構結，不倣形跡」同一意趣。除此之外，他還表現出對詩歌意象的注重：

> 夫詩貴意象透瑩，不喜事實粘著。古謂水中之月，鏡中之影，可以目睹，難以實求是也。……嗟乎！言微實則寡餘

〔註14〕參見成復旺等著《中國文學理論史・明代時期》，頁89。

味也，情直致而難動物也。故示以意象，使人思而咀之，

感而契之，邈哉深矣。此詩之大致也。

王廷相繼嚴羽之論，以「水中之月，鏡中之影」比喻詩歌意象之不能以實求；反對言徵實、情直致。因為黏著於事實或直陳情意，都不夠含蓄蘊藉。示人以意象，引發讀者的審美想像，詩歌才能「思而咀之，感而契之」，給予人咀之愈濃、感之愈深的餘味。從這個地方，可見王廷相論詩，已在「摹擬」、「規矩」之外，注意到了詩歌的美感表現。

三、謝　榛

謝榛（1495～1575），原為「後七子」之一，後來因與李攀龍交惡而削名於七子之列〔註15〕。謝榛論詩仍主格調，嘗云：「格高氣暢，自是盛唐家數。」（《四溟詩話》卷一，以下只注卷數）又云：「予以奇古為正，平和為體，兼以初唐、盛唐諸家，合而為一，高其格調，充其氣魄，則不失正宗矣。」（卷四）但觀其《四溟詩話》論詩，已有許多與「神韻」說相近的觀點〔註16〕，茲分項說明如下：

其一，奪神氣。對於取法初、盛唐諸家的門徑，謝榛不主張從模仿形跡入手，他認為要「讀之以奪神氣，歌詠以求聲調，玩味以裒精華。得此三要，則造乎渾淪，不必塑謫仙而畫少陵也」（卷三）。以「奪神氣」為學古之首位，顯示了他對詩歌聲調、字句之外，無形的精神韻味的重視。又云：

造物之妙，悟者得之。譬諸產一嬰兒，形體雖具，不可無啼聲也。趙王枕易曰：「全篇工致而不流動，則神氣索然。」

（卷一）

〔註15〕錢謙益《列朝詩集小傳·丁集上》云：「巳而于鱗（李攀龍）名益廣，茂秦（謝榛）與論文，頗相鑴責，于鱗遺書絕交，元美（王世貞）諸人咸右于鱗，交口排茂秦，削其名於七子、五子之列。」

〔註16〕劉德重、張寅彭《詩話概說》認為：在「後七子」中，於「格調說」的理論裏加入「性靈」、「神韻」因素的詩話著作，「主要有謝榛的《四溟詩話》、王世貞的《藝苑卮言》、王世懋的《藝圃擷餘》和胡應麟的《詩藪》。」（頁120）

　　詩無神氣，猶繪日月而無光彩。學李、杜者，勿執於句字

　　之間，當率意熟讀，久而得之。此提魂攝魄法也。」（卷二）

光彩，即詩歌的意境，沒有光彩的日月，即使空有日月的形狀，也不成其為日月。沒有意境的詩，雖然形容逼肖，格法完備，但「工致而不流動」，缺乏神氣，也不成其為詩，猶如嬰兒沒有啼聲，不能成其為人，因其中沒有生命力、精神的流露。謝榛提出「神氣」的重要性，同時也提醒學李、杜者，勿執於格高調暢的字句之間，當「率意熟讀」，完全浸淫於太白、少陵詩的世界裏去含英咀華，久而久之，自然能得其「神氣」，而不會只停留在詩歌的「外衣」形式上。

　　其二，以興為主，漫然成篇。在詩歌創作上，謝榛提出了「走筆成詩」的「興」：

　　詩有不立意造句，以興為主，渾然成篇。此詩之入化也。

　　（卷一）

　　詩有天機，待時而發，觸物而成；雖幽尋苦索，不易得也。

　　（卷二）

　　情景適會，與造物同其妙，非沈思苦索而得。（卷二）

　　自然妙者為上，精工者次之，此著力不著力之分。（卷四）

「待時而發，觸物而成」，是一個既無目的又自然合乎眼前之景的創作，這樣產生的詩，才能自然靈妙。謝榛讚賞「唐人或漫然成興，自有含蓄託諷」（卷一）的效果，而批評宋人為詩「必先命意，涉於理路，殊無思致」（卷一）。認為創作如果事先立意，為了闡明主題，詩人勢必涉於理性表達，反而使詩歌缺乏供人想像的餘地。再者，談到「興」，也就觸及了詩歌創作中，情景相依的重要性：

　　作詩本乎情、景，孤不自成，兩不相背。（卷三）

　　景乃詩之媒，情乃詩之胚，合而為詩，以數言而統萬形，

　　元氣渾成，其法無崖矣。（卷三）

作詩離不開情景，詩意的產生，也就是在情景瞬間相觸時激發的。詩是否具有可觀的藝術性，就在於能否內外如一，契合無間。情景相契，

才能創作出「婉而有味，渾而無跡」（卷一）的詩境。他說：「寫景述事，宜實而不泥乎實。有實用而害於詩者，有虛用而無害於詩者。此詩之權衡也。」（卷一）謝氏批評貫休的「庭花濛濛水泠泠，小兒啼索樹上鶯」一聯，是「景實而無趣」，就因爲是就景寫景，未能把景物感情化；而讚揚李白的「燕山雪花大如席，片片吹落軒轅臺」，寓情思於景物，使人讀之有「言已盡而意有餘」的情味。而且，謝榛還提出興會成詩時，詩中世界可以不必盡合現實秩序的看法。他說：「夫情景相觸而成詩，此作家之常也。或有時不拘形勝，面西言東，但假山川以發豪興爾。譬若倚太行而詠峨嵋，見衡漳而賦滄海，即近以徹遠，猶夫兵法之出奇也。」（卷四）可見謝榛對於興會神到時，「片言可以明百意，坐馳可以役萬景」（王世貞《藝苑卮言》卷一引劉禹錫語）、不能以常理去規範的創作狀態，是有所體悟的。

　　其三，妙在含糊，方見作手。謝榛以遠山爲喻，提出「含糊」二字，爲詩歌創作與鑑賞的標準：

　　　　凡作詩不宜逼眞，如朝行遠望，青山佳色，隱然可愛，其
　　　　煙霞變幻，無以名狀。及登臨非復奇觀，惟片石數樹而已。
　　　　遠近所見不同，妙在含糊，方見作手。（卷三）

這是王廷相「言徵實則寡餘味」的具體發揮。含糊與逼眞相對，逼眞之物，一眼望盡，便無餘味。含糊之景，在似與不似間，煙霞變幻，難以名狀，最足以啓發觀賞者的想像。他認爲：「作詩者不必執著於一個意思，或彼或此，無適不可。」而且要「務令想頭落於不可測處」（卷一）。由此而來的詩歌鑑賞觀，是主張：「詩有可解、不可解、不必解，若水月鏡花，勿泥其跡可也。」（卷一）此乃謝榛提醒讀者：不必強作解人，執一定之見去解釋。因爲詩歌的美感，並不是把所有的字句意義解釋清楚，就能把握得到。這就更儼然近乎「神韻」說了。本此，謝榛把詩歌作品依藝術表現的高下，分爲三類：

　　　　凡上官臨下官，動有昂然氣象，開口有別，若李白「黃鶴
　　　　樓中吹玉笛，江城五月落梅花」（〈與史郎中欽聽黃鶴樓上

吹笛〉)，此堂上語也；凡下官見上官，所言殊有條理，不免侷促之狀，若劉禹錫「舊時王謝堂前燕，飛入尋常百姓家」(〈烏衣巷〉)，此堂下語也。凡訟者說得顛末詳盡，猶恐不能勝人，若王介甫「茅簷長掃淨無苔，花木成蹊手自栽」〔註17〕(〈書湖陰先生壁二首〉之一)，此階下語也。

「堂上語」、「堂下語」、「階下語」三個等級，是就詩歌的蘊藉與否而定的。所謂的「堂上語」，是指詩意含而不露，猶如上官臨下官時的莫測高深，如李白的「江城五月落梅花」，究竟是寫景還是摹寫笛聲，不可確指，此即為「想頭落於不可測處」。相反的，像「茅簷長掃淨無苔，花木成蹊手自栽」之類，傾箱倒篋的正面說盡，猶如階下人語之惟恐不切、惟恐不盡，毫無餘味可言，故為下品。

四、王世貞

格調說發展至「後七子」時期，剽擬的流弊已顯然可見。今人劉明今解釋其中的原因說：「『格調』二字雖有較豐富的含蘊，但作為一種創作論來提倡，則古人作品內在的格力風調難求，外在的體格聲調易辨，其結果必然是漸漸地流於形式，遺神得貌，徒然學得古人的空架子。」〔註18〕王世貞（1526～1590）反對這種「遺神得貌」的模擬，認為這是「名為閨繼，實則盜魁，外堪皮相，中乃膚立，以此言家，久必敗矣」(《藝苑卮言》卷五，以下只注卷數)。又說：「剽竊模擬，詩之大病，亦有神與境觸，師心獨造，偶合古語者，……不妨俱美，定非竊也。」(卷五) 他反對剽竊模擬，而認同「神與境觸」之下的「偶合古語」，這是強調詩應出於情與景的偶然觸發、自然結合。《藝苑卮言》中，時常可見「神與境觸」、「神與境合」、「興與境詣」、「彼我趣合」等詞語，他也以這些詞，稱讚前人作品之妙，例如：「西京、建安，似非琢磨可到，要在專習凝領之久，神與境會，忽然而來，渾然而就，無岐級可尋，無色聲可指。」(卷一)「阮公〈詠懷〉，遠近

〔註17〕《全宋詩》卷五六六作「茆簷長掃靜無苔，花木成畦手自栽。」
〔註18〕見劉明今《中國文學批評通史‧明代卷》，頁265。

之間，遇境即際，興窮即止，坐不著論宗佳耳。」（卷三）對「忽然而來，渾然而就」、「遇境即際，興窮即止」的創作狀態的強調，這都是他類似神韻說的地方。

此外，王世貞論五言絕句「以有限寓無限」的藝術境界，也有一番見解。他說：「絕句固自難，五言尤甚，離首即尾，離尾即首，而要腹亦自不可少。妙在愈小愈大，愈促而緩。吾嘗讀《維摩經》得此法，一丈室中置恆河沙諸天寶座，丈室不增，諸天不減。又一刹那定作六十小劫，須如是乃得。」（卷一）近人郭紹虞則認為：「此種議論，早已抉發漁洋論詩之妙了。」﹝註19﹞後來神韻說即承此觀點，將短幅小詩，咫尺而藏萬里之勢的藝術觀，作了更大的發揮。

五、王世懋

王世懋﹝註20﹞（1536～1588），王世貞之弟，他的《藝圃擷餘》，已有許多觀點為阮亭所本，例如王世懋云：「小詩欲作王、韋，長篇欲作老杜，便應用其全體。」阮亭則說：「山水閒適宜王、韋，鋪張敘述宜老杜。」（翁方綱《石洲詩話》卷一引）又王世懋說：「絕句之源，出於樂府，貴有風人之致。其聲可歌，其趣在有意無意之間，使人莫可捉著。盛唐惟青蓮、龍標二家詣極。」漁洋論七言絕句亦云：「開元、天寶諸名家，無美不備，李白、王昌齡猶為擅場。」（《唐人萬首絕句選‧凡例》）漁洋甚至還特別拈出《藝圃擷餘》中的數語，加以推崇。他說：

> 王奉常小美作《藝圃擷餘》，有數條與其兄濟南者異，予特拈出。如云：「今之作者，但須真才實學，本性求情，且莫理論格調。」又云：「詩有必不能廢者。雖眾體未備，而獨擅一家之長，如孟浩然，洮洮易盡，止以五言雋永，千載並稱王、孟。我明其徐昌穀、高子業乎？二君詩大不

﹝註19﹞ 見《中國文學批評新論》，頁 326。
﹝註20﹞ 王世懋雖不在前注後七子之列，然郭紹虞曰：「七人之外，如王世懋，是王世貞的兄弟，如胡應麟、屠隆、李維楨又在王世貞所謂『末五子』列。這些人氣味相投，所以也可以列入後七子派。」（同前書，頁 315）

同，而皆巧於用短。徐能以高韻勝，有蟬蛻軒舉之風。高
能以深情勝，有秋閨愁婦之志。更千百年，李、何尚有廢
興，二君必無絕響。」此眞高識迴論。（《池北偶談》卷十二）

王世懋不但看出徐禎卿（1479～1511）、高叔嗣（1502～1538）兩人，
前者「以高韻勝」，後者「以深情勝」的藝術特色，而且還預言：「更
千百年，李、何尚有廢興，二君必無絕響。」可見，他認爲徐、高二
家的高韻深情，比李、何的格調高暢更能引起深遠的迴響。阮亭對王
世懋以上的觀點深表贊同，認爲「此眞高識迴論」，又順著王世懋對
徐禎卿、高叔嗣的評賞，拈出明詩的「古澹」派：

明詩本有古澹一派，如徐昌國（禎卿）、高蘇門（叔嗣）、
楊夢山（巍）、華鴻山（察）輩。自王、李專言格調，清音
中絕。（《池北偶談》卷十二）

他還進一步去落實「二君必無絕響」之說，著手選編徐、高二家詩，
成《二家詩選》二卷，顯然以二人爲明代「古澹一派」、「清音」的代
表。《四庫全書總目提要》將漁洋選錄二家詩的內因說得更清楚：「前、
後七子軌範略同，惟禎卿、叔嗣雖名列七子之中〔註21〕，而泊然於聲
華馳逐之外。其人品本高，其詩上規陶、謝，下摹韋、柳；清微婉約，
寄託遙深，於七子爲別調。越一、二百年，李、何爲眾口所攻，而二
人則物無異議。」（卷一九〇《二家詩選》提要）徐禎卿、高叔嗣二
家詩，前者「韻本清華」（《明詩綜》卷三十一），後者「五言沖淡，
得韋蘇州體」（沈德潛《明詩別裁集》），「於七子爲別調」，得古澹派
的精神。《四庫全書總目提要》繼之云：「士禎之詩，實沿其派，故合
二人之作，編爲此集。」依照這個說法，則漁洋合二人之詩成《二家
詩選》，乃有意往上推，標舉出明代的神韻詩代表。

六、謝肇淛

除了上述諸人之外，與王世貞兄弟同時的胡應麟、稍後的陸時雍，

〔註21〕高叔嗣雖少受知李夢陽，卻並未名列前、後七子中。

其詩歌理論都頗爲重視詩歌的風神、韻度，體現出由「格調」說向「神韻」說轉移的趨勢。胡、陸二人以「神韻」論詩的內容，本文第二章業已說明，此處不再複述。唯補述在胡應麟之後、陸時雍之前的謝肇淛（1567～1624）。謝肇淛，字在杭，萬曆三十年進士，著有詩論《小草齋詩話》。錢謙益《列朝詩集小傳》論其學詩嘗「服膺王、李」，可算是王世貞、李攀龍的後學。其《小草齋詩話》論詩，則「體現了格調說與神韻說的調和色彩」〔註22〕，例如他認爲：「詩以法度爲主，入門不差，此是第一義。」（卷一）學爲詩，首先須「宗旨當審」，第二是「典刑（體裁）當存」，第三爲「蒐材當廣」，第四爲「律度當嚴」。這些都是可以明確規範、有跡可求的。而在此四點之外，他還提出了詩歌創作尚有不可言傳之處：「至於神情高遠，興趣幽微，似離而合，似易而難，可以意會，不可以言傳也。」（卷一）這就在重視「宗旨」、「典刑」、「律度」之上，融入了「可以意會，不可以言傳」的詩歌風神。

謝肇淛論詩歌創作，主張「詩以興爲首義」。他說：

> 詩以興爲首義，故作詩何常？惟要情境皆合，神骨俱清。故其地則崇岫浚壑、精舍祇林；其人則道侶高蹤、名姝國士；其時則和風素月、霽雪夕陽；……其物則幽鳥名花、茂林在石；其器則筆床書庋、談塵茶囊；其情則登高望遠，送別思歸。境以適來，情隨遇發，如風篁石澗，自然成韻矣。（卷一）

> 唐鄭榮善爲詩，及相，或問曰：「相國近爲詩否？」曰：「詩思在灞橋風雪中驢子上，此處從何得之？」……大凡作詩須要神境會合，塵俗不到。灞陵、風雪、騎驢，神清境清，覓句安得不佳？一行作吏，心計轉粗，富貴勢利念頭，終日憧憧，擺脫不去，求一語合作不可得也。（卷三）

由上文可知，謝肇淛所謂的「興」，是詩人「神骨俱清」的主觀之「神」，與「塵俗不到」的客觀清幽之「境」的會合。他認爲「境以適來，情隨遇發，如風篁石澗，自然成韻」的詩思，須於大自然的清景中醞釀

〔註22〕見劉明今《中國文學批評通史‧明代卷》，頁552。

而得。而詩人亦須有超逸的胸襟，方能「神清境清」。若是「富貴勢利念頭，終日幢幢」，那就會「求一語合作不可得」。這與神韻說論「清遠」之旨，頗爲相似。

王廷相說：「詩貴意象透瑩，不喜事實粘著。」謝肇淛則進一步發揮道：「離語勝正，反語勝即。」主張詩歌形象不必太過於拘泥、執著。他舉例說：

> 「夜半鐘聲到客船」，鐘似太早矣。「驚濤濺佛身」，寺似太低矣。「黑雲壓城城欲催，甲光向日金鱗開」，陰晴似太速矣。……然於佳句毫無損也。詩家三昧，政在此中見解。譬如摘雪中蕉以病摩詰之畫，摘點畫之訛以病右軍之書，論非不確，如畫法書法不在是何？

文中所舉的詩例、王維畫「雪中蕉」、王羲之書法點畫不確，都與現實世界的客觀事實有所出入，卻「於佳句毫無損」。這與後來神韻說對「興會超妙」的體會是一致的。

從以上的論述，大致可見隱含在明代格調說內部的神韻理念的發展。這些詩論，或點出了「神與境會」的創作狀態優於句模字擬，或注意到藝術境界與現實層面的「不即不離」；或指出詩歌除了外在形式，還有不可言傳的「神情高遠，興趣幽微」之處；或注重蘊藉含蓄的美感，可謂不一而足。王士禎將這些觀點加以集中融會，標舉「神韻」說，成爲這條詩學路線的集大成。在清代，已有許多學者指出：神韻說乃是自明代格調說中演化而來，例如紀昀〈冶亭詩介序〉即云：「國初變而學北宋，漸趨板實，故漁洋以清空縹緲之音變易天下之耳目，其實亦仍在七子舊派神明運化而出。」翁方綱〈漁洋詩髓論〉也說：「二李言格調，而先生言神韻。格調化而爲神韻，則千彙萬狀，皆歸大冶。」但是，王士禎的「神韻」論雖與前後七子「格調」說有如此深的淵源，然兩者的詩學內涵卻大有不同，尤其是兩者的審美觀，絕不相類。從下列沈德潛《說詩晬語》中的評論，即可見一斑：

李滄溟（攀龍）推王昌齡「秦時明月」（〈出塞〉）爲壓卷。
王鳳洲（世貞）推王翰「葡萄美酒」（〈梁州詞〉）爲壓卷。
本朝王阮亭則云：「王維之『渭城』（〈送元二使安西〉），李
白之『白帝』（〈早發白帝城〉），王昌齡之『奉帚平明』（〈長
信秋詞〉），王之渙之『黃河遠上』（〈涼州詞〉），其庶幾乎！
而終唐之世，亦無出四章之右者矣。」滄溟、鳳洲主氣，
阮亭主神，各自有見。（卷上）

沈德潛認爲：李攀龍、王世貞與王漁洋評詩的不同企尙，在於「氣」
與「神」的差別。李、王許爲壓卷的「秦時明月漢時關」、「葡萄美酒
夜光杯」主「氣」，以氣盛格高勝；漁洋所推崇的「渭城朝雨浥輕塵」、
「朝辭白帝彩雲間」、「奉帚平明金殿開」、「黃河遠上白雲間」四章，
則主「神」，以神韻悠遠見長。袁枚也曾以音樂風格，比喻兩者予人
的不同審美感受，他說：「七子擊鼓鳴鉦，專唱宮商大調，易生人厭；
阮亭善爲角徵之聲，吹竹彈絲，易入人耳。」（《隨園詩話》卷四）藉
著沈德潛、袁枚二人對七子派與「神韻說」的認識，正可看出兩種詩
學審美好尙的不同。所以，紀昀從淵源關係上說：神韻說乃是自「七
子舊派神明運化而出」，是沒有錯的；但如果直接稱「其實格調即神
韻也」〔註23〕，那就有待商榷了。

第三節　詩論與畫理的融通

一、逸品與神韻

　　惠棟註補《漁洋山人自撰年譜》引吳陳琰云：「先生（漁洋）論
詩，要在神韻。畫家逸品居神品之上，惟詩亦然。」言下之意，指詩
中神韻詩，即畫中逸品。漁洋的確時常以「逸品」稱許他所欣賞的詩

〔註23〕翁方綱〈神韻論・上〉說：「昔之言格調者，吾謂新城變格調之說而
　　　衷以神韻，其實格調即神韻也。」又〈題漁洋先生戴笠像〉亦云：「夫
　　　空同、滄溟所謂格調，其去漁洋所謂神韻者，奚以異乎。」（《復初
　　　齋文集》卷三十四）

篇,例如:

> (王庭)五言詩,清眞古澹,有陶、韋風,與石湖邢昉相
> 上下,足稱逸品。(《池北偶談》卷十)
>
> 青溪先生晚出,兩俱擅場,詩與畫皆登逸品。(《籬尾續文》)
>
> 或問「不著一字,盡得風流」之說,答曰:太白詩「牛渚
> 西江夜,青天無片雲;登高望秋月,空憶謝將軍。……」
> 孟襄陽詩:「挂席幾千里,名山都未逢;泊舟潯陽郭,始見
> 香爐峰。……」詩至此,色相俱空,正如羚羊挂角,無跡
> 可求,畫家所謂逸品是也。

而畫中「逸品」的內涵爲何呢?「神韻」與「逸品」又有何相通之處
呢?探本追源,先從「逸品」在畫論中的淵源談起。現存畫論中最早
的「逸品」說,爲唐人朱景玄的《唐朝名畫錄》〔註24〕,其自序云:
「以張懷瓘《畫品斷》神、妙、能三品,定其等格,……。其格外有
不拘常法,又有逸品,以表其優劣也。」可見「不拘常法」,爲逸品
的特色之一。除此之外,朱景玄對逸品,並沒有進一步的解說,而今
人嚴善錞則從其《唐朝名畫錄》中觀察到一個現象:「從全文來看,
朱的『逸品』,除了是一種別致的繪畫風格外,還帶有特定的人格色
彩。他的神、妙、能三品,基本上是一種藝術技能的優劣論,……然
而,當他在評論逸品畫時,則採用了一種以人品畫的方式,即通過對
畫家的那種出入不拘、放浪形骸的處世態度的描繪,來渲染他們的創
作狀態。」〔註25〕觀朱景玄《唐朝名畫錄》中,置於逸品者有三人,
書中對三人處世與作畫時的態度,描述如下:

> 王墨,不知何許人,亦不知其名。善潑墨畫山水,時人故
> 謂之王墨,多遊江湖間,……性多疏野,好酒,凡欲畫圖
> 幛,先飲醺醉,之後即以墨潑,或笑或吟,腳蹙手抹。……
> 應手隨意,倐若造化。

〔註24〕《四庫全書・唐朝名畫錄提要》云:「張懷瓘作《書斷》,始立神、
  妙、能三品之目,猶之上、中、下也。別立逸品,實始於景玄。」
〔註25〕見《中國繪畫研究論文集》,〈從「逸品」看文人畫運動〉一文(頁456)。

李靈省，落拓不拘檢，長，愛畫山水，每圖一幛，非其所
欲，不即強爲也。但以酒生思，傲然自得，不知王公之尊
貴。……或爲峰岑雲際，或爲島嶼江邊，得非常之體，符
造化之功。不拘於品格，自得其趣爾。

張志和，或號曰煙波子，常漁釣於洞庭湖〔註 26〕。初，顏
魯公典吳興，知其高節，以漁歌五首贈之。張乃爲卷軸，
隨句賦象，人物、舟船、鳥獸、煙波、風月，皆依其文，
曲盡其妙。

這三個人，皆志節高邁，放逸不羈。反映於創作上，則是「不拘於品
格」，而能「應手隨意，倏若造化」、「得非常之體，符造化之功」。從
這個地方，可以推知「逸品」之所以「不拘常法」，實與畫家「出入
不拘、放浪形骸」的處世風格密不可分。

繼朱景玄之後，宋代的黃休復著《益州名畫錄》，將朱景玄置於
神、妙、能三品之外的「逸品」，移至最上，四品的次序變成「逸、
神、妙、能」，也就是將「逸品」提到了首位〔註 27〕，顯示他對逸品
的推重。他並對「逸格」作了比較具體的解釋：

畫之逸格，最難其儔。拙規矩於方圓，鄙精研於彩繪，筆
簡形具，得之自然。莫可楷模，出於意表。故目之曰『逸
格』爾。（《益州名畫錄・目錄》）

「拙規矩於方圓」，就是朱景玄所說的「不拘格法」。「鄙精研於彩
繪」，即在顏色上「歸於素樸地淡彩或水墨之意」〔註 28〕。所謂「筆
簡形具，得之自然」，是以簡煉的筆墨傳生動自然的形象。《益州名
畫錄》中，唯一居於「逸格」的畫家是唐代的孫位，黃休復說他作

〔註 26〕據張宗櫹《詞林紀事》卷一云：「張志和，金華（今浙江省）人。顏
真卿守湖州（浙江省吳興縣）時，志和來謁，願浮家泛宅，往來苕
霅間，蹤跡未嘗入楚也。」既未入楚，自然不可能「常漁釣於洞庭
湖」，此處「洞庭湖」當爲「太湖」。（台北：中華，民國 59 年，頁
10）

〔註 27〕徐復觀《中國藝術精神》說：「他（黃休復）在畫論上特別值得一提
的，乃是一般認爲由他而確立了逸格在繪畫中的崇高地位。」（頁 307）

〔註 28〕同前書，頁 309。

畫,「皆三五筆而成」,就能創造出「千狀萬態、勢欲飛動」的作品來,這正是「筆簡形具,得之自然」的體現。值得一提的是,黃休復介紹孫位時,不忘點出他「性情疏野,襟抱超然」、「禪僧道士,常與往還。豪貴相請,禮有少慢,縱贈千金,難留一筆」的性格,這與朱景玄的逸品三人,頗有相近之處。至元人夏文彥《圖繪寶鑑》則云:「或有逸品,皆高人勝士,寄興寓意者,當求筆墨之外,才爲得趣。」直接說逸品是出自「高人勝士」之手,並從畫的內容談逸品,要求觀賞者當賞其筆墨之外的趣味。

到了明、清時期,人們對「逸品」有了更多的推崇與談論。例如明人董其昌《畫旨》云:「畫家以神品爲宗極,又有以逸品加於神品之上者,曰:『失於自然,而後神也。』此誠篤論。」何良俊《四友齋畫論》也說:「余初謂逸品不當立於神品之上,後聞古人論畫,又有自然之目,則眞若有出於神品之上者。」這都是以「自然」之妙稱許「逸品」。清代畫家惲格對「逸品」的內容,有更深刻的看法。其《南田畫跋》云:「逸品,其意難言之矣。」又云:「不落畦徑,謂之士氣;不入時趨,謂之逸格。……稱其筆墨,則以宕逸爲上;咀其風味,則以幽澹爲工。雖離方遯圓,而極妍盡態。」繼云:「高逸一種,蓋欲脫盡縱橫習氣,澹然天眞。所謂無意爲文乃佳。故以逸品居神品之上。若用意模倣,去之愈遠。」所謂「以宕逸爲上」、「以幽澹爲工」,「無意爲文乃佳」等的描述,與神韻詩的審美理想頗爲相類。而笪重光《畫筌》更云:「神韻幽閒,斯稱逸品。」

從以上的論述來看,「逸品」的內涵,約以言之,大概包涵了兩個層面的超越:一是技法層面,二是精神層面。而這兩方面的超越,也是「神韻說」主要與之相通之處,說明如下:

第一,就技法層面而言,畫中「逸品」乃「不拘格法」、「離方遯圓」而成,它超越了格法、色彩等一般的規矩,直接把握對象之神,而能「應手隨意,倏若造化」、「筆簡形具,得之自然」。清代畫家王原祁稱讚元人倪瓚的畫:「纖塵不染,平易中有矜貴,簡略中有精彩,

又在章法筆法之外，爲四家﹝註29﹞第一逸品。」(《雨窗漫筆》)此即點出了超出「章法筆法之外」爲「逸品」畫的特色。「神韻說」也講求詩歌創作技法的超越。漁洋曾以學書爲喻，認爲學習書法時：「如有法執，故自爲斷續。當筆忘手，手忘心，乃可。」並說這也是「吾輩作詩文眞訣」(《居易錄》)。「筆忘手，手忘心」，即忘卻心中的法執，不爲格法所縛。對於技法，應當始於學習，終而超越，這是神韻說追求的目標。本文上一章也曾提到，漁洋回答弟子劉大勤時，曾明白指示：詩法並非「不易之式」，創作的最高境界，要能如「神龍行空」(《師友詩傳續錄》)，神明變化，不拘常法，才能造化入筆端，筆端師造化。

第二，就精神層面而言，「逸品」乃是藝術家超拔的處世態度的反映。由前文關於「逸品」說發展的敘述，可看出列入「逸品」的畫家，大多是襟抱超然、不拘禮法，傲視富貴中人的「高人勝士」。明人唐志契的《繪事微言》云：「蓋逸有清逸，有雅逸，有俊逸，有隱逸，有沈逸。逸縱不同，從未有逸而濁，逸而俗，逸而模稜卑鄙者。」可見「逸」的性格是遠離濁、俗、卑鄙的，塵容俗狀者之畫，是難入「逸品」的。

「神韻說」也要求詩人具有遠離俗世的心靈，這在本文第三章業已說明。不過，畫中「逸格」，是以「畫家本身生活形態的逸」爲基本條件的﹝註30﹞。那些列入逸品的畫家，不是「遊於江湖」，「性多疏野」，就是「落拓不拘檢」。前文提到的清代畫家惲格，其一生力追「逸品」，也是「性落拓，雅尙遇知己，則匝月爲之點染；非其人，視百金猶土芥，不市一花片葉也。以故遨遊數十年，而貧如故。」﹝註31﹞至於提倡神韻說的王士禎，一生爲宦途中人，其生活自然不可能如此放逸，他只能盡力追求「心遠地自偏」式的心靈超逸，故近人吳調公

﹝註29﹞指畫史上的「元四家」：倪瓚、黃公望、王蒙、吳仲圭。
﹝註30﹞見徐復觀《中國藝術精神》，頁316。
﹝註31﹞見于安瀾編《畫論叢刊‧作家事略》，頁10。

稱他爲「心靈遠遊人」〔註32〕。他所推崇的宋人李公麟〈陽關圖〉，
其中的釣者，雖處「塵氛群動中」，卻能不受干擾，悠然閒適〔註33〕，
這就是他所謂心靈之「遠」的最佳寫照。從下面這件事，可略見漁洋
心靈空間的超越：

> 江行看晚霞，最是妙境。余嘗阻風小孤三日，看晚霞，極妍
> 盡態，頓忘留滯之苦。雖舟人告米盡，不恤也。賦三絕句云：
> 「彭澤縣前風倒吹，三朝休怨峭帆遲。餘霞散綺澄江練，滿
> 眼青山小謝詩。」「白浪空江斷去人，連朝風色起青蘋。小
> 孤山外紅霞影，定子當筵別是春。」……（《漁洋詩話》卷上）

漁洋因風浪而被困於小孤山，他卻因晚霞的「極妍盡態」而忘「滯留
之苦」，更且在米糧告罄的困境中，還能不以爲意的臨江賦詩。再者，
他因喜好太湖之濱「漁洋山」的景色，而自號「漁洋山人」〔註34〕，
他對「秋霖不止，文書頗稀；叢竹蕭蕭，似聽愁滴」（《香祖筆記》）
寂寥風味的幽賞，以及他對登山臨水的癖好〔註35〕，都說明了他嚮往
超越世俗的精神境界，並力圖將自己從官場富貴的環境中拉開距離。
而這，就是他「神韻說」重要的精神內涵。看不到這一層，就會誤以
爲「神韻說」不重詩法、不拘門徑，方便易學。梁章鉅《退庵隨筆》
即云：「自王漁洋倡神韻之說，於唐人盛推王、孟、韋、柳諸家，今
之學者翕然宗之。其實不過喜其易於成篇，便於不學耳。」「神韻說」
高標澹宕疏遠的王、孟詩篇爲學習的典範，至於末流，卻「每爲淺學
形似所混」〔註36〕，正因其中缺乏了超越世俗的精神修養所致。

〔註32〕見吳調公《神韻論》，頁2。

〔註33〕關於李公麟畫〈陽關圖〉的內容，見本文第三章第二節。

〔註34〕《漁洋文》云：「漁洋山在鄧尉之南，太湖之濱，與法華諸山相連綴，
巖谷幽窅，筇屐罕至：登萬峰而眺之，陰晴雪雨，煙鬟鏡黛，殊特
妙好，不可名狀。余入山探梅信，宿聖恩寺還元閣上，與是山朝夕
相望，若有夙因，乃自號漁洋山人云。」

〔註35〕《居易錄》云：「余自少癖好山水，嘗憶古人『身到處，莫放過』之
言。……余豈敢望古人，若山水之癖，則庶幾近之耳。」

〔註36〕賀貽孫《詩筏》云：「王、孟澹宕而眚虛高巖，王、孟疏遠而昌齡綿
密。詩家以澹宕疏遠爲至，然每爲淺學形似所混。」

離世絕俗，不拘禮法，也可說是一種精神上的自由。《漁洋詩話》中，王氏借《莊子·田子方》的故事，以喻藝術家創作時，精神自由的重要：

> 《莊子》：「宋元君將畫圖，眾史皆至，受揖而立，舐筆和墨。有一史後至，儃儃然不趨，受揖不立。之舍，使視之，則解衣盤礴，臝。君曰：『可矣，此真畫者也。』」詩文須悟此旨。（卷上）

文中敘述一位畫家受宋元君之命前來作畫，他的舉止與眾不同：其他畫家態度恭敬，獨他步履舒緩，而且「解衣盤礴」，脫下衣服箕踞盤坐以作畫，表現出不受世俗禮法拘束的創作精神，宋元君稱讚他：「此真畫者也。」漁洋借以喻詩人從事創作時，特殊的精神狀態。他說：「詩文須悟此旨」，即是說：詩文創作也講究精神的自由。正如惲格所云：「作畫須有解衣盤礴、旁若無人之意，然後化機在手，元氣狼藉，不為先匠所拘，而游於法度之外矣。」（《南田畫跋》）精神上不受拘束，靈感湧現，就能「不為先匠所拘，而游於法度之外」。換言之，創作時精神的超越，自然能導致技法上的超越。

二、天外數峰，略有筆墨

除了以「逸品」比擬神韻詩之外，王士禛還經常以宋代畫家郭忠恕畫「天外數峰」之事，喻詩文之道：

> 又王楙《野客叢書》有云：「太史公如郭忠恕畫天外數峰，略有筆墨，意在筆墨之外。」詩文之道，大抵皆然。（《蠶尾續文》）

同樣的言論，也見王士禛的《香祖筆記》中。「天外數峰」的藝術內涵，本文上一章已加以討論。簡言之，就是今人錢鍾書所說的：「以經濟的筆墨獲取豐富的藝術效果，以削減跡象來增加意境。」（《七綴集·中國詩與中國畫》）這種藝術表現法，也可以說是「逸品」畫「筆簡形具」、「簡略中有精彩」的具體發揮。在畫論中，類似的觀點亦復不少，如：

> 古人論詩曰:「詩罷有餘地。」謂言簡而意無窮也。……畫之簡者類是。(惲格《南田畫跋》)
>
> 郭恕先遠山數峰,勝小李將軍(李昭道)寸馬豆人千萬,……以逸氣勝故也。(同上)
>
> 未解筆墨之妙者,多喜作奇峰峭壁,老樹飛泉。或突兀以驚人,或挈攫以駭目。是畫道之所以日趨於俗史也。夫秋水蒼葭,望伊人而宛在;平林遠岫,託意興而悠然。……因更假圖寫以寓其恬淡沖和之致,故其為跡,雖閒閒數筆,而其意思,能令人玩索不盡。(清·沈宗騫《芥舟學畫編》卷一·「神韻」)
>
> 大凡天下之物,莫不各有隱顯。顯者陽也,隱者陰也;顯者外案也,隱者內像也。……比諸潛蛟之騰空,若只了了一蛟,全形畢露,……形盡而思窮,於蛟何趣焉。(清·布顏圖《畫學心法問答》)

空能納萬境,空白多餘韻。繪畫上的空白,本身就是意境的一部分,它能蘊含無限於有限,使讀者約略入景中,目注神馳,游賞無窮。宋人范溫《潛溪詩眼》說:「韻者,有餘也。」而神韻說注重餘韻,也就是在詩中適當的留下「有餘」、「不言」的部分,使讀者牽動自己的情感、經驗、思想去聯想、補充,充分馳騁想像去追尋,透過詩篇的引領與暗示,得出自己對詩篇的獨特會解。劉熙載《藝概·詩概》說:「律詩之妙,全在於無字處。」這裏的無字處就是一種「空白」。空白並不是空虛,一無所有,而是表面上看來似乎「減少」,事實上卻是一種增加。它為讀者進行再創造提供了「臥以游之」(張彥遠《歷代名畫記》)的審美空間,使讀者思之有餘,久而更新。今人童慶炳從心理學的角度解釋這種現象云:「審美體驗中主體自身具有完形和投射功能,可將不完整的組織完整,可將空白填補為充實。」〔註37〕反之,若不留餘地,「全形畢露」,就會如布顏圖所說的「形盡而思窮」,

---

〔註37〕見童慶炳《中國古代心理詩學與美學》,頁87。

看起來好像很充實，卻窒息了讀者的想像的空間。近人宗白華說：「中國詩詞文章裏都著重這空中點染，搏虛成實的表現手法，使詩境詞境裏面有空間，有盪漾，和中國畫面具有同樣的意境結構。」〔註38〕詩境和畫境，都重視「空白」的作用，給予讀者移情臥遊的餘地，這就是神韻說與畫論互爲融通之處。

三、整體大於個別

漁洋《古夫于亭雜錄》有云：

> 吳道子畫鍾馗，手捉一鬼，以右手第二指抉鬼眼，時稱神妙。或以進蜀主孟昶，甚愛重之。一日，召示黃筌，謂曰：「若以姆指掐鬼眼，更有力，試改之。」筌請歸，數日，看之不足，以絹素別畫一鍾馗，如昶指，並吳本進納。昶問之，對曰：「道子所畫，一身氣力、色貌俱在第二指，不在姆指。今筌所畫，一身氣力、意思併在姆指，是以不敢輒改。」此雖論畫，實詩文之妙訣。（卷一）

吳道子畫的鍾馗，構圖是整體性的。孟昶企圖將原畫「以右手第二指抉鬼眼」，改成「以姆指掐鬼眼」，沒想到卻「牽一髮而動全身，易一子而改全局」。黃筌觀察數日，仍不知該從何下手，最後，他只好以絹素另畫一幅「以姆指掐鬼眼」的鍾馗。從表面上來看，把抉鬼眼的第二指改爲姆指，似乎只是單純將畫的線條作更動，何以會影響全局？黃筌道出了此中的緣由：「道子所畫，一身氣力、色貌俱在第二指，不在姆指。」原來，吳道子畫的鍾馗，除了看得見的線條、圖形之外，還有看不見的「一身氣力、意思」，也就是形外之神。一幅氣韻生動的圖畫，並非只是線條、墨彩、圖形機械的組合；這些有形的元素，經由藝術家匠心獨運的融合之後，就會在有形的實像之外，產生無形的精神、神態。由此可以領悟到：一首詩雖然是由個別的語言文字組成，但卻不是數學的加法的「總和」〔註39〕。詩中的文字，首

〔註38〕見宗白華《美學的散步》〈中國藝術意境之誕生〉一文，頁16。
〔註39〕〔德〕恩斯特・卡西勒著、于曉譯《語言與神話》云：「任何藝術

先因其「表現」功能的強化〔註40〕，而在人的腦海中轉化成「象」。這個「象」能喚起讀者的情感，使讀者從中見出無窮的「象外之象」，實中見虛，成爲和諧圓融的意境。任意更換其中的字句，都會影響到「通篇力量照應」〔註41〕，被改變的不光是字面的意思，連帶整體意境的呈現，都會不同。王士禎曾舉例說：

> 故友陳伯璣嘗語余：「『姑蘇城外寒山寺，夜半鐘聲到客船』，若作『金陵城外報恩寺』，有何意味。」此雖謔語，可悟詩家三昧。（《漁洋詩話》卷中）

一首禁得起吟詠、思索的好詩，本身是有機的組合，是渾然一體的。隨意置換、更動其中的字句，不但影響整首詩的面目，甚至連原詩的「意味」也會跟著消失。所以，錢鍾書說：「捨象忘言，是無詩矣；變象易言，是別爲一詩甚且非詩矣。」〔註42〕即是此意。

　　以上從三方面論述了清代詩學神韻說的貢獻。前兩個部分，是將神韻說置於詩學發展的縱軸上，以見其遠紹歷來的詩論、近承明代神韻理論的集大成性質。同時，在博採眾長的基礎上，清代神韻說亦發展出了屬於自己的面目。第三個部分說明了神韻說與另一個藝術範疇——畫論的融通之處。「神韻」一詞，最初涉及藝術評論，就是始於品畫，當時是指具體形象之外的精神意趣。藉著「以畫喻詩」，王士

品都不能被理解爲只是這些要素的總和，因爲在其中有構成美感的確定規律和特殊原理在起作用。」（台北：桂冠，1990 年，頁204）

〔註40〕童慶炳《中國古代心理詩學與美學》說：「一般地說，語言的指稱和表現這兩種功能是重合在一起的。但在文學創作中，語言的表現功能被提到了主要的地位，……這樣，語言就感覺化、心理化了。」文中並舉「山」這個詞爲例，說明它一方面是個概念，是對各種各樣的山的一種抽象；但另一方面，當人們聽到「山」這個詞的聲音，就會立刻在頭腦中喚起那高低起伏的蒼翠碧綠的峰巒的形象，這就是文字的「表現」功能。（頁 91～92）

〔註41〕張謙宜《絸齋詩談》卷一也引了蜀主孟昶命黃筌改畫之事，並云：「凡詩文作者，注意某一處，某一字，其通篇力量照應，亦必趁此一路，學者不可不知。」

〔註42〕見《管錐編》第一冊，頁 12。

禎融通了詩論與畫理中，對「意在筆墨之外」意境的重視，並藉著從「逸品」說得到的啟發，將神韻說某些更精深的特徵，清楚的揭示出來。這在清代的眾家詩論中，是很具特色的。

第七章　結　論

　　雖然直到清代，「神韻說」才經由王士禎的標舉，成爲重要的詩學理論，但「神韻」這個詞與概念的淵源，卻可上溯至魏、晉時期。當時的人物品鑑，由道德智識的「識鑑」，轉向「賞譽」的層面，將個人種種生動活潑、風格獨具的表現姿態，視爲一種美感活動。「神韻」一詞，即產生於這種帶有審美性質的人倫識鑑的風氣之間。由「神韻」之「神」，可知「神韻」指的是人物形體之外的風神姿態；而「韻」字的內涵，強調的是高遠清逸、超軼絕塵的美感特質。後來謝赫、張彥遠等人，將「神韻」轉用於評論繪畫作品，成爲與「形似」相對的「神似」審美要求，指圖寫人物具有「栩栩如活」之狀。當「神韻」已出現於人倫識鑑與繪畫理論範疇時，詩學領域中的「神」與「韻」卻仍處於分而用之的階段，直到明代的胡應麟與陸時雍，才普遍運用「神韻」論詩，以指含蓄蘊藉、自然天成、有言外餘韻的詩歌藝術特色。「神韻」一詞從畫論移轉至詩論，中間經過了漫長的時間，然而在這段期間裏，卻有鍾嶸、司空圖、嚴羽等詩論家，在不同時代以各自的表述方式，殊途同歸的充實了「神韻說」的理論內涵，爲清代詩學神韻說提供了豐富的理論基礎。

　　就像「神韻」一詞源於人物品鑑，是欣賞者對被賞鑑對象的評論，王士禎提倡神韻說，大抵也是站在詩歌評賞的觀點來立論。不過，人

倫識鑑的鑑賞者，只能完全處於被動的、欣賞的狀態；而王士禎本人同時也具詩人的身分，故「神韻」施之於詩學，不只是評論詩歌藝術高下的標準，也是他主動追求的藝術境界，並以此引導後學創作的方向。神韻說的旨趣，本文分爲：妙在象外的意境追求、清遠爲尚的審美取向、佇興而就的創作論、神韻與性情等四個項目來論述。前兩項尤爲神韻說用力之處。在本文論述的過程中，可以見到：漁洋融合了鍾嶸的「滋味說」、司空圖「味在酸鹹之外」、「不著一字，盡得風流」，嚴羽的「不涉理路，不落言詮」、「鏡花水月」等觀點。這些見解，原本在古代儒家詩學觀之外，隱隱形成另一條以詩歌的意境、興致爲重心的詩學路線，到了王士禎這位美感觸角極爲敏銳的詩人手中，才終於將此一詩學路線明白的標舉出來。另外，若就「神」、「韻」二字的內涵來看，「神」在詩文理論中的意義，大致上包括：構思時「蕩思八荒，游神萬古」（胡應麟《詩藪》內編卷五）的精神活動、創作靈感紛至沓來的興會狀態、文辭之外的精神流露、出神入化不爲技法所拘的藝術造詣等。「韻」的意義，則指筆墨之外，「高風絕塵」、「蕭散簡遠」（蘇軾〈書黃子思詩集後〉）、「測之而益深，究之而益來」、「平淡而有餘」（范溫《潛溪詩眼》）的美感特質。漁洋標舉「神韻」，幾乎將以上「神」、「韻」各自的意義，悉數涵括其中，而且是經由整合後，融入他的神韻詩學體系之中，並非簡單的「神」與「韻」的疊加。

　　詩歌的選輯，是王士禎提倡神韻說重要的一環。《唐賢三昧集》即是王士禎寄寓神韻詩觀的詩歌選本。「三昧」一詞，本意是佛學上的「正定」，王漁洋以「三昧」爲書名，意味著《唐賢三昧集》所選錄的詩歌才是眞正的唐音，也是他心中理想的神韻詩典範。而《唐賢三昧集》所選的詩人，與清代其他總集性質的唐詩選本最大的不同，在於以王維、孟浩然詩爲主體，而李白、杜甫兩大家之詩卻全不著錄。這在當時引發了不少的質疑、批評，可見這種凸顯王、孟地位的唐詩選本，在當時是獨樹一幟的。本文從題材、藝術表現、藝術境界三方面分析《唐賢三昧集》中的作品，可以看出神韻詩的藝術特色，在於

反映虛靜而沖淡的山川靈氣，寫水天之朦朧，雲彩煙嵐之隱約；以簡
約空靈的筆墨，傳達淡而若無，大音稀聲的清遠神韻；從有限中引出
無限，一剎那中包孕永恆。這些特色，正可與神韻說所謂「詩之爲物，
得江山之助」、「詞簡味長」、「興象超詣」等主張相印證。

　　王士禎的神韻說，在清代引起了廣大的迴響，讚賞歎服與批評駁
詰者兼而有之。同調者的推崇自不在話下，而批評者質疑的焦點，大
多針對神韻說易流於空寂、神韻詩脫離現實的缺點而發。神韻說之所
以予人「流於空寂、內容空虛」的印象，是因爲王士禎在創作上主張
興會妙悟，強調個人審美感興的觸發，並且只高舉一種標準而未指出
途徑，沒有明確的詩學規範，所以爲人詬病。又因爲神韻詩多「點染
山水，流連光景」（《四庫全書總目提要》卷一九六《漁洋詩話》提要）
之作，故批評者認爲神韻詩脫離現實生活，沒有調整社會秩序的功
能。事實上，漁洋提倡神韻說，有一部分原因，是爲了糾正清初詩壇
尚存的格調說餘習，即翁方綱所說的「專以針炙李、何一輩之癡肥貌
襲者」（〈神韻論・上〉）。強調個人審美感興的觸發，遇景入詠，情以
景興，就可以避免創作上的貌襲膚廓；而標舉王、孟山水清音，除了
源自家學淵源的薰陶，也是爲了平衡當時人們只知學盛唐詩歌之「高
華典麗」（何世璂《然鐙記聞》）的偏頗。有些大陸的學者則指出：神
韻詩的內容之所以多悅情山水，與現實拉開距離，乃是當時高壓統治
的政治環境下，不得不有的抉擇。總之，神韻說的形成，有王士禎個
人的詩學陶養和愛好的影響，有對時代背景的適應性，有對詩歌發展
糾偏的針對性，故不免有所偏頗。其不足之處，與其特色實是一體的
兩面。

　　清代詩學神韻說對詩學發展的貢獻，就短程而言，它發揚了隱伏
於明代詩學格調說之下的神韻理念，並藉以「滌除有明諸家之塵滓」
（翁方綱〈神韻論・下〉）。若置於詩學發展史來看，神韻說是以繼承
爲創新，將自然興發的性情，清遠的詩風，與餘韻悠揚的美感相結合，
納入神韻說的體系裏。這些內涵，其實歷來的詩論家或多或少都曾注

意、討論過，就連「神韻」二字，在明、清的詩話著作中也屢見不鮮。只不過到王士禎手中，才將這些散見的詩歌美學觀點集中起來，並著意凸顯了對清遠沖淡的詩風的好尚，奉王維、孟浩然爲準的。這個狹義但明確的審美取向，使得王士禎的「神韻說」，與他人詩論著作中使用的「神韻」，有了明顯的區別，而且也免於重複司空圖、嚴羽等的詩學理論。後來，神韻說在清代雖後繼乏力，但其追求詩歌純粹藝術美的精神，則影響了劉熙載、王國維這兩位近代的藝術評論家。神韻說的另一項貢獻，是以畫理喻詩論。漁洋藉著從畫理中獲得的領悟，將神韻說精深微妙之處開掘出來，尤其以畫中「逸品」比擬神韻詩，使人更加明瞭：「神韻說」在創作上雖然對詩法、技巧沒有嚴格的規範，但卻非常重視詩人本身精神、心性的沖淡超逸，要求創作者的心靈「逸」出現實，擺脫功利性與目的性的追求，以一種超越的、忘我的、閒適的態度，融入自然山水，去感覺、傾聽山水景物中所蘊含的自然清音與神趣。神韻詩清遠的藝術境界，即是詩人超拔世俗的襟懷，與山水景物的清澄雋永無間融合；山水中所蘊有的，也就是詩人心中所本有的。這是一種無我之境，但又無處不有我在，所以其中的意蘊才能生生不息，流轉無窮。

　　以上是經由對清代詩學神韻說的研究，歸納出的結論。總之，神韻說是「言有盡而意無窮」、「詩已盡而味方永」（楊萬里《誠齋詩話》）此一詩學命題的高度發展，它追求純粹而精緻的詩歌美感，以創作出「詩中之詩」爲目標。在儒家實用詩學觀長期主導之下，清代神韻說的崛起並蔚然成風，實際上也反映出，人們對詩歌的純粹藝術性有一分共同的嚮往。而且，神韻說的某些內涵，至今仍廣泛影響著人們的藝術審美觀。這個現象，使得神韻說分外具有美學上的價值，值得重視。

參考書目

（每類再依內容性質歸納。民國以前的著作依朝代先後、民國以後依
出版年代排列）

壹、專　書

一、王士禛的著作與詩歌選集

1. 《漁洋精華錄箋注》，〔清〕金榮箋注，臺北：中華，民國 57 年。

2. 《漁洋山人精華錄訓纂》，〔清〕惠棟注，臺北：中華，民國 60 年。

3. 《漁洋精華錄集注》，〔清〕惠棟、金榮注，濟南：齊魯書社，1992
   年。

4. 《居易錄》，臺北：新興，民國 66 年。

5. 《香祖筆記》，臺北：新興，民國 68 年。

6. 《池北偶談》，臺北：漢京，民國 73 年。

7. 《分甘餘話》，臺北：新興，民國 74 年。

8. 《花草蒙拾》（唐圭璋輯《詞話叢編》本），臺北：新文豐，民國 77
   年。

9. 《古夫于亭雜錄》，趙伯陶點校，北京：中華，1988 年。

10. 《帶經堂詩話》，〔清〕張宗柟纂集，戴鴻森校點，北京：人民文學，
    1998 年。

11. 《唐賢三昧集箋注》，〔清〕黃香石評、吳退庵、胡甘亭輯注，臺北：
    廣文，民國 57 年。

12. 《十種唐詩選》，臺北：廣文，民國60年。

13. 《唐人萬首絕句選》，臺北：華正，民國64年。

14. 《方東樹評古詩選》，〔清〕方東樹評，臺北：聯經，民國64年。

15. 《漁洋山人感舊集》，〔清〕盧見曾補傳，臺北：明文，民國74年。

16. 《唐人萬首絕句選校注》》，李永祥，濟南：齊魯書社，1995年。

二、詩話、詞話、筆記類

1. 《詩品注》，〔南朝·梁〕鍾嶸著，陳延傑注，北京：人民文學，1998年。

2. 《詩式》，〔唐〕釋皎然，北京：中華，1985年。

3. 《詩品集解》，〔唐〕司空圖著，郭紹虞集解，北京：人民文學，1998年。

4. 《滄浪詩話校釋》，〔宋〕嚴羽著，郭紹虞校釋，臺北：里仁，民國76年。

5. 《夢溪筆談》，〔宋〕沈括著，侯眞平校點，長沙：岳麓書社，1998年。

6. 《詩藪》，〔明〕胡應麟，北京：中華，一九五八年。

7. 《詩家直說箋注》，〔明〕謝榛著，李慶立、孫愼之箋注，濟南：齊魯書社，1987年。

8. 《小草齋詩話》（《明詩話全編》本），〔明〕謝肇淛，南京：江蘇古籍，1997年。

9. 《詩源辯體》，〔明〕許學夷著，杜維沫校點，北京：人民文學，1998年。

10. 《石遺室詩話》，〔清〕陳衍，臺北：廣文，民國71年。

11. 《射鷹樓詩話》，〔清〕林昌彝，上海古籍，1988年。

12. 《袁枚續詩品詳注》，〔清〕袁枚著，劉衍文、劉永翔合注，上海書店，1993年。

13. 《隨園詩話》，〔清〕袁枚著，王英志校點，南京：江蘇古籍，2000年。

14. 《校注人間詞話》，〔清〕王國維著，徐調孚校注，臺北：漢京，民國69年。

15. 《人間詞話譯注》，〔清〕王國維著，施議對，臺北：貫雅文化，民國80年。

16. 《中國古典詩歌叢話》，陳祥耀，臺北：華正，民國80年。

17. 《雪橋詩話餘集》，楊鍾羲著，劉承幹參校，北京古籍，1992 年。

18. 《宋詩話輯佚》，郭紹虞輯，北京：中華，1987 年。

19. 《歷代詩話》，何文煥輯，北京：中華，1981 年。

20. 《歷代詩話續編》，丁福保輯，北京：中華，1983 年。

21. 《清詩話》，丁福保輯，臺北：藝文，民國 66 年。

22. 《清詩話續編》，郭紹虞編，臺北：藝文，民國 73 年。

23. 《清詩話訪佚初編》，杜松柏主編，臺北：新文豐，民國 76 年。

三、經、史、子、集類

1. 《高僧傳》，〔南朝・梁〕釋慧皎撰，湯用彤校注，北京：中華，1992 年。

2. 《世說新語箋疏》，〔南朝・宋〕劉義慶撰，〔南朝・梁〕劉孝標注，余嘉錫箋疏，上海古籍，1993 年。

3. 《國朝先正事略》，〔清〕李元度，臺北：文海，民國 56 年。

4. 《國朝耆獻類徵初編》，李桓輯，臺北：明文，民國 74 年。

5. 《國朝詩人徵略初編》，張維屏，臺北：明文，民國 74 年。

6. 《清史稿列傳》，趙爾巽，臺北：明文，民國 74 年。

7. 《清史列傳》，清國史館原編，王鍾翰點校，1987 年。

8. 《中國歷史地圖集》，譚其驤主編，臺北：曉園，1991 年。

9. 《唐才子傳校箋》，〔元〕辛文房撰，傅璇琮校箋，北京：中華，1987 年。

10. 《唐詩紀事校箋》，〔宋〕計有功撰，王仲鏞校箋，成都：巴蜀書社，1989 年。

11. 《清詩紀事初編》，鄧文成，臺北：中華，民國 59 年。

12. 《清詩紀事，錢仲聯主編，南京：江蘇古籍，1987 年。

13. 《列朝詩集小傳》，〔清〕錢謙益，臺北：世界，民國 54 年。

14. 《清朝詩人小傳》，〔清〕鄭方坤，臺北：廣文，民國 60 年。

15. 《謝宣城集校注》，〔南朝・齊〕謝朓著，洪順隆校注，臺北：中華，民國 58 年。

16. 《孟浩然詩集校注》，〔唐〕孟浩然著，李景白校注，四川：巴蜀書社，1988 年。

17. 《王維集校注》，〔唐〕王維著，陳鐵民校注，北京：中華，1997 年。

18. 《王右丞集箋注》（《四庫全書》本），〔清〕趙殿成箋注，臺北：商

務，民國 72 年。

19. 《蘇軾文集》，〔宋〕蘇軾著，孔凡禮點校，北京：中華，1986 年。

20. 《蘇軾詩集》，〔宋〕蘇軾著，〔清〕王文誥輯註，孔凡禮點校，臺北：莊嚴，民國 79 年。

21. 《空同先生集》，〔明〕李夢陽，臺北：偉文，民國 65 年。

22. 《復初齋文集》，〔清〕翁方綱，臺北：文海，民國 58 年。

23. 《鮚埼亭集》，〔清〕全祖望，臺北：文海，民國 58 年。

24. 《西陂類稿》（《四庫全書》本），〔清〕宋犖，臺北：商務，民國 72 年。

25. 《小倉山房詩文集》，〔清〕袁枚著，周本淳標校，上海古籍，1988 年。

26. 《鄭板橋全集》，〔清〕鄭燮，臺北：百川，民國 77 年。

27. 《劉熙載文集》，〔清〕劉熙載著，薛正興點校，南京：江蘇古籍，2001 年。

28. 《河嶽英靈集》（四部叢刊初編本），〔唐〕殷璠，台北：商務，民國 56 年。

29. 《唐宋詩舉要》，高步瀛，臺北：學海，民國 75 年。

30. 《唐詩彙評》，陳伯海主編，杭州：浙江教育，1995 年。

31. 《唐詩評三種》，〔清〕黃生等評》，何慶善校點，合肥：黃山書社，1995 年。

32. 《古詩鏡・唐詩鏡》（《四庫全書》本），〔明〕陸時雍，臺北：商務，民國 72 年。

33. 《古詩評選》，〔清〕王夫之評選》，張國星校點，北京：文化藝術，1997 年。

34. 《唐詩評選》，〔清〕王夫之評選》，王學太校點，北京：文化藝術，1997 年。

35. 《明詩評選》，〔清〕王夫之評選》，陳新校點，北京：文化藝術，1997 年。

36. 《唐詩別裁集》，〔清〕沈德潛編》，李克和等校點，長沙：岳麓書社，1998 年。

37. 《清詩別裁集》，〔清〕沈德潛，上海古籍，1984 年。

38. 《晚晴簃詩匯》，徐世昌，北京：中國書店，1988 年。

39. 《全唐詩》，清聖祖御製，上海古籍，1986 年。

40. 《全宋詩》，傅璇琮主編，北京大學，1992 年。

41. 《全宋詞》，唐圭璋編，臺北：洪氏，民國 70 年。

四、詩歌史、文學理論史

1. 《唐詩史》，許總，南京：江蘇教育，1994 年。

2. 《清詩史》，朱則杰，南京：江蘇古籍，1992 年。

3. 《清詩史》，嚴迪昌，臺北：五南，民國 87 年。

4. 《清代詩歌發展史》，霍有明，臺北：文津，民國 83 年。

5. 《清詩流派史》，劉世南，臺北：文津，1995 年。

6. 《唐代文學史》，喬象鍾、陳鐵民主編，北京：人民文學，1995 年。

7. 《明清文學史》，唐富齡，武昌：武漢大學，1991 年。

8. 《中國文學思想史》，〔日〕青木正兒著，鄭樑生、張仁青譯，臺北：開明，民國 66 年。

9. 《魏晉南北朝文學思想史》，羅宗強，北京：中華，1996 年。

10. 《近四百年中國文學思潮史》，陳伯海，上海：東方，1997 年。

11. 《中國文學批評史》，羅根澤，臺北：學海，民國 69 年。

12. 《中國文學批評新論》，郭紹虞，臺北：蒲公英，民國 74 年。

13. 《中國文學理論史，黃羅保眞、成復旺、蔡鍾翔，臺北：紅葉，民國 83 年。

14. 《中國文學理論批評發展史》，張少康、劉三富，北京大學，1995 年。

15. 《中國文學理論史》（六朝篇），王金凌，臺北：華正，民國 77 年。

16. 《中國文學批評通史》（隋唐五代卷），王運熙、楊明，上海古籍，1996 年。

17. 《宋金元文學批評史》，顧易生、蔣凡、劉明今，上海古籍，1996 年。

18. 《中國文學批評通史》（明代卷），袁震宇、劉明今，上海古籍，1996 年。

19. 《清代文學評論史》，〔日〕青木正兒著，楊鐵嬰譯，北京：中國社會科學，1988 年。

20. 《中國文學批評通史》（清代卷），鄔國平、王鎮遠，上海古籍，1996 年。

21. 《中國詩話史》，蔡鎮楚，長沙：湖南文藝，1988 年。

22. 《中國詩學批評史》，陳良運，南昌：江西人民，1995 年。

23. 《中國詩學思想史》，蕭華榮，上海：華東師大，1996 年。

24. 《中國詞學批評史》，方智範等，北京：中國社會科學，1994 年。

五、文學、詩學現代研究

1. 《中國文學家與文學批評》（第三冊），朱東潤編，臺北：學生，民國 60 年。

2. 《中國詩的神韻、格調與性靈說》，郭紹虞，臺北：華正，民國 64 年。

3. 《中國詩學》，劉若愚著、杜國清譯，臺北：幼獅文化，民國 66 年。

4. 《中國詩學縱橫論》，黃維樑，臺北：洪範，民國 66 年。

5. 《王漁洋詩論之研究》，黃景進，臺北：文史哲，民國 69 年。

6. 《中國文學論集》，徐復觀，臺北：學生，民國 69 年。

7. 《飲之太和》，葉維廉，臺北：時報文化，民國 69 年。

8. 《中國文學理論》，劉若愚著、杜國清譯，台北：聯經，民國 70 年。

9. 《王士禎傳記資料》，朱傳譽編，臺北：天一，民國 71 年。

10. 《詩境淺說》，俞陛雲，臺北：開明，民國 71 年。

11. 《鍾嶸與詩品》，梅運生，上海古籍，1982 年。

12. 《宋詩話考》，郭紹虞，臺北：漢京，民國 72 年。

13. 《照隅室古典文學論集》，郭紹虞，臺北：丹青，民國 74 年。

14. 《清代詩學初探》，吳宏一，臺北：學生，民國 75 年。

15. 《王夫之詩論研究》，楊松年，臺北：文史哲，民國 75 年。

16. 《嚴羽及其詩論之研究》，黃羅景進，臺北：文史哲，民國 75 年。

17. 《中國山水詩研究》，王國瓔，臺北：聯經，民國 75 年。

18. 《中國詩歌美學》，蕭馳，北京大學，1986 年。

19. 《胡應麟詩論研究》，陳國球，香港：華風書局，1986 年。

20. 《中國古代文藝美學範疇》，曾祖蔭，臺北：文津，民國 76 年。

21. 《魏晉玄學和文學》，孔繁，北京：中國社會科學，1987 年。

22. 《談藝錄》，錢鍾書，臺北：書林，民國 77 年。

23. 《唐詩學引論》，陳伯海，上海：東方，1998 年。

24. 《中國古代文論家評傳》，牟世金主編，鄭州：中州古籍，1988 年。

25. 《古典文藝美學論稿》，張少康，臺北：淑馨，民國 78 年。

26. 《文學概論》，王夢鷗，臺北：藝文，民國 78 年。

27. 《詩論》，朱光潛，臺北：國文天地，民國 79 年。

28. 《管錐編，錢鍾書，臺北：書林，民國 79 年。

29. 《七綴集，錢鍾書，臺北：書林，民國 79 年。

30. 《詩美學》，李元洛，臺北：東大，民國 79 年。

31. 《歷朝詩話析探》，龔顯宗，高雄：復文，民國 79 年。

32. 《詩話學》，蔡鎮楚，長沙：湖南教育，1990 年。

33. 《詩話概說》，劉德重、張寅彭，北京：中華，1990 年。

34. 《中國古典詩歌藝術新探》，王英志，杭州：江蘇古籍，1990 年。

35. 《漢唐文學的嬗變》，葛曉音，北京大學，1990 年。

36. 《神韻論》，吳調公，北京：人民文學，1991 年。

37. 《中國禪宗與詩歌》，周裕鍇，上海人民，1992 年。

38. 《中國詩學體系論》，陳良運，北京：中國社會科學，1992 年。

39. 《顧羨季先生詩詞講記》，葉嘉瑩，臺北：桂冠，1992 年。

40. 《萬川之月──中國山水詩的心靈境界》，胡曉明，北京：三聯，1992 年。

41. 《王維研究》（第一輯），王維研究會編，北京：中國工人，1992 年。

42. 《詩筏研究，龔顯宗》，高雄：復文，民國 82 年。

43. 《王國維與人間詞話》，祖保泉、張曉雲著，臺北：萬卷樓，民國 82 年。

44. 《神韻詩史研究》，王小舒，臺北：文津，民國 83 年。

45. 《清代詩歌與王學》，陳居淵，臺北：文津，民國 83 年。

46. 《中國古代心理詩學與美學》，童慶炳，臺北：萬卷樓，民國 83 年。

47. 《中國詩學通論》，袁行霈、孟二冬、丁放，合肥：安徽教育，1994 年。

48. 《語言風格論集》，程祥徽、黎運漢，南京大學，1994 年。

49. 《中國性靈文學思想研究》，吳兆路，臺北：文津，民國 84 年。

50. 《王士禎論詩絕句三十二首箋證》，張健，臺北：文史哲，民國 84 年。

51. 《中國古典詩學原型研究》，劉懷榮，臺北：文津，民國 85 年。

52. 《中國詩歌藝術研究》，袁行霈，北京大學，1996 年。

53. 《宋代詩學通論》，周裕鍇，成都：巴蜀書社，1997 年。

54. 《詩國高潮與盛唐文化》，葛曉音，北京大學，1998 年。

55. 《清代文學批評論集》，吳宏一，臺北：聯經，1998 年。

56. 《中國抒情傳統》，蕭馳，臺北：允晨，民國八十八年。

57. 《王國維詩學研究》，佛雛，北京大學，1999 年。

58. 《中國古代文學理論體系——範疇論》，汪湧豪，上海：復旦大學，1999 年。

59. 《中國文學的美感》，柯慶明，臺北：麥田，民國 89 年。

60. 《王國維及其文學批評》，葉嘉瑩，臺北：桂冠，民國 89 年。

61. 《中國古代文學理論體系——原人論》，黃羅霖、吳建民、吳兆路，上海：復旦大學，2000 年。

62. 《清代樸學與中國文學》，陳居淵，南昌：百花洲文藝，2000 年。

63. 《王漁洋事跡徵略》，蔣寅，北京：人民文學，2001 年。

六、藝術、美學類

1. 《古畫品錄》，〔南朝·齊〕謝赫，北京：中華，1985 年。

2. 《歷代名畫記》，〔唐〕張彥遠，北京：中華，1985 年。

3. 《唐朝名畫錄》（《四庫全書》本），〔唐〕朱景玄，臺北：商務，民國 72 年。

4. 《益州名畫錄》（《四庫全書》本），〔宋〕黃休復，臺北：商務，民國 72 年。

5. 《圖畫見聞誌》，〔宋〕郭若虛，臺北：廣文，民國 62 年。

6. 《藝林名著叢刊》，〔清〕笪重光等，北京：中國書店，1983 年。

7. 《藝術的奧秘》，姚一葦，臺北：開明，民國 57 年。

8. 《中國畫論類編》，俞崑，臺北：華正，民國 64 年。

9. 《中國古代繪畫理論發展史》，葛路，臺北：丹青，1980 年。

10. 《美學的散步》，宗白華，臺北：洪範，民國 70 年。

11. 《畫論叢刊》，于安瀾編，臺北：華正，民國 73 年。

12. 《美的歷程》，李澤厚，臺北：谷風，民國 76 年。

13. 《中國書畫》，楊仁愷主編，上海古籍，1990 年。

14. 《中國藝術精神》，徐復觀，臺北：學生，民國 81 年。

15. 《中國繪畫研究論文集》，上海書畫出版社編輯部編，上海書畫，1992 年。

16. 《華夏文化與審美意識》，張文勛，昆明：雲南人民，1993 年。

17. 《中國自然美學思想探源》，魏士衡，北京：中國城市，1994 年。

18. 《中國美學史》，葉朗，臺北：文津，民國 85 年。

19. 《王國維美學思想述評》，聶振斌，瀋陽：遼寧大學，1997 年。

20. 《宋代美學思潮》，霍然，長春出版社，1997 年。

21. 《六朝美學》，袁濟喜，北京大學，1999 年。

22. 《中國原創性美學》，諸葛志，上海古籍，2000 年。

23. 《審美學》，胡家祥，北京大學，2000 年。

貳、單篇論文

一、期刊論文

（一）

1. 〈趙執信與王漁洋在詩壇上的分岐〉，趙蔚芝，《文史哲》1982 年第五期。

2. 〈從詩的表現方法看漁洋詩話神韻說〉，楊慶枝，《中國語文》五十九卷第二期，民國 75 年 8 月。

3. 〈論王士禎詩神韻說及其所謂神韻詩〉，黃振民，《中國國學》第十八期，民國 79 年 11 月。

4. 〈王漁洋「詩論議末」〉，劉河，《貴陽師專學報》（社科版）1991 年第二期，。

5. 〈王士禎詩學情感論的實質〉，崔元和，《晉陽學刊》1992 年第二期。

6. 〈王士禎在《四庫全書總目》中的地位初探〉，楊晉龍，《中國文學研究》第七期，民國 82 年 2 月。

7. 〈王漁洋「神韻說」重探〉，黃景進，《第一屆國際清代學術研討會論文集》，民國 82 年 11 月。

8. 〈王漁洋論唐代樂府詩〉，王運熙，《上海大學學報》（社科版）1995 年第五期。

9. 〈從王士禎《花草蒙拾》論其神韻說〉，顧柔利，《黃埔學報》第三十五輯，民國 87 年 6 月。

10. 〈王漁洋揚州文學活動評述〉，張宇聲，《揚州大學學報》1998 年第一期。

11. 〈從詩史觀到理想典律——王漁洋擇定選集所映現的詩歌觀點與意涵〉，吳明益，《中國古典文學研究》第一期，1999 年 6 月。

12. 〈王漁洋與清初詩風之興替〉，蔣寅，《文學遺產》1999 年第三期。

13. 〈成為典範：漁洋詩作及詩論探微〉，〔美〕孫康宜，《文學評論》2001 年第一期。

（二）

1. 〈劉熙載的美學思想初探〉，佛雛，《中國近三百年學術思想論集》三編，香港：崇文書店，1972 年 3 月。

2. 〈明代主神韻之說的陸時雍〉，龔顯宗，《華學月刊》第一三五期，民國 72 年 3 月。

3. 〈論鍾嶸的形象批評〉，廖棟樑，《古典文學》第八集（中國古典文學研究會主編），民國 75 年。

4. 〈鍾嶸的「滋味」說〉，蔡育曙，《雲南民族學院學報》1987 年第二期，明代前後七子與公安派的對立互補及清代神韻說的確立〉，赫樸寧，《昆明師專學報》（哲社版），1988 年第四期，。

5. 〈清代詩話家語言思想管窺〉，郭明儀，《蘭州大學學報》（社科版）1990 年第一期。

6. 〈試析「頓悟」與「靈感」〉，程善邦，《文藝理論研究》1990 年第二期。

7. 〈趙執信《談龍錄》研究〉，吳宏一，《中國文哲研究所集刊》創刊號，民國 80 年 3 月。

8. 〈古典美學範疇「韻」的破譯〉，彭會資，《文藝理論研究》1991 年第一期。

9. 〈「神韻」內涵與民族文化〉，吳調公，《文學評論》1991 年第三期。

10. 〈中國詩學中的清瑩境界〉，胡曉明，《文藝理論研究》1991 年第三期。

11. 〈論氣韻〉，劉衍文，《文藝理論研究》1991 年第五期。

12. 〈袁枚新論〉，錢仲聯、嚴明，《文學遺產》1994 年第二期。

13. 〈顧愷之論畫的美學意義試探〉，蔡振豐，《中國文學研究》第九期，民國 84 年 6 月。

14. 〈清代詩學書目輯考〉，張寅彭，《上海教育學院學報》1995 年第三期。

15. 〈鍾嶸《詩品》的文學批評價值〉，劉忠惠，《齊齊哈爾師範學院學報》（哲社版）1995 年第四期。

16. 〈六朝「興感」說〉，蕭華榮，《齊魯學刊》1995 年第五期。

17. 〈論詩畫融通〉，毛文芳，《鵝湖》二五三期，民國 85 年 7 月。

18. 〈司空圖《詩品》之美學構架〉，陳良運，《文藝研究》1996 年第一期。

19. 〈人間詞話意境論〉，蕭延恕，《湘潭師範學院學報》1996 年第一期。

20. 〈清代詩學書目輯考〉（續），張寅彭，《上海教育學院學報》1996 年第一期。

21. 〈在人格與詩境相通處──論中國古代詩學的文化心理基〉，李青春《文學評論》1996 年第二期。

22. 〈神韻說三論〉，趙伯陶，《陽山學刊》社科版一九九六第三期。

23. 〈論「韻」的美學內涵〉，陳良運，《人文雜誌》1996 年第三期。

24. 〈清代詩學書目輯考〉（續二），張寅彭，《上海教育學院學報》1996 年第四期。

25. 〈言不盡意：中國古代詩學本體論的重要命題〉，毛正夫，《華中理工大學學報》（社科版）1996 年第四期。

26. 〈論中國古代詩人的讀者意識〉，樊寶英，《華中師範大學學報》（哲社版）1996 第四期。

27. 〈魏晉風度的人格內涵〉，周光慶，《華中師範大學學報》（哲社版）1996 年第四期。

28. 〈試論詩思與外物的關係〉，于俊德，《西北師大學報》（社科版）1996 年第六期。

29. 〈中國文化詩學綱領〉，李青春，《社會科學輯刊》（瀋陽）1996 年第六期。

30. 〈嚴羽詩論緒說〉，童慶炳，《北京師大學報》（社科版）1997 年第二期。

31. 〈玄學價值論與詩學〉，張海明，《北京師大學報》（社科版）1997 年第二期。

32. 〈中國古代詩法敘論〉，陸凌霄，《廣西民族學院學報》（哲社版）1997 年第二期。

33. 〈明清詩歌創作和理論紛爭的四大特徵〉，吳光正，《海南大學學報》（社科版）1997 年第三期。

34. 〈神韻說的意義〉，王建生，《中國文化月刊》第二二○期，民國 87 年 7 月。

35. 〈嚴羽「入神」審美說探析〉，曹東，《洛陽師專學報》1998 年第一期，。

36. 〈關於唐詩──兼談近百年來的唐詩研究〉，胡明，《文學評論》1999 第二期。

37. 〈船山詩學「現量說」新探〉，陶水平，《中國文學研究》2000 年第一期。

38. 〈古典詩學中「清」的概念〉，蔣寅，《中國社會科學》2000 年第一期。

39. 〈盛唐、盛唐氣象與盛唐美學思想〉，張雲鵬，《河南大學學報》（社科版）2000 年第三期。

40. 〈「清」與「怨」的歷史傳承與鍾嶸《詩品》〉，姜曉雲，《文藝理論研究》2000 年第三期。

41. 〈對王維「詩中有畫」的質疑〉，蔣寅，《文學評論》2000 年第四期。

42. 〈宋代詩學術語的禪學語源〉（二），周裕鍇，《文藝理論研究》2000 年第四期。

43. 〈王夫之詩學中的「興會」說〉，崔海峰，《文藝研究》2000 年第五期。

44. 〈禪：生命之境和最高審美之境〉，李天道，《北京大學學報》（社科版）2000 年第六期。

45. 〈明人「韻」論的詩學本體意蘊〉，劉方喜，《華中師範大學學報》（社科版）第三十九卷第五期，2000 年九月。

46. 〈論意境〉，沈季林，《中國文化月刊》第二五八期，民國九十年年九月。

47. 〈蘇軾「詩畫一律」的內涵〉，王韶華，《文藝理論研究》2001 年第一期。

48. 〈《詩品》：著眼於藝術效果的詩歌批評〉，胡大雷，《文藝研究》2001 年第二期。

49. 〈《唐賢三昧集》與詩、禪的分合關係〉，張寅彭，《文學遺產》2001 年第二期。

50. 〈明代「唐人七律第一」之爭〉，查清華，《文學遺產》2001 年第二期。

51. 〈試論明初詩壇的崇唐抑宋傾向〉，劉海燕，《文學遺產》2001 年第二期。

52. 〈中國古典美學的思維方式及其現代意義〉（上）（下），姚文放，《美學》2001 年第七期。

53. 〈文學理論產生的架構及其運用舉隅〉，張雙英，《古典文學》（學生）第七集。

二、學位論文

1. 《神韻派詩論之研究》，易新宙，政治大學碩士論文，民國 72 年。

2. 《清代詩學境、意境、境界相關之理論與實際批評》，杜淑華，政治

大學碩士論文,民國 80 年。

3. 《晚明陸時雍詩學研究》,黃如焄,中正大學碩士論文,民國 83 年。

4. 《解讀與重建王士禎「神韻說」與王國維「境界說」》,呂怡菁,清華大學碩士論文,民國 85 年。

5. 《錢鍾書神韻觀念研究》,鄭如秀,成功大學碩士論文,民國 88 年。

6. 《明代詩學精神與神韻傳統》,黃如焄,中正大學博士論文,民國 88 年。